Kate Bateman

Kate Bateman écrivit sa première romance pour tenir le pari à un dollar que lui avait lancé son mari, persuadé qu'elle n'arriverait jamais à la finir. Elle lui prouva qu'il avait tort en rédigeant un roman historique qui se déroulait pendant la Renaissance italienne. Quand elle ne voyage pas vers des destinations exotiques « pour faire des recherches », Kate mène une double vie en tant qu'experte en art et en antiquités pour plusieurs émissions télévisées au Royaume-Uni.

Les secondes noces
de lady de Wansford

DE LA MÊME AUTRICE AUX ÉDITIONS J'AI LU

Rivalités
1 – *Rendez-vous au printemps*
2 – *Rendez-vous clandestins*
3 – *Rendez-vous sous le cerisier*

Secrets et mystères
1 – *Cette étrange intruse*
2 – *L'amour décodé*
3 – *Adorable chipie*

Les célibataires de Bow Street
1 – *Les mariés du secret* (numérique)
2 – *Les meilleurs ennemis* (numérique)
3 – *Princesse sans couronne* (numérique)

Diaboliquement vôtre

KATE
BATEMAN

LES REBELLES DE SA MAJESTÉ – 1

Les secondes noces de lady de Wansford

Traduit de l'anglais (États-Unis)
par Julie Guinard

J'AI LU

J'AI LU
POUR elle

Si vous souhaitez être informée en avant-première
de nos parutions et tout savoir sur vos autrices préférées,
retrouvez-nous ici :

www.jailu.com

Abonnez-vous à notre newsletter
et rejoignez-nous sur Facebook !

Titre original
SECOND DUKE'S THE CHARM

Éditeur original
Published by arrangement with St. Martin's Publishing Group

Un cynique est quelqu'un qui connaît
le prix de tout et la valeur de rien.

Oscar WILDE

Prologue

Printemps 1814

Tess Townsend avait l'habitude que les hommes tombent à ses pieds métaphoriquement, or c'était la première fois qu'elle en voyait un le faire littéralement.

Et le soir de sa nuit de noces, excusez du peu.

Le décrépit duc de Wansford, son époux depuis moins d'une journée, gisait immobile sur le tapis, mais contrairement à beaucoup de jeunes mariés, il n'était pas ivre mort.

Il était mort, tout court.

Quand il était entré dans la chambre à coucher de Tess dix minutes plus tôt, le regard lascif qu'il lui avait adressé lui avait donné la nausée. Elle ouvrait la bouche pour lui dire de s'en aller lorsqu'il avait porté une main crispée à sa poitrine, l'air vaguement surpris. Il avait oscillé, renversé une table, et était tombé sur le sol comme une masse.

Malgré le dégoût que lui inspirait cet homme, Tess s'était instinctivement précipitée pour l'aider. Au lieu de se redresser ou d'en profiter pour la tripoter, il était resté allongé, les yeux clos, inerte.

Avec une inquiétude croissante, Tess l'avait secoué, puis giflé. Comprenant un peu tard qu'elle ne se rappelait même pas son prénom qu'elle avait pourtant entendu durant la cérémonie, elle avait crié :

— Réveillez-vous, vous !

Puis elle avait posé les doigts sur son cou à la recherche de son pouls.

En vain. Il était indéniablement mort.

Une vague de soulagement incrédule lui avait dilaté la poitrine, aussitôt suivie d'une vague de culpabilité. Elle avait prié pour qu'un miracle la sauve de cet abominable mariage, sans toutefois souhaiter une réponse aussi radicale.

De fait, étant donné qu'il ne s'était rien passé ce matin-là pour interrompre l'échange de vœux, elle avait pris la décision de ne compter que sur elle-même et avait caché un pistolet chargé sous son oreiller.

Son père l'avait peut-être forcée à se marier, néanmoins elle n'avait aucune intention de laisser le libidineux vieux duc exercer ses « droits matrimoniaux ». Elle avait secrètement espéré que si elle menaçait de lui tirer dessus, il exigerait une annulation en arguant qu'elle avait perdu l'esprit. Mieux valait être considérée comme folle jusqu'à la fin de sa vie que se soumettre à son contact répugnant.

Elle ne saurait jamais, maintenant, si ce plan aurait fonctionné : l'homme n'était plus en état d'exiger quoi que ce soit, et ne le serait plus jamais.

Elle sursauta soudain en entendant frapper avec insistance à la porte de sa chambre. Jusqu'à ce qu'elle se rappelle la supplication désespérée qu'elle avait adressée à ses deux meilleures amies. Ellie Law et Daisy Hamilton lui avaient juré de faire tout ce qu'elles pourraient pour lui épargner les attentions de son *jeune* mari. Elle les avait toutes les deux rencontrées à l'Institut pour demoiselles de bonne famille de Mlle Honoria Burnett, et de l'avis de Tess elles faisaient davantage partie de sa famille que le père qui l'avait traitée si déplorablement.

— Votre Grâce, venez tout de suite !

La voix impérieuse d'Ellie était assourdie par le lourd battant en bois. Elle avait pris un accent campagnard pour se faire passer pour l'une des domestiques.

— La maison douairière est en feu !

Tess alla à la porte d'un pas chancelant et l'ouvrit. Elle jeta un regard agité dans le couloir, prit les deux filles par les bras et les fit entrer dans la chambre.

— Dépêchez-vous ! Avant que quelqu'un nous voie !

Elle referma le verrou derrière elles.

— Arrivons-nous trop tôt ?

Perplexe, Daisy jeta un coup d'œil vers la porte de communication entre la chambre de la duchesse et celle du duc.

— Est-il toujours dans ses appartements ?

— Non, il est *là* !

Tess désigna le corps sur le sol, à moitié dissimulé derrière un fauteuil à oreilles. Ellie s'écarta pour mieux voir, puis elle étouffa un cri.

— Mon Dieu ! Tess, qu'as-tu fait ?

— Absolument rien, je vous le jure ! Il est entré, il m'a regardée d'un air lubrique, et il s'est effondré. Il ne respire plus.

Daisy, qui avait toujours été la plus pragmatique des trois, s'agenouilla et posa l'oreille contre la poitrine décharnée du duc. Après un moment de tension, elle s'assit sur ses talons et poussa un soupir plus irrité que consterné.

— Elle a raison, il est mort.

Elle considéra Tess d'un air narquois et ajouta :

— Adorable comme tu l'es dans ce déshabillé, chaton, je dirais que ce n'est pas étonnant.

Tess se mordit la lèvre. Une vie entière de remarques et de petites phrases lui avait fait comprendre que la plupart des gens la trouvaient très belle. Avec ses yeux noirs, son teint d'albâtre et ses cheveux lustrés, elle ne comptait plus le nombre de fois où on l'avait comparée à un chef-d'œuvre de la Renaissance ou à quelque divinité de la Grèce antique. Sans doute tenait-elle de sa mère, qui était morte lorsqu'elle était bébé, car sa ressemblance avec le misérable débauché qu'était son père n'était pas évidente.

La culpabilité lui étreignit la poitrine. Le duc était – avait été – répugnant, mais l'idée d'avoir causé le décès d'un être humain, ne serait-ce que par inadvertance, était dérangeante.

— Vous pensez que je l'ai tué ?

Ellie ricana.

— Bien sûr que non. C'est sa dépravation qui l'a tué. À soixante-douze ans, on n'épouse pas une jeune fille de dix-neuf ans. Son cœur rabougri a dû lâcher, avec toute cette excitation. Bien fait pour lui.

Daisy grimaça.

— Il ne t'a pas touchée, j'espère ?

— Non, Dieu merci.

Tess frissonna à la pensée de la peau parcheminée du vieil homme et de son haleine fétide. Elle avait réellement eu son miracle.

Daisy se leva et épousseta ses jupes, tandis que Tess se laissait tomber faiblement sur le bord du lit.

— Juste ciel, croyez-vous que les gens vont se dire que je l'ai assassiné ?

Elle jeta un coup d'œil par-dessus son épaule.

— Daisy, ton pistolet est sous mon oreiller. J'allais le menacer s'il essayait de s'imposer à moi.

Daisy hocha la tête avec approbation.

— Excellent plan.

Elle contourna le lit, passa une main sous l'oreiller et en retira l'arme. Avec une aisance trahissant une pratique de longue date, elle la déchargea et la glissa dans ses jupes.

— Voilà.

Le matelas s'affaissa tandis qu'elle s'asseyait à côté de Tess, et Ellie vint se mettre de l'autre côté. Elles contemplèrent toutes les trois le cadavre.

Le visage ridé du duc était pâle et cireux, et la perruque poudrée sous laquelle il dissimulait ses cheveux clairsemés gisait sur le tapis luxueux, telle une petite créature à fourrure tombée du haut d'un arbre.

— Réfléchissons bien, déclara Ellie d'un ton égal. Il est tout à fait possible qu'on te soupçonne de l'avoir tué. Peu de gens ignorent qu'il s'agit d'un mariage forcé.

Tess grimaça. À la vérité, son père l'avait pour ainsi dire vendue au duc.

Les Townsend avaient autrefois été nantis, mais une succession de mauvais investissements, un prêt désastreux fait à ce fou qu'était le roi George, et qu'il n'avait jamais remboursé, et le penchant de son père pour la boisson et le jeu avaient englouti la fortune familiale.

Au mariage d'amour dont avait toujours rêvé Tess, son père avait répondu par un ricanement dédaigneux. Son joli minois représentait pour lui le meilleur moyen de restaurer son prestige. Lorsque les yeux baladeurs du deux fois veuf duc de Wansford s'étaient posés sur elle, l'année de ses débuts dans la haute société londonienne, son père avait sauté sur l'occasion de la lui promettre.

Aucun de ses autres prétendants ne pouvait rivaliser avec l'attrait que constituait un titre de noblesse doublé d'une fortune, de sorte qu'il avait allègrement piétiné les objections de Tess. Elle avait essayé de s'enfuir, en vain, et avait passé la semaine précédant son mariage enfermée dans sa chambre, ou sous la surveillance implacable de son père.

Daisy interrompit ses souvenirs :

— De toute évidence, tu ne lui as pas tiré dessus, déclara-t-elle. Il n'y a aucune trace visible de blessure. Tu ne l'as pas non plus étranglé. En revanche, tu aurais pu l'empoisonner.

Tess gémit.

— Dès que les domestiques comprendront qu'il est mort, ce sera le chaos dans toute la maison. Si on vous découvre ici toutes les deux, ils risquent même de penser que nous avons fomenté le plan ensemble.

— Ils enverront tout d'abord chercher le docteur, poursuivit Daisy, rationnelle. Si ce dernier soupçonne quelque chose de louche, le magistrat sera appelé et il ouvrira une enquête officielle.

— Mais personne ne soupçonnera rien, affirma Ellie. Car tu n'as rien fait de mal. Le duc est mort de cause naturelle, cela crève les yeux.

Daisy montra le corps.

— Je n'arrive pas à réfléchir, en le voyant allongé là. Nous devrions le ramener dans sa chambre afin que tout le monde pense qu'il est mort dans son lit.

— Tu as raison, approuva Tess.

Elles se redressèrent toutes les trois, et Ellie inclina la tête.

— Comment faire ? C'est la première fois que je dois porter un cadavre.

— Cela ne doit pas être très différent d'un ivrogne, fit remarquer Tess. Et Dieu m'en est témoin, ça, je l'ai fait un bon nombre de fois, quand mon père était saoul comme une barrique. El, prends-le sous les bras. Daisy, nous lui tiendrons les pieds, toi et moi.

— Grands dieux ! Il est lourd ! grogna Daisy tandis qu'elles soulevaient le corps sans vie du duc.

Sa tête roula en avant de sorte que son menton reposait sur sa poitrine.

— Qui aurait cru qu'un homme aussi maigre pouvait peser autant ? s'exclama Ellie, haletante. On dirait un sac de patates.

— Peut-on savoir quand tu as déjà porté un sac de patates ? se moqua Daisy.

— À vrai dire, jamais. Mais il est exactement aussi lourd que ça doit l'être.

À pas hésitants, elles franchirent le seuil de la porte de communication et traversèrent le salon qui séparait la chambre du duc des appartements de la duchesse. Enfin, elles le déposèrent sur les couvertures en poussant trois soupirs de soulagement.

Tess plissa le nez.

— Il faut lui retirer son peignoir.

Le duc était apparu dans sa chambre dans un volumineux peignoir à rayures vert épinard, ses jambes maigres dépassant telles deux pâles tiges de rhubarbe.

— J'ai l'horrible pressentiment qu'il ne porte rien dessous. Regardez, voici sa chemise de nuit, dit Daisy en montrant un carré de linge soigneusement plié sur l'oreiller.

Tess retint un tressaillement instinctif.

— Il faut le faire, soupira-t-elle.

Elle prit une grande inspiration et tira le bras du duc pour l'extraire de la manche. Le devant du peignoir s'ouvrit, révélant son corps – nu – et leur offrant à toutes les trois la vision malencontreuse d'un membre flasque gisant mollement entre ses jambes, au creux d'une toison grise clairsemée.

— Berk ! s'écria Daisy, qui bondit en arrière, écœurée. Mes pauvres yeux ! Jamais je ne pourrai effacer cette vision, aussi longtemps que je vivrai !

— Loin de moi l'idée de déprécier les morts, déclara Ellie, mais puis-je seulement trouver parfaitement injuste qu'il soit le premier homme nu que j'ai vu ? N'aurions-nous pas pu ramasser un beau boxeur dans une impasse ? Ou ressusciter un soldat blessé ?

Daisy pouffa.

— Tu lis trop de romans, Ellie Law.

Elle désigna l'entrejambe du duc.

— La vraie vie est tout bonnement une saucisse mal farcie.

Ellie sourit.

— Je devrais broder cette maxime au point de croix et l'accrocher au mur.

À elles trois, elles enfilèrent laborieusement sa chemise de nuit au vieil homme et l'allongèrent sur le lit, les couvertures remontées jusqu'au menton, les mains paisiblement posées sur sa poitrine.

Tess recula avec un hochement de tête satisfait.

— Cela ira.

Ellie rangea soigneusement la perruque du duc sur son support tandis que Tess repliait le peignoir et le déposait sur le dossier d'une chaise.

De retour dans la chambre de Tess, Daisy redressa la table que le duc avait renversée. Un bruit de pas dans le couloir les affola soudain.

Les yeux écarquillés, Daisy se précipita derrière le lit en attirant Ellie à côté d'elle. Tess se figea quand on frappa timidement à la porte.

— Oui ? dit-elle d'une voix légèrement frémissante.

— Votre Grâce ? C'est Hannah. Mme Jennings m'envoie vous demander si vous souhaitez un bain ?

Le ton de la domestique était doux, avec un accent de pitié. Tess avait remarqué les regards compatissants que lui avait adressés la jeune fille tandis que celle-ci lui brossait les cheveux, un peu plus tôt dans la soirée, en prévision de la visite conjugale du duc.

Tess avait eu l'impression qu'on la préparait pour la guillotine. Ou que, telle Andromède, on allait l'enchaîner à un rocher, livrée en sacrifice à un monstre marin hideux. Cependant, contrairement à la princesse éthiopienne, l'héroïque Persée ne viendrait pas la secourir. Tess ne pourrait compter que sur elle-même. D'où le pistolet.

Elle se racla la gorge et s'efforça de répondre d'une voix normale :

— Euh, non, merci, Hannah. Je suis trop fatiguée, ce soir. Sa Grâce... vient de se retirer dans ses appartements.

Elle grimaça en songeant au sous-entendu suggestif de ses paroles.

— Je prendrai un bain demain matin.

Le cœur battant, elle attendit la réaction de la servante.

— Très bien, Votre Grâce. Y a-t-il quelque chose que je puisse faire pour vous ?

— Non, je vous remercie. À demain.

Tess poussa un soupir de soulagement en entendant les bruits de pas s'éloigner, puis elle se tourna et observa ses amies sortir de leur cachette.

— Lorsqu'un des domestiques le découvrira au réveil, tu prendras l'air surpris et effaré, chuchota Ellie. Tu pourras dire, et sans mentir, que tu l'as vu pour la dernière fois au moment où il est allé dans sa chambre. Tu n'as pas besoin de préciser que la dernière fois que tu l'as *vraiment* vu, il était mort.

Daisy lui adressa un regard admiratif.

— Tu as un cerveau diabolique, Ellie Law.

Ellie fit une petite révérence espiègle.

— Merci.

— Attendez, dit soudain Daisy en se tournant vers Tess. Si le duc et toi n'avez pas... accompli l'acte, le mariage est-il légal ? Et si sa famille l'apprend et tente de le faire annuler ?

Tess se laissa tomber sur un fauteuil en gémissant.

— On me renverra chez mon père, qui essaiera probablement encore de me caser avec je ne sais quel autre horrible vieillard riche, maintenant qu'il en a eu l'idée.

Ellie secoua la tête.

— En aucun cas. La non-consommation du mariage ne constitue pas un motif licite suffisant pour une annulation. Tant que le mariage en lui-même est valide, avec les noms corrects des mariés et des témoins, tu restes la duchesse de Wansford. Que tu sois vierge ou non.

L'anxiété de Tess diminua légèrement. Ellie savait de quoi elle parlait, s'agissant d'affaires juridiques.

Son père était le fameux sir Edward Law, baron d'Ellenborough, l'un des avocats les plus éminents d'Angleterre. Il avait été procureur général de l'Angleterre et du pays de Galles, et était à présent président de la Haute Cour de justice. Ellie avait hérité de l'amour de son père pour le droit, ainsi que de son esprit brillant et incisif. C'était seulement parce qu'elle était née de sexe féminin qu'elle n'avait pu embrasser elle-même une carrière d'avocate.

— Que vais-je donc devenir ? demanda Tess en fronçant les sourcils.

Daisy s'assit gracieusement sur le lit.

— La femme la plus enviée d'Angleterre, ma chérie. Une jeune duchesse veuve, avec tous les avantages du rang sans les inconvénients d'un mari.

— Mais mon père...

— Il ne pourra plus jamais rien te forcer à faire, poursuivit Ellie avec un grand sourire. Aux yeux de la loi, tu es à présent indépendante. Ton père n'a plus le droit d'exercer le moindre contrôle sur ta vie. Et sans mari pour t'embêter, tu es *libre*, Tess.

Une bouffée d'excitation enivrante gonfla la poitrine de Tess, aussitôt étouffée par la pensée suivante.

— Cependant, je ne possède aucun argent personnel. Mon père ne m'a même pas donné de dot. Au contraire, c'est le duc qui a payé deux mille livres. À lui, pas à moi.

— Il doit exister une disposition pour toi dans le contrat de mariage, dit Ellie. Un douaire de veuvage. L'as-tu lu ?

Tess acquiesça.

— C'est vrai, j'avais oublié. Oui, je crois que j'ai l'usage du manoir douairier jusqu'à la fin de mes jours.

— À propos, il n'est pas en feu, s'esclaffa Daisy. Nous avons seulement dit cela pour te donner une échappatoire.

— Je m'en doutais.

— Il te faudra aussi un revenu financier, ajouta Ellie. Un fermage venant d'une des propriétés du duc, par exemple. Le pourcentage habituel est généralement un tiers du patrimoine, et même si tu n'obtiens qu'une fraction des profits du duché, tu seras toujours mieux lotie qu'avec ton père.

Tess hocha la tête, de nouveau optimiste.

— Oui, je suis sûre qu'il y avait quelque chose à propos d'une rente, mais je ne me rappelle pas les détails. J'étais trop dégoûtée par mon père pour y prêter vraiment attention.

Ellie sourit avec satisfaction.

— Tout va bien se passer. Le duché rapporte largement assez pour t'entretenir. Tu le mérites, Tess. Tu as prononcé tes vœux. C'est malheureux pour le duc qu'il n'ait pas vécu assez longtemps pour en profiter.

Daisy plissa le nez, ne laissant aucun doute sur le fond de sa pensée.

— Même si le mariage n'a pas besoin d'être consommé, il ne serait pas bête de faire croire que tu as couché avec lui.

Elle leva une main pour parer à la protestation instinctive de Tess.

— Cela te permettra de gagner du temps avant que tu sois obligée de gérer la situation avec le prochain duc, car les exécuteurs testamentaires devront attendre quelques mois afin de s'assurer que tu ne portes pas un héritier. Lorsqu'il deviendra certain que ce n'est pas le cas, ils iront chercher celui qui est le premier sur la liste des successeurs.

— Ce n'est pas une mauvaise idée, concéda Ellie.

— D'ailleurs, poursuivit Daisy avec de plus en plus de conviction, tu pourrais même essayer de tomber enceinte rapidement, et dire à tout le monde que le bébé est du duc. Cela conforterait vraiment ta position.

Tess étouffa un cri, mi-amusée, mi-effarée par la suggestion désinvolte de son amie.

— Je n'ai rien contre l'idée d'avoir des enfants un jour, mais je ne suis pas à ce point aux abois ! Au demeurant, comment voudrais-tu que je m'y prenne ? En me jetant sur le premier pochard que je croiserais devant le *Dog and Duck* pour le supplier de me faire l'amour ?

— Tu n'aurais pas besoin de supplier qui que ce soit, fit remarquer Daisy avec un sourire malicieux. Ils se bousculeraient au portillon en remerciant leur bonne étoile. Tu dois savoir que les hommes ne sont pas connus pour fournir leur meilleure *prestation*, si je puis dire, quand ils sont pris de boisson. Tu ferais mieux d'engager un professionnel.

Tess fronça les sourcils.

— Un *professionnel* ? Que veux-tu dire ?

— Un homme qui se prostitue, expliqua Daisy sans s'émouvoir. J'en ai entendu parler lors des réceptions de mon père.

Officiellement, le père de Daisy était le libertin duc de Dalkeith, mais son vrai géniteur – ce n'était un secret pour personne dans la haute société londonienne – était un comte italien avec lequel sa mère avait eu une aventure torride qui avait fait beaucoup jaser.

— Je sais que ce genre de personne existe, moi aussi, renchérit Ellie en hochant la tête sagement. Des hommes vendant leur corps. Mon père en a fait témoigner un lors d'une affaire contre un criminel qu'il avait traduit en justice, l'année dernière. Je l'ai lu dans ses notes.

Tess leva les mains.

— Je ne vais pas engager un homme pour qu'il couche avec moi. C'est grotesque. D'autant plus que cela coûtera cher. Je suppose, du moins.

Daisy haussa les épaules.

— C'était juste une idée en l'air.

Elle écarta les couvertures et fit signe à Tess.

— Allez, tâche de dormir. Nous allons rester avec toi ce soir. Nous partirons avant l'aube pour ne pas nous faire voir.

— On ne s'apercevra pas de votre absence à Hollyfield ?

Le père de Daisy était propriétaire du domaine voisin, à l'autre bout du village. Elle ricana.

— C'est peu probable. Mon père a organisé une partie de chasse à la maison, ce qui signifie que tout le monde sera ivre. Il pense qu'Ellie et moi sommes toutes les deux bien tranquillement couchées dans nos lits. On ne nous attendra pas en bas avant le petit déjeuner, au plus tôt.

— Comment êtes-vous arrivées ici ?

— Nous avons laissé nos chevaux dans la maisonnette vide, tu sais, à côté du boqueteau. Puis nous nous sommes faufilées par l'entrée de service pendant que le personnel dînait. Ils parlaient tous de toi, naturellement.

Tess grimaça.

— Ils doivent penser que je suis une harpie calculatrice qui a épousé le duc uniquement pour son argent.

— Exactement. Parce qu'il n'y avait aucune autre raison pour que quiconque se marie avec lui. Il n'était ni jeune, ni beau, ni même aimable.

— C'est peut-être pour cela que le destin t'offre cette deuxième chance, murmura Ellie.

Une bouffée d'exultation naquit dans la poitrine de Tess tandis qu'elle prenait enfin conscience de ce qui venait de se produire. Pour la première fois de sa vie, elle n'aurait de comptes à rendre à personne.

D'après la loi anglaise, les femmes passaient en général directement du contrôle de leur père à celui d'un mari. Elles ne valaient guère mieux que du bétail, impuissantes à exercer une quelconque autorité sur leur propre existence ou sur leurs finances.

Mais le destin lui avait offert un salut inespéré. Le veuvage, combiné à un modeste revenu, signifierait une merveilleuse indépendance. La possibilité d'accomplir vraiment quelque chose de sa vie. Une chose intéressante. Une chose qui en valait la peine.

— Songe à tout ce que tu vas pouvoir faire, maintenant que tu es duchesse, murmura Ellie comme si elle lisait dans ses pensées.

— Tu pourrais créer une œuvre de bienfaisance, suggéra Daisy. N'est-ce pas ce que font les riches veuves ? Ouvrir un établissement de soins pour les chiens orphelins, les vétérans blessés, les femmes déchues.

— Tout le monde sous le même toit ? la taquina Tess. Les soldats ne risqueraient-ils pas de trébucher sur les chiots ?

— Et les prostituées sur les vétérans ? s'esclaffa Ellie.

— Ce ne serait pas un drame, rétorqua Daisy en haussant les épaules. D'ailleurs, maintenant que j'y pense, c'est une idée de génie. Flirter avec des femmes et jouer avec des chiens sont deux excellents facteurs pour accélérer la guérison des anciens combattants. Je suis certaine que nos statistiques de convalescence seraient stupéfiantes.

Tess leva les yeux au ciel.

— Tss, tu es bête !

— Mais brillante ! répliqua Daisy avec un grand sourire. Reconnais-le.

— Oui, je l'avoue.

Tess tritura les plis du drap tandis que la détermination s'ancrait peu à peu en elle.

— J'ai passé dix-neuf ans à obéir aux autres sans jamais rien décider toute seule, et il n'est pas question que je revive cela. À partir de maintenant, je ferai ce qui me rend heureuse, pas ce que quelqu'un m'aura ordonné de faire.

— Bravo ! s'exclama Daisy en battant des mains.

— Cependant, reprit Tess, songez à toutes les femmes qui sont condamnées à se soumettre. Nous connaissons des dizaines de filles qui ont été malmenées ou manipulées par les hommes, au cours de leur vie. Et si j'utilisais ma nouvelle position pour venir en aide à celles qui n'ont pas eu ma chance ?

Daisy haussa les sourcils.

— C'est une bonne idée, seulement tu devras être discrète.

— *Nous* devrons être discrètes, corrigea Tess. Je ne pourrais jamais rien faire sans vous deux.

Les yeux d'Ellie étincelèrent à la perspective d'un nouveau défi à relever.

— C'est vrai que nous formons une excellente équipe. Et vous savez à quel point j'aspire à la justice.

— Et vous savez à quel point j'aspire à asticoter les hommes, déclara Daisy en riant.

Tess sourit à ses deux meilleures amies en remerciant le ciel une fois de plus de les avoir dans sa vie.

— Alors ce plan convient à tout le monde. Vous êtes avec moi ?

— Absolument, affirmèrent Ellie et Daisy sans l'ombre d'une hésitation.

1

Deux ans plus tard
Printemps 1816,
Transport & Commerce Maritime Thornton
Bristol

— Duc de Wansford ? Moi ?

Justin Thornton lança un regard condescendant à l'apparition tout de noir vêtue qui se tenait sur le seuil de son bureau.

— C'est ridicule.

L'avoué crispa contre sa poitrine sa sacoche de cuir.

— Je comprends que cela vous paraisse inattendu, étant donné l'éloignement de votre lien avec le défunt, mais cela ne fait aucun doute. Absolument aucun.

Justin se pinça l'arête du nez. Il sentait venir une migraine. Il n'était revenu en Angleterre que depuis un mois, et il avait mille détails à régler, ce jour-là. Pourquoi perdait-il un temps précieux à écouter les élucubrations de cet individu manifestement dérangé ? Du reste, comment cet homme avait-il pu tromper la vigilance de Simms ?

Il jeta à l'intrus un regard noir.

— Et vous êtes... ?

— Maître Turnbull, répondit aussitôt l'avoué. Josiah Turnbull. De Turnbull, Blomfield et Brown. Nous sommes les exécuteurs testamentaires du défunt duc.

— Maître Turnbull. Expliquez-moi pourquoi, exactement, cette grotesque conclusion s'est imposée à vous.

Le jeune homme remonta ses lunettes sur son nez et désigna le bureau de Justin.

— Puis-je ?

Justin fit un signe d'approbation, et l'avoué avança. Il sortit une liasse de papiers jaunis de sa sacoche, qu'il étala sur le plateau en cuir pleine fleur du bureau. Justin aperçut ce qui ressemblait à un arbre généalogique, avec ses alignements de noms soigneusement consignés et un sceau en cire d'apparence officielle sur un ruban, en bas de la page.

L'avoué montra de l'index une inscription.

— Ici, vous voyez, c'est le huitième duc, un certain Archibald Thornton. Il a été marié trois fois, mais puisque aucune de ces unions n'a donné lieu à une descendance, c'est son frère Cecil qui est devenu son héritier. Hélas pour mes confrères et moi-même, Cecil s'est installé en Italie avant la guerre, et nous avons mis plusieurs mois à le retrouver. Lorsque ce fut enfin chose faite, nous avons découvert qu'il s'était noyé dans un canal à Venise à peine six semaines après la mort de son frère.

— Malheureux pour Cecil, marmonna Justin.

— Lui-même étant également décédé sans laisser d'enfant...

L'homme montra de nouveau du doigt une ligne tracée à l'encre excentrée, et légèrement plus haute.

— Nous avons dû remonter d'une génération, jusqu'au septième duc. Celui-là avait deux frères. Le plus âgé est mort il y a six ans et, bien qu'il ait engendré douze enfants, seul un de ses fils était vraiment légitime. Ce descendant, nommé Clarence Thornton, a célébré avec tant d'enthousiasme l'annonce de la nouvelle qu'il est tombé de son cheval, ivre, et s'est brisé la nuque.

Justin leva les yeux au ciel. Ce genre de conduite imbécile l'insupportait. Il n'était pas arrivé là où il en était dans la vie en buvant et en jouant. Il avait travaillé comme un damné pour amasser sa fortune.

— L'autre frère du septième duc étant mort d'une blessure à la tête quand il avait une vingtaine d'années, nous avons donc été obligés de remonter encore d'une autre génération, jusqu'au grand-père du duc, sir Sidney Thornton.

Justin pianota sur le bureau en regrettant de ne pas avoir fait installer une cloche pour appeler Simms quand il en avait besoin.

L'homme de loi, conscient de son impatience, termina précipitamment :

— Sir Sidney avait un jeune frère, Bertram, ayant lui-même deux fils. L'aîné, George, a péri dans un duel il y a un mois. Ce qui nous ramène à son frère, William.

Après une pause théâtrale, il précisa :

— Votre père.

Justin fronça les sourcils.

— Mon père est mort au Canada il y a trois ans, lors d'une expédition de commerce de peaux.

— C'est précisément pourquoi nous nous adressons à vous, Justin Trevelyan Thornton. Héritier présomptif du duché de Wansford, ainsi que de toutes ses propriétés et revenus associés. La demeure ducale, Wansford Hall, est un magnifique exemple de style architectural jacobin, je crois.

— Peu m'importe que ce soit un château de conte de fées en pain d'épice, marmonna Justin en haussant les épaules. Je n'en veux pas. Donnez-le à quelqu'un d'autre. Au suivant sur la liste.

Turnbull lui adressa un regard affligé.

— Malheureusement, ce n'est pas ainsi qu'on procède. On ne peut refuser un duché. Même si vous décidez de ne pas utiliser le titre, en sollicitant un acte judiciaire spécial auprès du bureau du lord chancelier, il ne pourra être octroyé à personne avant que vous soyez mort vous-même.

Justin laissa échapper un grognement.

— Cela ressemble fortement à un cheval de Troie. Quelque chose qui a l'apparence d'un cadeau, mais qui en réalité ne sera qu'une source de tracas. Il y a toujours un prix à payer. Allez, lâchez le morceau. Le duché est-il endetté ? Je parie que oui. Hypothéqué jusqu'à la garde. Qu'il tombe en ruine. Qu'il est enlisé dans un marécage.

— Je ne crois pas, non. Je ne connais pas la comptabilité, naturellement, or c'est la veuve du duc qui gère la propriété avec l'aide du régisseur depuis la mort de l'ancien duc, et je n'en ai entendu que des louanges.

Justin examina les dates inscrites au-dessus du nom du huitième duc et effectua un rapide calcul mental. L'homme avait plus de soixante-dix ans à sa mort. Sa veuve devait être tout aussi décrépite, mais au moins elle semblait entourée de conseillers compétents. C'était déjà ça.

— Il y aura cependant des coûts, n'est-ce pas ? demanda-t-il.

Turnbull pinça les lèvres.

— Eh bien… quant à cela, oui. Il y a des droits d'hommage : d'abord pour vous prévaloir du titre, puis la redevance à régler pour la première fois qu'un pair occupe son siège à la Chambre des lords.

— Naturellement, ironisa Justin. Combien dois-je débourser pour ce *privilège* ?

— Je crois que pour un duc, cela s'élève à environ trois cent cinquante livres.

— Bon Dieu ! Je dois donc me réjouir parce que je deviens soudain responsable d'un patrimoine que je n'ai jamais vu, d'un titre de noblesse dont je ne veux pas, et d'une armada de personnes à charge dont je n'ai pas besoin ?

L'avoué déglutit.

— Euh... oui, monsieur.

— Je suppose également que je vais devoir choisir une de ces godiches de bonne famille écervelées afin de fournir un héritier au duché.

— Ma foi, oui.

Ses lèvres se retroussèrent légèrement et il ajouta :

— Mais il y a pire pour un homme, comme contrainte.

— Je ne suis pas d'accord avec vous, répliqua sévèrement Justin. Pour moi, c'est bien pire que la mort. Et on ne peut y échapper.

Le sourire de l'avoué s'effaça, et il s'inclina respectueusement.

— Je vous présente mes condoléances. Quoi qu'il en soit, je suis certain que vous saurez vous montrer à la hauteur de la tâche. Après tout, vous dirigez déjà l'une des compagnies commerciales les plus florissantes d'Angleterre, n'est-ce pas ?

Avec un petit ricanement, Justin répondit :

— En effet. Vous trouvez probablement que je devrais faire preuve de reconnaissance ?

L'avoué haussa les épaules.

— Sauf votre respect, un duché est le rang le plus élevé auquel un homme puisse aspirer, dans ce pays, à moins d'être né prince royal. Vous aurez le pouvoir. Le respect. La fortune.

— Je possède déjà pouvoir, respect et fortune. Et je les ai gagnés, ils ne m'ont pas été donnés sur un plateau en argent.

Justin lança un regard noir à son interlocuteur ; apparemment il ne pouvait échapper à l'inévitable. Il poussa un soupir impatient.

— Soit. Je veux bien tenter l'aventure pendant un an, pas davantage. J'irai à Londres, je mettrai en ordre les affaires du duché, je trouverai une femme, et je serai rentré à Bristol avant Pâques.

L'avoué roula ses papiers et les rangea soigneusement.

— Vous viendrez donc bientôt à Londres ?

— Je suppose qu'il le faut. Le huitième duc avait-il un hôtel particulier en ville ?

— En effet, monsieur. À Portman Square. Je crois savoir qu'il est actuellement occupé par la veuve du défunt duc. Étant le nouveau titulaire, vous avez le droit de vous y installer, bien sûr. Il serait toutefois diplomatique d'accorder à la dame quelques semaines de répit pour déménager dans le manoir douairier de Wansford, ou quelque autre logement de son choix.

Justin se rembrunit. Il avait la réputation d'être dur en affaires. La moitié de Londres s'attendrait probablement à ce qu'il chasse la vieille bique dès son arrivée à la capitale, mais en l'occurrence il ne tenait nullement à faire des remous.

— Très bien. J'ai ma propre maison à Curzon Street. J'y resterai jusqu'à ce que toutes les modalités soient réglées.

— Très bien, Votre Grâce.

Justin grimaça en entendant le titre honorifique. Turnbull posa la sacoche de cuir sur le bord du bureau.

— Je laisse ces documents afin que vous les examiniez. Et si vous avez besoin de quelque autre assistance que ce soit, je me tiens entièrement à votre disposition.

— Merci. Je serai à Londres d'ici au début de la semaine prochaine. Simms va vous raccompagner.

Quand l'avoué s'en alla enfin, Justin se rassit dans son fauteuil en grognant.

Qu'avait-il fait pour mériter cela ?

Ses connaissances, amis et ennemis, s'accordaient à dire qu'il avait une chance de tous les diables, toutefois c'était sa ténacité qui avait fait de Thornton & Co, la modeste entreprise de transport maritime dotée d'un seul bateau qu'il avait héritée de son père, une compagnie aussi prospère. Sa flotte transportait absolument tout, des marchandises de luxe en partance du continent jusqu'au bois et aux fourrures venus du Canada et d'Amérique du Nord.

Hériter d'un duché était une surprise, assurément, mais il ne doutait pas de ses compétences. Le duché aurait de la chance de l'avoir. Il le gérerait infiniment mieux que ne l'auraient fait les héritiers précédents s'ils étaient restés en vie suffisamment longtemps pour accepter cette distinction. Ces imbéciles l'auraient perdu aux dés, ou auraient plumé les métayers pour se remplir les poches.

Il frotta sa mâchoire noircie par le chaume d'une barbe. Il n'avait pas pris la peine de se raser, ce matin. Il n'attendait pas de visite, n'avait pas de femme à impressionner. Anne-Marie, sa dernière dulcinée, avait fini par se lasser de ce qu'elle appelait sa « cruelle indifférence », à savoir son désir de se remettre au travail au lieu de traîner au lit après l'avoir satisfaite, et elle était repartie vers sa France natale deux semaines plus tôt.

Elle s'était certainement servie de lui pour revenir gratuitement du Canada – Montréal étant moins fécond en termes de prétendants potentiels qu'elle ne l'avait espéré – mais s'était montrée tout à fait arrangeante pour partager sa cabine durant la fastidieuse traversée de l'Atlantique. Il n'avait été ni choqué ni attristé de la voir s'en aller. Ses mots d'adieu, cependant, résonnaient encore à ses oreilles et, à sa surprise, continuaient à le blesser.

— Tu es une bête.

Les yeux magnifiques d'Anne-Marie avaient brillé d'indignation, et sa poitrine non moins superbe avait frémi sous son fichu de dentelle.

— Et tu sais quoi ? Tu me fais pitié !

Justin avait commis l'erreur de laisser échapper un petit ricanement amusé.

— Pitié ? Pourquoi donc ? Je suis l'un des hommes les plus fortunés d'Angleterre. Je peux acheter tout ce que mon cœur désire.

— Tu n'as pas de cœur. Uniquement des désirs.

Devant ses sourcils froncés, le courroux de la belle Française avait redoublé. Anne-Marie avait enfoncé son chapeau sur sa tête et noué ses rubans avec des doigts tremblants et furieux. Son accent devenait toujours plus prononcé lorsqu'elle s'emportait.

— Tu as de la passion, mais pas de l'amour.

Son regard s'était rempli de dédain, et son expression glaçante avait fait l'effet à Justin d'un coup en pleine poitrine. Elle avait posé un index ganté sur son torse et ajouté :

— Toi, Justin Thornton, tu es un homme qui connaît le coût de tout et la valeur de rien. Du moins, de rien *d'important*.

Sur cette excellente réplique, elle avait claqué la porte de sa maison et était sortie de sa vie.

Cela valait mieux, de toute façon, avait songé Justin. Il s'était donné pour règle de limiter ses liaisons à un maximum de trois mois, ce qui lui épargnait l'ennui tout en empêchant l'un ou l'autre de s'attacher, ce qui aurait compliqué une relation par ailleurs agréable.

Ses parents avaient fait un mariage d'amour, et l'abominable chagrin qui avait anéanti son père après la mort de son épouse était une épreuve qu'il voulait éviter à tout prix.

Il mettait sa nervosité sur le compte de son récent célibat mais, pour être honnête, une sourde sensation d'insatisfaction le consumait déjà bien avant le départ d'Anne-Marie. Cependant, jusqu'à son estocade finale, il n'avait jamais envisagé que ce qui lui manquait peut-être était... une chose qui ne pouvait s'acheter.

Une chose comme l'amour.

Il écarta aussitôt cette idée absurde. Il était un adulte de trente ans, pas un enfant qu'on tenait en laisse. Il ne manquait pas d'amis, de collègues et de connaissances dont il appréciait la compagnie. Lorsqu'il avait un désir physique, il assouvissait ses passions avec une femme ou une autre qui suscitait son intérêt, du moment qu'elle était accommodante. Ces liaisons consistaient en arrangements mutuellement satisfaisants, dans lesquels l'amour ne jouait aucun rôle.

L'abstinence jouait manifestement des tours à son cerveau. Le bref plaisir clinique qu'il se donnait tout seul constituait un piètre substitut. Cependant, dans l'ensemble, les femmes n'étaient qu'une source de complications. Même les semi-professionnelles telle qu'Anne-Marie. Elles prétendaient se contenter d'une relation sans attaches, mais elles aspiraient toujours à davantage.

Plus d'engagement.

Plus de sentiments.

Plus qu'il n'était disposé à donner.

Il poussa un grand soupir. Seigneur, quelle matinée !

Le poids de ce duché inattendu lui faisait l'effet d'une chape de plomb sur les épaules ; il les fit rouler pour soulager la tension.

À Londres, il serait assailli par les femmes, encore plus que d'habitude, dès lors qu'on apprendrait qui il était. Des mères de famille lui jetteraient sous le nez leurs filles frémissantes aux yeux de biche, tandis que les veuves et les dames de la haute société lui proposeraient en privé de devenir ses maîtresses.

Il n'avait rien contre l'idée d'une nouvelle maîtresse, toutefois, dans la mesure où il chercherait publiquement une épouse, il lui faudrait agir avec discrétion. La situation serait potentiellement une source de désastre. Il préférait minimiser les risques dans la mesure du possible.

Son regard se posa sur la dernière enveloppe de sa pile de correspondance. Il s'était apprêté à refuser l'invitation de Careby. Les parties de campagne chez son vieux camarade de classe avaient l'infâme réputation d'être débridées, et il les évitait généralement, considérant la quête invétérée de l'ivresse et du plaisir comme puérile.

Et soudain, une fascinante éventualité le frappa.

La maison de Careby était sur la route de Londres. Elle serait truffée de gens de mauvaise réputation, hommes et femmes, cherchant tous à prendre du bon temps.

C'était par conséquent l'endroit idéal pour trouver une partenaire consentante pour la nuit. Une solution provisoire pour soulager ses besoins physiques avant qu'il arrive à la capitale, sous l'œil critique de la haute société.

Ce serait également une occasion rare de rencontrer une partenaire qui ne voulait rien d'autre de plus que son corps. Ici, à Bristol, il était immédiatement reconnaissable. Les femmes convoitaient autant son compte en banque que son visage. À Londres, affligé d'un duché pour couronner le tout, il aurait de la chance s'il pouvait se promener incognito, et les femmes qu'il attirerait lorgneraient le titre de duchesse et l'ascension sociale qu'il pourrait leur offrir.

Chez Careby, il ne courrait aucun risque de ruiner par inadvertance la réputation d'une jeune fille en fleur et de se trouver piégé dans un mariage précipité. Il ne croiserait que des femmes faciles : soit des professionnelles payées pour amuser ces messieurs, soit des épouses et des veuves qui s'ennuyaient et cherchaient des distractions épicées suffisamment loin des mauvaises langues londoniennes.

Justin prit une feuille de papier et griffonna en hâte un mot d'acceptation, avant de sonner Simms.

Son fidèle domestique apparut avec une réactivité étonnante ; il était probablement resté à portée d'oreilles juste derrière la porte. Justin secoua la tête. La faculté qu'avait Simms de se tenir à l'affût de ce qui se disait s'était révélée extrêmement utile pour lui, au fil des années. Cet homme semblait savoir tout sur tout le monde.

— Postez ceci, je vous prie, Simms. Et prévenez Walker que je partirai pour Londres demain et que je passerai la nuit à Hinchcombe Park, chez Tom Careby, dans le Bedfordshire.

Simms s'inclina, imperturbable.

— Comme vous voudrez, Votre Grâce.

Votre Grâce... Justin lui fit les gros yeux.

— Votre don pour l'omnipotence – ou peut-être devrais-je dire pour écouter aux portes – est toujours aussi impressionnant, Simms.

Son ton sarcastique n'exerça aucun effet visible sur le domestique qui se contenta de s'incliner de nouveau avec un grand sourire.

— Je vous adresse mes sincères félicitations pour votre bonne fortune, Votre Grâce.

— Trêve de courbettes. « Monsieur » suffira, rétorqua Justin en lui tendant le message. Et vous pouvez effacer cet air satisfait. Je vous emmène à Londres. Vos yeux et vos oreilles pourront se révéler utiles.

Imperturbable devant l'Éternel, Simms se fendit d'une nouvelle courbette.

— Très bien... Votre Grâce.

2

Hinchcombe Park

— C'est une très mauvaise idée.

Tess se cramponna à la lanière de cuir au-dessus de sa tête tandis que la voiture bringuebalait le long de l'allée truffée de nids-de-poule.

— La pire des idées, ajouta-t-elle.

— C'est toi qui l'as eue, lui rappela Daisy. Et ce n'est pas la pire. Souviens-toi du jour où Ellie s'est déguisée en poissonnière pour attraper cet homme qui avait enlevé sa cousine. Ça, c'était la pire.

Ellie tressaillit de façon théâtrale.

— L'odeur hante encore mes cauchemars.

— Alors c'est le deuxième prix dans la catégorie des mauvaises idées, marmonna Tess.

Elle essaya de remonter le bustier scandaleusement échancré de sa robe, mais ses seins continuaient à dépasser de la dentelle comme deux blancs-mangers.

— Je ressemble à une courtisane.

— Nous ressemblons toutes à des courtisanes, déclara gaiement Daisy. C'est précisément le but de l'opération. Sans quoi, comment nous faire recevoir dans cet événement déshonorant ? Et comment persuaderas-tu un bel inconnu libertin de te séduire ?

Tess gémit.

— J'ai dit que je voulais qu'on m'embrasse, pas qu'on me séduise. Je ne peux pas me permettre quoi que ce soit qui risquerait de me placer dans ce qu'on appelle « une situation intéressante ».

Avec un grand sourire, Daisy répondit :

— Il y a quantité de choses merveilleuses qu'on peut faire sans tomber enceinte, crois-moi.

Depuis que Daisy avait décrit avec force détails flamboyants sa première rencontre amoureuse avec Tom Harding, espiègle palefrenier qui travaillait à Hollyfield, Tess brûlait de curiosité de découvrir le plaisir physique. Cela dit, elle était face à un terrible dilemme.

Tout le monde supposait qu'elle avait eu une relation physique avec son défunt mari. Si elle prenait un amant parmi les débauchés de la haute société, le secret de sa virginité risquait d'être éventé. Les commérages qui suivraient la placeraient dans une position délicate vis-à-vis des autres épouses et veuves, à Londres. Elles l'avaient considérée comme l'une des leurs, et incluse dans des discussions qu'aucune vierge n'aurait jamais dû entendre.

Tess serait traitée de menteuse. De gourgandine éhontée qui avait contourné les règles rigides du beau monde et s'était prétendue plus avertie qu'elle ne l'était.

Devenir un paria nuirait au travail qu'elle effectuait pour King & Co.

Elles avaient ouvert toutes les trois leur agence d'investigation quelques mois après la mort du duc. Les femmes ayant une carrière étant généralement traitées avec dédain et suspicion dans les cercles huppés, Tess avait suggéré qu'elles agissent sous un pseudonyme masculin. « Charles King, Esquire » était un nom entièrement fictif. À l'insu de la plupart de leurs clients, elles étaient toutes les trois les seules employées de King & Co. Si par hasard quelqu'un demandait à rencontrer l'insaisissable M. King, elles répondaient qu'il était sorti pour les besoins d'une enquête.

Le siège social de leur agence, un joli édifice en brique dans le calme et verdoyant quartier de Lincoln's Inn Fields, avait été l'un des premiers achats effectués par Tess avec sa pension de veuvage, et la satisfaction qu'elle avait éprouvée lors de la signature de l'acte, cette exaltante bouffée d'indépendance, avait considérablement amoindri sa culpabilité quant aux mensonges qu'elle avait racontés pour en arriver là.

Leur première affaire avait consisté à aider Cecelia Talbot, une de leurs anciennes amies d'école. Cece avait perdu son collier en embrassant un prétendu gentilhomme lors d'une réception, et la crapule avait essayé de la faire chanter pour qu'elle l'épouse en menaçant de l'envoyer à son père comme preuve de leur prétendue aventure.

Tess avait attiré le maître chanteur dans un labyrinthe à Vauxhall. Au lieu du baiser qu'il avait espéré, il avait été accueilli par les pistolets chargés de Daisy, ainsi qu'un long discours d'Ellie lui rappelant que le chantage était un crime et non plus une simple infraction depuis l'affaire *R. contre Jones* en 1776. Qu'à ce titre, il était techniquement passible de déportation en Australie – voire de la peine de mort –, et qu'Ellie était toute disposée à demander à son père d'intenter une action en justice de la part de Cecelia.

Cette petite entrevue avait suffi pour effrayer le scélérat qui avait restitué le collier le lendemain avant de partir en voyage prolongé dans les îles grecques « pour raisons de santé ».

Après cela, les affaires avaient prospéré. Elles avaient trouvé des clientes grâce à des recommandations de bouche à oreille ainsi que quelques publicités dans les journaux, et à présent King & Co. était connu pour s'occuper « d'affaires sensibles » pour le gotha londonien, avec une discrétion absolue et un succès remarquable.

Cependant, pour Tess, la satisfaction professionnelle n'avait rien à voir avec la satisfaction physique. Son désastreux mariage remontait à presque deux ans, et elle avait toujours ce que Daisy appelait « un problème d'inexpérience ».

Ce problème posait un défi de taille. Si elle prenait un amant, elle s'exposait à une grossesse et, d'après ce qu'on racontait, les méthodes de prévention étaient notoirement peu fiables. Son enfant serait de toute évidence illégitime, et il serait cruel de soumettre un innocent à la stigmatisation et aux handicaps inévitables d'une telle naissance.

Elle ne pouvait pas non plus choisir un autre mari. Se marier signifierait perdre le revenu qu'elle touchait du duché et livrer le contrôle de sa personne et de ses finances à un homme qui risquerait de lui interdire de poursuivre son travail.

C'était hors de question. Elle avait une hypothèque à rembourser sur la propriété de Lincoln's Inn Fields, et Ellie et Daisy comptaient sur leur salaire pour jouir d'une certaine indépendance.

La seule solution pour elle aurait consisté à épouser un homme aussi riche que l'ancien duc, en qui elle pourrait avoir entièrement confiance. Un homme qui l'aimerait suffisamment pour la laisser prendre ses propres décisions.

Dans la mesure où les gentilshommes dignes de confiance, séduisants et solvables, ne couraient pas les rues, elle s'était résignée à rester veuve toute sa vie.

Mais pas à une existence de chasteté absolue.

La solution, avaient-elles décidé toutes les trois, était que Tess devienne une autre personne que la duchesse de Wansford le temps d'une soirée. Incognito, masquée, n'ayant ni nom ni moralité, elle pourrait trouver un bel inconnu et se livrer à une expérimentation passionnée sans craindre qu'on la reconnaisse.

D'après Daisy, Hinchcombe Park était le lieu idéal pour cela. Les bals masqués de Tom Careby étaient connus pour être de véritables bacchanales.

Or Tess avait soudain des regrets.

— Je n'aurais pas dû suggérer une chose pareille.

— Bien sûr que si, répliqua Daisy. Tu es la plus jolie fille de toute l'Angleterre et personne ne t'a vraiment correctement embrassée. Ni même incorrectement, d'ailleurs. Quelle désolation !

— Tu sous-entends qu'elle n'a jamais été embrassée avec talent ? s'enquit Ellie. Ou qu'elle n'a jamais été embrassée de façon indécente ?

— Ni l'un ni l'autre, déclara Daisy en secouant la tête avec un froncement de sourcils. Londres regorge de canailles et de libertins. Je n'arrive pas à croire qu'on t'ait fait si peu de propositions malhonnêtes, Tess.

— Peut-être y a-t-il quelque chose en moi donnant à penser que je ne serais pas réceptive aux avances ? Suis-je trop distante ? Trop inabordable ?

— Pas du tout, la rassura Ellie. Tu es absolument irrésistible. Et tu étais radieuse, en demi-deuil. Tu es la seule personne que je connaisse qui soit belle en lavande. Moi, le lilas me donne tellement mauvaise mine qu'on dirait que j'ai le mal de mer.

— En cherchant bien ce qui peut faire peur aux hommes, il faut reconnaître que tu manifestes un intérêt étrange pour les pratiques agricoles modernes, la taquina Daisy. Ta passion pour les truffes est singulière.

— Vous croyez qu'on peut deviner que je suis encore vierge ? s'inquiéta soudain Tess.

Daisy pouffa.

— Bien sûr que non ! Bien que mon père prétende être capable d'en repérer une à cinquante pas, les hommes ne naissent pas avec un détecteur de pucelles. On ne peut pas déceler la pureté comme une source d'eau. Si c'était le cas, tous les hommes se promèneraient avec une baguette de sourcier dans la poche pour voir si elle frémit chaque fois qu'ils s'approchent d'une jeune fille.

Tess éclata de rire en se représentant la scène.

Ellie se raccrocha à la vitre tandis que le véhicule s'enfonçait dans une nouvelle ornière.

— À mon avis, ils ne t'abordent pas parce que les matrones leur ont fait peur, ou parce qu'ils redoutent de se faire éconduire. La plupart des hommes préfèrent ne pas essayer que reconnaître qu'ils ont échoué.

Tess poussa un long soupir. Lorsqu'on l'avait obligée à épouser le duc, elle avait craint que le Tout-Londres ne la prenne pour une femme cupide et sans scrupule, ou pire, une meurtrière. Heureusement il ne s'était rien passé de tel.

Tandis qu'elle déclinait toute sortie pendant les six mois du grand deuil, Daisy et Ellie s'étaient lancées dans une campagne destinée à faciliter son retour dans la bonne société, en rappelant à tous et toutes qu'elle avait été contrainte à s'unir au duc par son père dominateur… que la mort, à peine huit semaines après celle du duc, avait hélas empêché de nier cette vérité dérangeante.

Quelle ironie ! Il n'avait pas vécu assez longtemps pour savourer les avantages d'avoir une duchesse pour fille… Tess s'était sentie coupable de ne pas le pleurer, mais il n'avait pas été un père aimant, uniquement un père égoïste, et elle était immensément soulagée de pouvoir échapper définitivement à ses manipulations.

Bon nombre de riches héritières ayant été également obligées de vivre des unions sans amour, elle avait fait l'objet d'une compassion inattendue lorsqu'elle était enfin revenue à Londres.

Au lieu de la snober, les épouses et les veuves des cercles huppés l'avaient prise sous leurs ailes. Les dames la plaignaient d'avoir dû coucher avec un vieillard, et elle avait essayé de ne pas grimacer tandis qu'elles lui décrivaient avec moult détails leurs propres sordides expériences sexuelles.

Étant une jeune veuve séduisante, elle était devenue sans le vouloir le trophée matrimonial suprême, et ces femmes bien intentionnées avaient serré les rangs pour dissuader d'approcher tous ceux qui n'étaient pas les prétendants les plus honorables.

Malheureusement, aucun n'avait jamais imaginé que Tess pourrait apprécier quelques avances scandaleuses.

— Nous devrions mettre nos masques, dit-elle. Il n'est pas question que quiconque devine notre identité.

Daisy et Ellie acquiescèrent, et elles enfilèrent toutes les trois leur déguisement.

La robe d'Ellie était bleu clair. Les fanfreluches excessives lui donnaient l'air d'une adorable bergère qui aurait choisi de garder ses moutons dans une tenue peu pratique. Daisy, ayant décidé qu'aucune de ses toilettes n'était suffisamment affriolante, avait emprunté une robe indigo à une de ses amies qui travaillait comme danseuse au théâtre de Drury Lane. Sa poitrine en débordait tout autant que celle de Tess.

Mais c'était la robe de cette dernière la plus aguicheuse : elle était d'un rouge scandaleux, synonyme de péché.

Elle n'avait jamais porté cette couleur de toute sa vie, mais après un an à s'habiller en lavande et bruns tristes, cette robe écarlate la rendait audacieuse et littéralement coquine. Elle était tout à la fois terrifiée d'attirer l'attention, et enhardie par le fait d'être anonyme.

Des flambeaux éclairaient la façade de la maison tandis que la voiture se garait derrière la rangée de véhicules attendant de déverser leurs passagers devant le perron. Des rires, de la musique et des conversations leur parvenaient des fenêtres ouvertes.

L'estomac de Tess se noua dans un accès de panique, bien que Daisy lui adresse un sourire rassurant.

— Tu en es capable. Tu es une femme écarlate. De celles qu'on appelle « les femmes de mauvaise vie ». Au sens propre : tu as vécu une mauvaise vie en passant beaucoup trop de temps à t'intéresser aux registres de comptabilité et aux rendements de céréales. Tu as le droit de t'amuser un peu, maintenant.

Tess hocha la tête. Daisy avait raison. Il était temps qu'elle cesse de se cacher dans l'ombre et qu'elle prenne la vie par les cornes.

Ce soir, elle se ferait embrasser.

3

Tess le remarqua dès qu'elle franchit le seuil de la salle de jeu. Il était assis à une table, de trois quarts, une pile de jetons en nacre sur le tapis devant lui, un verre de liquide ambré près de son poignet.

Ce fut son immobilité qui l'attira, l'intensité de sa concentration. Il était une oasis de calme au milieu de la foule d'invités qui oscillaient et ondoyaient autour de lui telles les eaux mouvantes d'une rivière.

Son adversaire déplaçait ses cartes dans son jeu et pianotait impatiemment sur la table, mais ses mouvements à lui étaient calmes lorsqu'il posa une carte et en demanda une autre d'un petit geste de la main.

Intriguée, Tess s'approcha, utilisant la masse pour se fondre dedans. Les candélabres au-dessus de leurs têtes éclairaient ses cheveux noirs, son nez droit et la naissance d'une barbe sur sa joue hâlée – en dépit de la mode en vigueur privilégiant les teints pâles.

Il était le seul de la pièce à ne pas porter de masque.

L'arrogance sous-jacente de sa démarche, celle d'un homme dédaignant se plier aux mêmes règles que le commun des mortels, la fascina. Elle avait toujours rêvé d'avoir le courage de faire fi avec autant d'audace des attentes de la bonne société.

Qui était cet homme ?

Elle se rapprocha, attirée par son aura d'autorité naturelle.

Elle ne l'avait encore jamais vu dans la sphère huppée. S'agissait-il d'un soldat, récemment revenu de la guerre ? Il en avait assurément le physique. Ses épaules étaient musclées sous sa veste sombre, son corps svelte et athlétique.

Et il avait de l'argent, à en juger la coupe exquise de sa redingote. Un étranger, peut-être ? Un joueur professionnel ? Quoi qu'il en soit, il n'était pas un hobereau ruiné. Toutefois, dans une réception de ce genre, il pouvait tout aussi bien être un séduisant valet qui avait dérobé les vêtements de son maître pour la soirée.

Tess resta à proximité, impatiente de voir son visage en entier.

Elle espérait presque qu'il allait ouvrir la bouche et dire une grosse bêtise, ou rire en brayant comme un âne, afin de faire voler son charme en éclats.

Il n'en fit rien. Lorsque son adversaire fit une remarque, son rire profond vibra à travers Tess et déclencha une onde frémissante au creux de son ventre. Elle retint son souffle, stupéfaite de la réaction de son corps.

Après la donne suivante, l'autre joueur émit un petit bruit de dégoût et jeta ses cartes sur la table.

— Sapristi, Thorn, vous m'avez encore battu !

Sa joviale exclamation de dépit s'accompagna d'un grognement tandis qu'il poussait ses jetons sur le tapis tout en reculant sa chaise.

— Je savais que je n'aurais pas dû tenter ma chance contre vous. Vous avez une veine inouïe.

Comme s'il avait senti la présence de Tess à côté de lui, l'inconnu leva soudain la tête.

Le choc d'une sensation primitive, semblable à une sorte de reconnaissance, la transperça lorsque leurs regards se croisèrent. Si quelqu'un lui avait demandé de décrire un homme dangereux, cela aurait été lui.

Des yeux gris acier, des pommettes hautes. Des lèvres qui avaient l'air capables de donner des ordres – ou d'embrasser – avec une aisance consumée.

Ils ne s'étaient jamais rencontrés, elle en était certaine, mais elle le connaissait : il incarnait tous ses fantasmes les plus fous !

Pour le décrire, le mot « beau » semblait trop fade. L'intelligence et la vivacité brillaient dans ses prunelles, et Tess eut l'étrange impression qu'il regardait à travers elle, à travers sa robe et sa peau, jusqu'à son cœur, même. Elle se sentit exposée, tous ses secrets mis à nu.

Elle se secoua mentalement. Que lui arrivait-il ? Bien sûr qu'il ne lisait pas dans ses pensées. Il l'imaginait probablement dévêtue, voilà tout.

Ce qu'elle était également en train de faire avec lui...

Il l'observa des pieds à la tête, intensément et apparemment satisfait, appréciant sa robe rouge et son masque carmin d'un coup d'œil circulaire. Ses sourcils noirs se haussèrent.

Par intérêt ? Par dédain ?

Elle n'aurait su le dire.

Elle soutint son regard et l'étudia à son tour sans ciller, malgré la bouffée de chaleur que cette audace faisait naître dans son corps. Un frisson lui parcourut l'échine. C'était donc cela, la luxure tant vantée par les poètes. Cette grisante sensation d'excitation ?

Enfin !

Elle avait l'impression d'avoir le souffle coupé, et en même temps elle était infiniment soulagée ; ces derniers mois, elle commençait à s'inquiéter d'être comme insensible, engourdie. Le vague intérêt qu'elle avait pu éprouver en quelques occasions était totalement éclipsé face à la réaction incandescente que lui inspirait cet homme.

C'était certainement un signe de l'univers.

Les lèvres de l'inconnu se retroussèrent tandis qu'elle prolongeait son inspection ; il appréciait apparemment sa hardiesse. Il se leva lestement et Tess recula involontairement d'un pas. Il était plus grand qu'elle ne s'y était attendue. Plus intimidant.

Sans doute pensait-il qu'elle s'apprêtait à partir, car il captura son poignet, qu'il encercla doucement avec ses doigts.

— Restez, ma belle. Vous m'avez porté bonheur.

Le ventre de Tess se retourna, divinement troublé. Sa voix était aussi délicieuse que son visage. Profonde et modulée, avec une pointe d'amusement ironique. Elle laissa fuser un petit rire dédaigneux.

— Allons donc ! Votre ami vient de dire que vous aviez toujours de la chance. Ma présence n'y est pour rien.

Il sourit de la voir refuser son compliment facile, et décala ses doigts pour porter sa main à ses lèvres. Il embrassa le dos de son gant, tel un gentilhomme, et la chaleur de ce contact la brûla à travers le satin.

— Je ne crois pas que nous ayons été présentés.

— Je ne crois pas, non. Je suis...

Elle chercha précipitamment un pseudonyme. Elle n'y avait pas songé.

— Masquée, termina-t-il doucement en voyant son hésitation. Et de ce fait peu encline à dévoiler votre nom. Ou votre visage.

Il s'inclina au-dessus de leurs mains jointes. L'éclat dans ses yeux était une invitation à la joute.

— Oubliez ma question. Je préfère ignorer votre nom plutôt qu'entendre un mensonge. Je vous appellerai « Scarlet ».

Tess sourit, amusée par sa perspicacité, et lui répondit sur le même ton joueur :

— « Scarlet » me conviendra très bien. Et, oui, j'apprécie l'anonymat d'un bal masqué. Contrairement à vous, semble-t-il. Vous trouvez-vous si beau que vous ne voulez priver les dames du plaisir de voir votre visage ?

Il fronça les sourcils.

— Pas du tout. Bien que je ne sois pas insensible au compliment. Et vous, êtes-vous si belle que vous portez un masque pour éviter que tous les hommes tombent à vos pieds ?

— C'est possible, répondit-elle avec un haussement d'épaules.

Ce n'était pas loin de la vérité. Son physique était généralement à la source de tous ses problèmes. Ce soir, elle l'éliminerait de l'équation.

Il resserra les doigts autour des siens et les fit se tourner tous les deux vers la salle de bal. Tess jeta un coup d'œil à la table.

— Ne ramassez-vous pas vos gains ?

— Simms s'en chargera. Nous devrions danser.

Il l'entraîna à travers la foule sans lui lâcher la main, et lorsqu'ils furent sur la piste de danse, il la fit tourbillonner sans effort dans ses bras.

Elle coula un bref regard vers leurs mains jointes. Elle portait des gants rouges assortis à sa robe. Il avait de longs doigts racés, une peau légèrement hâlée, comme s'il passait du temps dehors.

Ils s'élancèrent aux accents d'une valse, leurs corps évoluant en parfaite harmonie, et elle essaya de ralentir les battements de son cœur. Elle sentait sous sa paume les muscles solides de son épaule.

Elle lui jeta un coup d'œil qu'elle espérait féminin et coquet.

— Dites-moi sincèrement, pourquoi ne portez-vous pas de masque ? N'avez-vous pas peur qu'on vous reconnaisse ?

— Pas particulièrement. Je n'ai rien à cacher, et les subterfuges m'agacent. Je préfère être franc et direct, tant sur le plan professionnel que personnel. Les gens n'ont qu'à me prendre tel que je suis ou me laisser.

Ce fut au tour de Tess de hausser les sourcils. Ce devait être tellement agréable de ne pas se soucier de l'opinion des autres. Malheureusement, elle n'avait pas ce luxe. Du moins, pas au sein de la haute société.

— Vous croyez que je cache quelque secret ? s'enquit-elle.

Le coup d'œil qu'il lui adressa était goguenard.

— En dehors de mon visage et de mon nom, ajouta-t-elle avec ironie.

Il se pencha si près que ses lèvres effleurèrent sa tempe, et l'odeur de son eau de Cologne boisée lui taquina les narines. Seigneur, quel fabuleux parfum...

— Je crois que vous cachez mille et une choses, Scarlet, murmura-t-il. La moindre n'étant pas un corps tout à fait charmant sous cette robe scandaleuse.

Tess prit une inspiration, à la fois choquée et ravie de cette approche directe.

Elle lui plaisait ! Sans même lui avoir montré son visage ni révélé son identité !

— Je pourrais être aussi laide qu'un cheval, sous ce masque, articula-t-elle laborieusement.

Il s'écarta légèrement et son regard flegmatique se posa sur ses lèvres.

— Peut-être. Mais vous avez la bouche la plus sensuelle que j'aie jamais vue.

Elle chancela, et il la rattrapa avec aisance.

— Êtes-vous mariée ? demanda-t-il.

Elle secoua la tête.

— Fiancée ?

— Non.

— Êtes-vous la maîtresse d'un autre homme ?

— Non. Et vous ?

Il sourit.

— Ni marié ni fiancé. Ni la maîtresse d'un homme, non plus.

Il riva ses yeux aux siens.

— Êtes-vous venue ici ce soir uniquement pour danser, Scarlet ? Ou à la recherche d'autres plaisirs ?

Tess se mordit la lèvre. C'était l'occasion ou jamais.

— Et si je vous disais que je suis venue chercher une aventure ? Pourriez-vous me l'offrir ?

Il inclina la tête en faisant mine de réfléchir.

— Pendant une heure ou deux, oui. Je pense que nous pourrions nous amuser ensemble.

Sa spontanéité était rafraîchissante. Il n'essayait pas de la charmer avec de jolis compliments ou en susurrant des mensonges. Elle se sentit fondre.

Si scandaleux que ce soit, il y avait quelque chose d'incroyablement libérateur à ne pas être jugée d'après son physique. La beauté n'était qu'une combinaison fortuite de traits séduisants qui devaient tout à la chance et aux canons de la mode en vigueur. Sa beauté se fanerait, et si peu de gens se donnaient la peine de regarder au-delà, son intelligence, sa bonté, son esprit...

Cet homme la prenait pour une femme dépourvue de moralité. À l'exception de ses lèvres visibles sous le masque, peu lui importait sa physionomie. Il voulait simplement son corps pour faire plaisir au sien.

Et pour la première fois de sa vie, elle voulait exactement la même chose.

La valse se termina et ils s'arrêtèrent dans un tourbillon, ses jupes enroulées autour des jambes de l'inconnu comme si elles refusaient de le laisser partir. Le souffle court, elle sentait sa poitrine se soulever et retomber.

Elle avait envie que cet homme l'embrasse ; jamais elle n'avait eu autant envie d'un baiser. Et s'il voulait davantage qu'un baiser... Eh bien, elle avait un des couteaux de Daisy dans sa poche. Elle s'en servirait, s'il se montrait trop insistant.

Elle posa la paume sur le plastron de sa chemise et osa se lancer.

— J'aimerais faire autre chose que danser.

4

Était-ce vraiment elle qui venait de proposer cela ?

Incrédule, elle suivit le bel inconnu à travers les salles bondées. La puissance de cette attraction était à la fois merveilleuse et terrifiante.

Son adversaire aux cartes l'avait appelé « Thorn », mais était-ce son prénom ou un surnom ? Dans les deux cas, ce mot qui signifiait « épine » lui paraissait étrangement approprié. Il y avait quelque chose d'acéré en lui ; un genre de beauté dangereuse, tel le tranchant d'une lame parfaitement affûtée.

Peut-être valait-il mieux qu'elle ne connaisse pas son identité.

Il lui tenait toujours la main. Il jeta un coup d'œil par-dessus son épaule avec un sourire qui fit palpiter son ventre.

La foule s'amenuisait tandis qu'ils s'aventuraient plus loin dans la maison. Des couples s'enlaçaient dans des recoins sombres. Tess chercha du regard Ellie et Daisy, mais elle ne vit ni l'une ni l'autre.

La première pièce dans laquelle ils entrèrent était occupée. Tess entendit une voix masculine protester tandis que la porte se refermait, et elle s'excusa silencieusement auprès de la ou des personnes qu'ils avaient involontairement dérangées.

La deuxième était déserte, éclairée par une seule lampe. Elle vit de hautes rangées de livres qui tapissaient les murs, avant que l'homme la fasse pivoter et s'écraser contre la porte. Leurs poitrines se touchèrent. Il l'emprisonnait de son corps, et elle ressentit un frisson de délicieuse panique.

C'était de la folie !

Une folie irrépressible.

Elle le voyait à peine dans la pénombre, seul son profil se découpait, mais elle sentait sa proximité. Son haleine caressa sa joue.

— Alors, à quoi ressemble votre fameuse aventure ?

Toutes ses craintes se dissipèrent. Elle voulait ce qui allait se passer. Elle en avait besoin. Elle n'avait qu'à être un peu courageuse.

— Elle commence par un baiser.

Il étudia sa bouche avec une intensité qui aurait dû la déstabiliser, mais qui fit crépiter d'impatience tout son corps.

— Un baiser ? Cela devrait être en mon pouvoir.

Il pencha la tête et Tess ferma les yeux, déterminée à savourer chaque instant. Jamais encore on ne l'avait embrassée sur la bouche.

Les lèvres de l'homme l'effleurèrent, chaudes et plus douces qu'elle ne l'aurait imaginé. Elle avait pensé qu'il la dévorerait, abandonnerait toute retenue, or il n'y avait aucune urgence dans son baiser, aucune agression. Au contraire, il l'embrassa avec une langueur paresseuse et exquise, comme si elle était à déguster. Et qu'ils avaient toute la vie devant eux.

Une bouffée de chaleur fit rougir la gorge et les joues de Tess.

Il encadra son visage de ses deux mains et elle se raidit, croyant qu'il voulait retirer son masque. Il se contenta d'effleurer des pouces les commissures de ses lèvres, et elle frissonna.

Il l'embrassa encore.

— Délicieuse, murmura-t-il. Votre bouche est délicieuse.

Il inclina la tête, et elle sentit sa langue glisser sur ses lèvres closes. Pendant un instant, elle ne sut que penser, mais alors qu'elle ouvrait la bouche pour lui demander ce qu'il faisait, il y enfonça la langue, qu'il enroula à la sienne.

Elle faillit s'évanouir tant cette nouvelle sensation était merveilleuse. Timidement, elle remua également la langue, l'embrassant avec un enthousiasme candide et, lorsqu'il poussa un grognement sourd pour l'encourager, le corps de Tess la picota des pieds à la tête.

Il avait le goût du brandy qu'il venait de boire, une saveur fumée et mystérieuse, et une boule de chaleur explosa dans son bas-ventre. Il fit glisser ses larges mains dans ses cheveux, tandis que son baiser se faisait plus passionné, l'entraînant dans les ténèbres, à l'instar d'un courant sous-marin auquel il était impossible de résister.

Un baiser suivit l'autre, et ce fut un jeu sans fin d'avancées et de retraites, enivrant, addictif, voluptueusement bouleversant. Tess se ramollit contre la porte, les genoux en flanelle.

Seigneur, c'était *glorieux* !

Enhardie, elle passa les mains autour du cou de son compagnon et enfouit ses doigts dans ses cheveux en regrettant de ne pas avoir retiré ses gants pour sentir la texture de sa peau. De son torse, il la clouait contre la porte tandis que sa bouche dérobait son souffle.

Cet homme savait ce qu'il faisait.

Peu à peu, ses baisers devinrent plus impérieux, les faisant fusionner tous les deux, l'attirant dans un tourbillon étourdissant de rouge et de noir. Il se pressait contre elle, pesant et ferme, d'une telle virilité que cela l'excita furieusement.

Arrachant ses lèvres aux siennes, il déposa une succession de baisers brûlants le long de son cou et sur ses épaules, et Tess appuya sa tête contre la porte pour mieux s'offrir à lui. Le frottement de sa barbe naissante lui donna la chair de poule.

Son grognement sourd reflétait parfaitement le désir qu'elle éprouvait.

— Par pitié, Scarlet, dites-moi que vous ne vous contenterez pas d'un baiser.

Sa voix rauque, sa ferveur eurent raison de ses réticences. Tess s'efforça de reprendre son souffle, de recouvrer ses esprits, mais son corps tout entier réclamait son contact, réclamait davantage que la délicieuse chaleur qu'il éveillait si aisément en elle.

Comment était-il possible que deux inconnus puissent vibrer ainsi, à l'unisson ? Que son corps réagisse de la sorte ? Cela n'avait jamais été le cas, et c'était parfaitement insensé, mais quelle importance ? Si c'était cela la folie, alors elle voulait bien qu'on l'enferme à l'asile.

— J'en veux plus, chuchota-t-elle. S'il vous plaît.

Il n'attendit pas d'autre encouragement et fit glisser sa bouche sur la poitrine de Tess, éhontément exposée par la robe scandaleuse. Elle retint son souffle au contact de ses dents joueuses sur sa peau, aussitôt suivies par un coup de langue apaisant.

Soudain, il glissa la main à l'intérieur de son décolleté et elle arrondit les yeux tandis qu'il la mettait en corolle autour de son sein.

Dieu tout-puissant, quelle sensation ! Il pressa doucement les doigts pendant que ses lèvres brûlantes déposaient des baisers de plus en plus bas. Et juste ciel... son mamelon fut *dans sa bouche* ! Le mouvement de sa langue et sa succion délicate firent tressaillir son ventre.

Oh, quelle indécence !

— Touchez-moi.

Sa voix enrouée et impérieuse la tira de sa langueur éblouie.

— Posez les mains sur moi. S'il vous plaît.

Tess cligna des yeux. Le toucher ? Où ? Au visage ? À la poitrine ?

Il lui prit la main et l'attira entre eux, appuyant ses doigts sur le devant de son pantalon, et elle relâcha un souffle choqué en sentant son sexe dur comme du bois sous le vêtement.

Le toucher... *là* ? Seigneur, elle n'avait pas la moindre idée de ce qu'elle devait faire !

Mais elle en avait envie.

Par chance, il ne parut pas remarquer son hésitation. Tandis qu'elle retirait ses gants, il déboutonna son pantalon avec une dextérité tranquille. Alors seulement elle le sentit vraiment : brûlant, velouté et doux contre sa paume. Elle referma instinctivement les doigts autour de lui, et il poussa un grognement de plaisir contre son cou.

— Oui, Scarlet. Exactement de cette manière.

Fascinée, excitée, elle l'encercla de ses doigts qui se touchaient à peine.

Avec un juron passionné, il recouvrit sa main de la sienne autour de son sexe, et elle le laissa, stupéfaite, faire coulisser leurs deux mains à un rythme frénétique. Son grand corps se soulevait, ses hanches ondulaient contre elle... et soudain, il retira sa main pour la laisser continuer toute seule.

Elle n'en revenait pas. Elle ne voyait rien, dans l'enchevêtrement de vêtements entre eux, mais elle *sentait* bel et bien : la peau douce qui glissait sur le muscle, l'humidité sur ses doigts. C'était renversant.

Il lâcha un gémissement rauque contre ses lèvres.

— C'est si bon...

Une exaltation grisante inonda la jeune femme : elle eut l'impression qu'elle venait de résoudre l'un des grands mystères de l'univers. Sa caresse lui donnait du plaisir ! Il aimait cela !

— Plus doucement maintenant. Là, voilà.

Avec un grognement étouffé, il reprit sa main pour la guider, et en trois nouveaux allers et retours, son corps se convulsa. Il enfouit son visage dans son cou et, de sa main libre, lui agrippa les cheveux presque douloureusement tandis qu'il tressaillait entre ses mains.

Pendant un bref moment délicieux, il prit appui contre elle, étrangement vulnérable. Sa respiration était saccadée, comme s'il venait de courir, et elle éprouva une bouffée de satisfaction en songeant qu'elle avait pu produire un résultat pareil chez un homme tel que lui.

Puis il relâcha lentement son souffle, avec béatitude.

— Bon Dieu, Scarlet. C'était...

Il déglutit, cherchant visiblement les mots justes.

— Ce n'était pas ce que j'avais prévu, pour tout vous avouer. Néanmoins c'était bon. Si bon...

Il déposa un baiser sur son épaule nue.

— Je suis désolé.

Sa voix rocailleuse trahissait un petit sourire gêné tandis qu'il rajustait son pantalon.

— Je n'avais pas du tout l'intention de faire cela tout seul. Vous avez eu raison de moi.

Tess retint un rire ravi.

— Inutile de vous excuser.

Elle avait voulu connaître la passion, n'est-ce pas ? Eh bien, elle avait vu ce que c'était. Elle en avait appris davantage en dix minutes – sur les hommes, sur elle – que pendant ses vingt et une années d'existence.

Il secoua la tête, comme s'il se morigénait.

— C'est que je vous avais promis de l'aventure, et jusqu'à présent je suis le seul à avoir fait quelque chose d'excitant.

— Les baisers étaient excitants.

Il était si grand, si large d'épaules. La façon dont il la dominait aurait dû lui sembler menaçante, mais curieusement, leur disparité lui donnait seulement l'impression d'être délicieusement féminine. Elle avait chaud, était en proie à une singulière agitation, et son corps frémissait d'un étrange courant.

— Je vous dois plus que des baisers, Scarlet. Je vous dois satisfaction.

Il pouffa et elle sentit se nouer son estomac, mais le choix de ses mots la fit sourire.

— On dirait une provocation en duel, dit-elle avant de baisser la voix pour imiter son timbre masculin : « Monsieur, j'exige satisfaction. »

Elle vit ses dents blanches dans l'ombre tandis qu'il souriait de son trait d'esprit.

— Oh, vous l'aurez, milady. Vous serez tellement satisfaite que vous en rêverez pendant des semaines.

Elle rit, alors même que son corps fourmillait devant son assurance.

— Vous paraissez bien certain de vos compétences.

Il effleura sa joue d'une caresse dévastatrice.

— Je n'ai jamais reçu de plainte.

Doux Jésus, elle était tentée de découvrir exactement de quoi il était capable, toutefois les choses étaient déjà allées suffisamment loin. Elle s'apprêtait à le lui dire lorsqu'il l'embrassa de nouveau, et la partie rationnelle de son cerveau se ramollit notablement.

Encore quelques baisers, peut-être...

Il prit ses fesses entre ses mains à travers les jupes et l'attira contre lui. Le contact de son corps contre elle était exquis, et elle ondula les hanches pour se rapprocher encore plus.

Malgré ce qu'il venait de faire, il était déjà dur. Il lui caressa la cuisse, l'incitant silencieusement à soulever la jambe et à la replier autour de sa hanche, et cette position nouvelle le lova parfaitement au creux de son anatomie.

Elle se tortilla contre lui, cédant aux sensations, ne cherchant qu'à apaiser la douleur palpitante entre ses jambes.

Sans cesser de l'embrasser, il glissa une main sous ses jupes et la laissa grimper le long de son mollet, puis plus haut, jusqu'au ruban soyeux de sa jarretière. Elle étouffa un cri contre sa bouche lorsqu'il caressa la peau nue de sa cuisse. Jamais aucun homme ne l'avait touchée là, mais c'était si bon, si impudique…

Elle ne portait pas de culotte, de sorte que rien ne vint empêcher sa main de remonter encore. Il poussa un grondement de plaisir tandis que ses doigts filaient sur l'extérieur de sa cuisse et encadraient son postérieur dénudé.

— Quelle douceur !

Il mordilla du bout des dents sa lèvre inférieure.

Tess avait l'impression qu'elle était fiévreuse. La large main de son compagnon pressait son postérieur et tout en elle frémissait. Puis il laissa descendre ses doigts, suivant la courbe de son fessier, et elle se tendit contre lui, impatiente de sentir sa caresse entre ses jambes. Il devait exister un moyen de faire cesser cette pression, cette envie douloureuse…

La porte dans son dos la poussa soudain en avant tandis que quelqu'un essayait d'entrer dans la pièce. Déséquilibrée, elle s'accrocha aux épaules de son partenaire tandis que sa jambe se reposait au sol et que la main de l'homme tombait de ses jupes.

Elle heurta du front son menton lorsque l'intrus força encore la porte, pensant apparemment qu'elle était coincée par quelque obstacle invisible.

— Cette pièce est occupée !

Le grognement de son compagnon rugit près de son oreille, et les furieuses agitations sur la poignée cessèrent brusquement. Un moment de silence régna.

— Toutes mes excuses. Je ne voulais pas déranger.

La voix grave de l'autre côté de la porte exprimait à la fois le regret et l'amusement.

— Amusez-vous bien, mon brave.

Le bruit de pas s'éloigna dans le couloir et la réalité s'imposa soudain à Tess, aussi violemment qu'un seau d'eau jeté en plein visage. Elle rougit des pieds à la tête – non que son bel inconnu puisse le voir, entre son masque et la pénombre – et fit glisser les mains de ses épaules jusqu'à son torse dur avant de le repousser doucement.

Le regret se mêla au soulagement tandis qu'il s'écartait obligeamment, et elle se rendit compte avec surprise que le froid qu'elle sentait sur sa poitrine était dû au fait que son sein droit était toujours dénudé. Elle rajusta son bustier les mains tremblantes.

Son cœur battait encore d'un désir inassouvi, et elle ne savait pas si elle devait bénir ou maudire le responsable de cette interruption. Cinq minutes plus tard, elle aurait certainement laissé cet homme la prendre contre le mur, ou allongée par terre comme une prostituée de bas étage.

Une petite partie coquine et désespérée d'elle le souhaitait encore... Heureusement, le bon sens l'emporta. Elle devait penser aux autres, et pas seulement à elle. Elle s'éclaircit la voix.

— Je crois que cela suffit pour ce soir, en termes d'aventure.

Elle devina son trouble, même dans le noir.

— Déjà ? Mais pourquoi ?

Il tendit une main pour lui caresser le menton.

— N'étiez-vous pas contente ?

La pointe d'incertitude dans sa voix lui étreignit le cœur. Comment pouvait-il en douter ?

— Oh si, je l'étais.

Presque trop.

— Alors, laissez-moi vous rendre la pareille, dit-il en faisant glisser ses doigts sur ses hanches et en les pressant doucement. S'il vous plaît.

Elle s'obligea à secouer la tête.

— Je dois partir.

« Rentrer à la maison, ajouta-t-elle silencieusement. Et me coucher. Toute seule. Pour m'émerveiller de tout ce que nous venons de faire. »

Il recula d'un pas.

— Veuillez m'excuser. Je me suis mépris, apparemment, répliqua-t-il d'un ton soudain plus sec. Je n'avais pas compris que vous étiez une professionnelle.

Elle entendit un froissement de tissu tandis qu'il cherchait quelque chose dans sa poche.

— Combien vous dois-je ?

Elle rougit violemment en comprenant ce qu'il voulait dire. La plupart des femmes à la recherche d'une liaison illicite l'auraient supplié de continuer. Il était logique qu'il la prenne pour une prostituée impatiente de trouver un nouveau client.

— Rien, répondit-elle vivement en écartant sa main. Je vous assure. Je ne veux pas être payée.

Il poussa un petit grognement d'incrédulité cynique.

— En tant qu'homme d'affaires, qu'on m'offre quelque chose sans contrepartie éveille toujours mes soupçons. Rien n'est jamais vraiment gratuit.

Zut ! Elle aurait dû demander dix livres et tant pis s'il la prenait pour une gourgandine. Elle s'efforça d'adopter un ton taquin pour répondre :

— Peut-être vous ai-je volé votre montre de gousset ?

Il ne prit même pas la peine de tapoter ses poches.

— Non.

— Peut-être ai-je volé votre cœur.

Il se détendit légèrement.

— Je n'en ai pas. Du moins, c'est ce qu'on m'a dit.

Il effleura du doigt une petite tache de rousseur qu'elle avait au-dessus de la courbe supérieure de sa lèvre.

— Mais au cas où on se serait trompé, protégez-le précieusement, ajouta-t-il.

Sa riposte amusée la fit sourire. Jamais elle n'avait autant apprécié un badinage. Savoir qu'ils ne se reverraient pas creusait un vide étrangement douloureux dans sa poitrine. Maintenant qu'elle l'avait trouvé, cet homme capable de réveiller ses sens, elle aurait voulu ne jamais le laisser partir.

Or c'était impossible.

Elle hésita à se hausser sur la pointe des pieds pour lui donner un dernier baiser, et s'en abstint. Elle perdrait probablement le peu de lucidité qu'il lui restait, s'ils recommençaient à s'embrasser.

— Êtes-vous certaine que nous ne nous sommes jamais rencontrés ? demanda-t-il. Vous me rappelez vaguement quelqu'un.

Le cœur de Tess bondit, affolé.

— Oh, oui, tout à fait certaine.

Elle s'en serait indubitablement souvenu, si elle l'avait rencontré dans les cercles mondains. Son visage était inoubliable.

— Alors, au revoir. Et bonne nuit.

Il recula encore d'un pas pour lui permettre de partir.

— Peut-être nous reverrons-nous ? ajouta-t-il.

— J'en doute. Et quand bien même, vous ne me reconnaîtriez pas.

— Ah, mais vous, si. Et le cas échéant, j'espère que vous vous présenterez, afin que nous puissions vivre une nouvelle aventure.

— Peut-être le ferai-je.

Elle n'oserait jamais.

Il donna une petite pincée joueuse à son menton, comme s'il la grondait pour son mensonge.

— Au revoir, Scarlet. Vous étiez exactement ce qu'il me fallait ce soir.

Tess s'écarta de la porte et tourna la poignée.

— Vous également.

Avec un dernier regard par-dessus son épaule, elle se faufila dans le couloir.

Quelle soirée !

Justin relâcha lentement son souffle. Quelle rencontre extraordinaire ! Et quelle femme sublime !

Son sang courait encore dans ses veines, son cerveau tourbillonnait tandis que les vestiges grisants de son parfum s'attardaient dans l'air.

Il posa la main sur la poignée de porte, avant de s'obliger à la lâcher. Il ne la suivrait pas. Découvrir son nom, son visage, gâcherait la magie. L'illusion.

Peut-être, ainsi qu'elle l'avait suggéré, était-elle laide, sous son masque. Affligée d'un nez bulbeux, d'un strabisme, ou avait-elle le visage grêlé.

Non. Il le savait dans son âme.

Ses lèvres avaient été parfaites : pulpeuses et douces, et la pudique hésitation dans ses réactions, cette façon de prétendre qu'elle ne savait pas bien embrasser, cela l'avait excité, bien qu'il sache qu'elle jouait la comédie.

Si elle n'était pas une courtisane, qui était-elle alors ? Sa peau sous le masque était douce comme du velours, ses mains également. Ce n'était pas une fille de ferme, ni une lavandière aux mains usées par le travail manuel.

Elle n'avait pas essayé de dissimuler son accent. N'y avait-elle pas songé ? Ou était-elle si convaincue que son masque constituait un déguisement suffisant ? En tout état de cause, son élocution distinguée éliminait la piste des classes laborieuses. Il était prêt à parier cent livres qu'elle faisait partie de l'aristocratie, ou au moins de la noblesse terrienne.

Il était venu ce soir sans attente particulière, et il avait vécu son expérience la plus extraordinairement érotique depuis des années.

Son sexe palpitait encore à ce souvenir, à la façon dont son sein tenait ainsi parfaitement dans sa main, dans sa bouche. Son odeur, un mélange discret de parfum fleuri et de peau féminine chaude, l'avait étourdi de désir.

Son corps l'avait reconnu, à défaut de son esprit. Comme s'ils avaient déjà été amants dans un passé lointain.

Il ricana. Cela ne lui ressemblait pas de se laisser aller à ce genre de fantasme. Il ne connaissait même pas son nom ! Elle avait prétendu n'être pas mariée, mais les gens mentaient. Elle devait être en train d'embrasser un autre homme, en ce moment même, dans une autre pièce.

Un éclair de jalousie possessive, totalement irrationnelle et injustifiée, le crucifia. Il n'avait aucun droit sur elle. Ils ne se reverraient probablement jamais, lui avait-elle fait remarquer.

Pourtant, il détestait cette sensation qu'ils étaient restés sur leur faim. Si elle n'était pas une épouse désabusée ou une veuve sans attaches, pourquoi ne pas le laisser lui donner du plaisir à son tour ? Le voir jouir dans sa main l'avait-il frustrée ? Avait-elle pensé qu'il ne serait plus capable de la combler ? Aucun risque. Il avait retrouvé toute son énergie à une vitesse presque miraculeuse. Son sexe était de nouveau dur comme une barre de fer.

Et même si elle n'avait pas voulu sa verge, il aurait pu la satisfaire avec ses mains, ou sa bouche. Il aurait adoré la rendre folle de plaisir.

Il poussa un autre soupir. Cette rencontre lui laissait plus de questions que de réponses. Mieux valait sans doute garder de cette soirée un merveilleux souvenir. Cependant il savait déjà qu'il observerait les lèvres de toutes les femmes, à Londres, pour le cas où il y trouverait sa mystérieuse inconnue.

5

King & Co., Lincoln's Inn Fields

— On l'a retrouvé.

Tess releva la tête avec surprise, sa plume en suspens au-dessus d'un exemplaire du *Times,* tandis qu'Ellie faisait irruption dans son bureau.

— Qui ? Le valet qui dérobait l'argenterie de lady Bressingham ?

— Non, je ne parle pas d'une de nos affaires. Le nouvel héritier de Wansford.

Tess laissa échapper un petit rire de dérision.

— À combien en sommes-nous ? Cinq ? Six ? J'ai perdu le compte.

— Sept, je crois, répondit Daisy dont la tête bouclée apparut à la porte.

Elle se glissa dans la pièce et se laissa tomber dans le large fauteuil de cuir à droite du bureau de Tess.

— Quelles sont les probabilités pour que ce spécimen vive assez longtemps pour revendiquer le duché ? demanda-t-elle.

— Faibles, soupira Tess. Je commence à croire que ce titre est maudit. Les accidents survenus aux autres prétendants sont réellement sans précédent.

Ellie secoua la tête.

— Si vous voulez mon avis, celui-ci résistera.

— Pourquoi ? Qu'a-t-il de différent ?

— Il est jeune. Il vient d'avoir trente ans.

— La jeunesse ne constitue aucune garantie. Celui qui est tombé de cheval avait vingt-deux ans.

— C'est juste. Mais le nouveau n'est pas bête. Il a fait fortune dans le transport de fourrures et de bois en provenance du Canada.

Daisy haussa les sourcils.

— C'est prometteur.

Ellie lui adressa un regard espiègle et coquin.

— Et ce n'est pas tout : il est grand, ténébreux, et catastrophiquement séduisant.

Tess plissa le front tandis que son cerveau avait le malheur de faire naître une image de son mystérieux inconnu. Les souvenirs de leur interlude la hantaient depuis la soirée chez Careby dix jours plus tôt. Contre toute logique, elle se surprenait à le chercher dans chaque réception où elle s'était rendue depuis, et son cœur manquait un battement dès qu'elle apercevait un grand brun à l'autre bout d'une pièce.

Elle rougit en s'éventant discrètement avec le *Times*. Il fallait absolument que cesse cette obsession.

— Et peut-on savoir comment tu sais à quoi il ressemble ? demanda Daisy.

— Parce que je l'ai déjà rencontré, annonça triomphalement Ellie. Il y a deux ans.

— À quelle occasion ? s'étonna Tess.

— Vous vous rappelez le bal que lady Petworth avait organisé pour fêter le premier exil de Bonaparte ?

Tess fronça le nez.

— Je n'y étais pas allée. C'était la semaine précédant mon mariage. Mon père me gardait en résidence surveillée à la maison.

— Mon Dieu, j'avais oublié cela… J'espère qu'il pourrit dans sa tombe, marmonna Ellie avec véhémence.

Daisy approuva de la tête, et Tess ressentit une bouffée de gratitude pour le soutien inconditionnel de ses amies.

— Bref, reprit Ellie, il y était. La moitié des filles étaient tombées amoureuses de lui, bien qu'il ne leur ait donné absolument aucun encouragement.

— Probablement parce qu'il ne leur a donné aucun encouragement, ironisa Daisy. C'est tellement séduisant, un défi.

Tess éclata de rire.

— Comme je vous le disais..., poursuivit Ellie en leur tendant son journal d'un geste théâtral qui aurait été parfait de la part d'un avocat assénant un argument final imparable dans un tribunal. Il s'appelle Justin Thornton, et il revient tout juste de son Canada sauvage. Il est à Londres en ce moment même, où ton notaire l'a convoqué, Tess.

— Tu es étonnamment bien renseignée, fit remarquer Daisy.

— Il se trouve que j'ai surpris par hasard une conversation entre mon père et Josiah Turnbull au dîner, l'autre soir. Et quand je dis « surpris par hasard », je veux dire que j'ai sans vergogne espionné leur conciliabule dès que j'ai entendu le nom de Wansford.

Ellie sourit d'une oreille à l'autre.

— Merci d'avoir espionné pour moi, dit Tess. Qu'as-tu appris encore ?

— Turnbull disait qu'il était certain d'avoir trouvé le bon, mais que Thornton attendait que sa nomination soit officielle avant de venir te rendre visite. Il faut reconnaître que la situation est délicate. Il est rare qu'un nouveau duc ait besoin d'une présentation à une vieille duchesse.

— *Vieille ?* s'offusqua Tess. J'ai vingt et un printemps !

— À la duchesse en titre, corrigea Ellie en riant. J'aurais dû dire « en titre ». Ou douairière.

— Duchesse douairière, c'est encore pire. Cela me donne l'impression d'être une vieille chouette de quatre-vingt-dix ans.

— Crois-tu qu'il connaisse ton âge ? demanda Daisy. Si ce n'est pas le cas, il va avoir le choc de sa vie.

— Oh, je suis certaine que Josiah a dû le renseigner, dit Ellie. Ce qui signifie que Thornton reste discret, pour l'instant.

— C'est à mettre à son crédit, je suppose, fit remarquer Daisy. Au moins, il n'a pas fait irruption à Wansford House pour t'ordonner de préparer tes bagages.

Tess se mordit la lèvre.

— S'il est vraiment le nouveau duc, je devrais faire transporter toutes mes affaires dans le manoir douairier. Et trouver quelqu'un chez qui vivre ici, à Londres.

— Tu es propriétaire de cet immeuble, lui rappela Daisy. Tu peux élire domicile ici, si tu veux. Ce n'est pas Portman Square, certes, mais c'est un quartier tout à fait charmant.

Tess réfléchit à la suggestion. Le fameux collectionneur sir John Soane vivait au bout de la rue, aux numéros 12 et 13 et, bien que la plus grande partie de l'élite soit partie plus à l'ouest, vers Mayfair, le quartier regorgeait encore d'avocats cossus et d'avoués respectables qui appréciaient la proximité des écoles de droit et des cours de justice.

— Pourquoi pas, si je n'ai pas le choix ? répondit Tess. Honnêtement, ce serait très agréable de vivre ici.

Daisy s'apprêtait à réagir lorsqu'on frappa timidement à la porte de service. Elles échangèrent un regard. Cette porte, qui donnait sur les ruelles abritant les écuries, était utilisée par les clients qui souhaitaient la plus grande discrétion.

Tess et Ellie restèrent dans l'encadrement et regardèrent dans le couloir à qui Daisy ouvrait.

La nuit tombait. Une voiture dépourvue d'armoiries attendait dans la cour pavée, et une silhouette revêtue d'une cape se tenait sur le seuil.

— Puis-je vous être utile ? demanda Daisy.

— Je voudrais parler à M. King.

Cette femme, assez âgée, avait un accent étranger. Probablement allemand, ou suisse. Elle avait prononcé « foudrait » et non « voudrait ».

Daisy la fit entrer et donna la réponse type qu'elles adressaient à quiconque désirait s'entretenir avec leur *employeur*.

— Malheureusement, M. King est sorti enquêter sur une affaire pour le moment, mais veuillez entrer et nous expliquer votre problème. Nous sommes ses assistantes, et toutes les trois sous le sceau du secret.

La silhouette hocha la tête et suivit Daisy dans le bureau. Lorsqu'elle rabattit sa capuche, Tess étouffa un cri. Les trois jeunes femmes exécutèrent une révérence plongeante.

— Votre Majesté !

Tess se redressa en essayant de dissimuler le choc que lui causait la vue de la reine Charlotte – femme du roi George « le fou » et mère du prince régent – *ici même*, dans leur bureau.

La reine retira son manteau et s'assit avec grâce dans le fauteuil que venait de libérer Daisy.

— C'est un honneur que de vous recevoir, Votre Majesté, déclara Tess.

Elle avait vu la reine en de nombreuses occasions lors de réceptions dans le monde, à commencer par sa propre présentation à la Cour l'année de ses débuts, quelques semaines avant son mariage avec le duc. Mais à l'exception de quelques échanges de convenance, elle n'avait jamais vraiment conversé avec elle.

— Puis-je vous servir une tasse de thé, Votre Majesté ? demanda Ellie.

La reine Charlotte agita la main.

— De grâce, pas de « Majesté ». Et pas de thé non plus, merci. Ce soir, je viens vous trouver sous le banal nom de Mme Roi.

Ses yeux pétillèrent et elle ajouta :

— Un nom aussi fictif, je le soupçonne, que votre employeur.

Ellie et Daisy échangèrent un regard surpris, mais la reine leur adressa un sourire maternel.

— N'ayez crainte. Je garderai votre secret. Je n'ai aucun désir de rencontrer votre M. King, du moment que je peux m'adjoindre ses services. J'ai une affaire sensible qui doit être réglée avec la plus grande délicatesse.

Tess prit place derrière le bureau et tira à elle une feuille de papier pour prendre des notes.

— Naturellement, Votre Maj... madame. Que pouvons-nous faire pour vous ?

La reine fronça les sourcils. C'était une belle femme de plus de soixante-dix ans, et ses cheveux gris n'avaient pas besoin de la poudre qui les recouvrait, mais la force tranquille de sa personnalité s'exprimait dans le regard franc qu'elle leur adressa à toutes les trois. Elle acquiesça, comme si elles venaient de réussir un test tacite.

— Vous le savez sûrement, dans moins d'un mois, ma chère petite-fille, la princesse Charlotte, doit épouser son bien-aimé prince Leopold.

Daisy sourit.

— Tout le pays attend avec impatience cet heureux événement, Madame.

— Oui, c'est un vrai mariage d'amour, dit la reine en souriant avec tendresse. C'est pourquoi rien ne doit entraver son accomplissement.

Ellie haussa un sourcil.

— Craignez-vous quelque chose en particulier qui pourrait l'entraver ?

— Précisément. Il s'est produit un problème tout à fait fâcheux, et en raison des commérages qui pullulent à la Cour et de la nature indiscrète des voies officielles, je ne peux confier à personne le soin de le résoudre.

Tess acquiesça, intriguée, tout en s'efforçant de rester grave et professionnelle.

— Nous vous garantissons toute notre discrétion.

— C'est ce qu'on m'a dit. Si, ainsi que je le pense, vous êtes toutes les trois responsables du succès de *M. King*, j'espère que vous pourrez résoudre cette petite affaire également.

La reine se renfonça dans son siège.

— Ma petite-fille, comprenez-le, a mené une existence particulièrement recluse. Le prince régent s'est montré, j'ai honte de le dire, un père plutôt négligent. Il n'a accordé que très peu de liberté à Charlotte et l'a abandonnée aux soins douteux de son ancienne femme Caroline, la princesse de Galles, ainsi qu'à une succession de gouvernantes très strictes. Il y a trois ans, alors qu'elle avait à peine quinze ans, Charlotte s'est stupidement amourachée d'un jeune capitaine des hussards, un beau garçon aventurier appelé Charles Hesse. Leur relation a été encouragée par sa mère, certainement pour se venger du pauvre George… Ces deux-là se détestent passionnément.

Daisy hocha la tête. La haine entre le prince régent George IV et sa femme Caroline constituait une source d'inspiration inépuisable pour les caricaturistes satiriques. Il était parfaitement possible que la princesse ait soutenu cette union pour faire enrager son mari infidèle – voire bigame.

La reine poursuivit :

— Malheureusement, Charlotte et Hesse ont entamé une correspondance et ont échangé de nombreuses lettres d'amour malavisées et extrêmement embarrassantes avant que leur affaire s'essouffle. Lorsque la princesse est tombée amoureuse de Leopold, elle a demandé à son amie Margaret Mercer Elphinstone d'écrire à Hesse – qui se battait à l'époque sur la péninsule – afin de le prier de renvoyer les lettres, quelques babioles ainsi qu'une miniature qu'elle lui avait données.

— Et il n'a jamais rendu les lettres, devina Ellie.

— Hesse affirme les avoir brûlées, et a donné sa parole de gentilhomme que nul autre que lui n'entrerait en possession de la miniature. Cela nous a suffi. Nous pensions que le danger était écarté, jusqu'à la semaine dernière, lorsque le bureau du prince régent a reçu ceci.

La reine sortit de sa cape un courrier plié qu'elle tendit à Tess.

— Une lettre de chantage !

6

Tess déplia le message, et Ellie et Daisy vinrent lire par-dessus son épaule.

Monsieur, j'ai en ma possession quatre lettres d'une nature des plus gênantes et personnelles, concernant la princesse Charlotte et le capitaine des dragons C.H. Si vous désirez que vous soient restituées ces missives, je vous demanderai la somme de cinq cents livres, à remettre à une date et en un lieu choisis par moi-même.

Tess examina l'écriture cursive soignée.

— Ce n'est pas signé. Impossible de savoir si cela a été écrit par un homme ou une femme.

— Je mise sur un homme, déclara Ellie. D'après les rapports des tribunaux, j'ai calculé qu'environ soixante-dix pour cent des crimes sont perpétrés par des hommes, et trente pour cent seulement par des femmes.

La reine afficha une expression quelque peu interloquée, mais Tess et Daisy avaient l'habitude de la connaissance encyclopédique d'Ellie quant à toutes sortes de questions juridiques.

— Il n'est pas à exclure que la princesse de Galles elle-même soit derrière cette histoire, fit remarquer la reine d'un air peiné. Elle séjourne en ce moment sur le continent, et j'ai entendu dire que ce capitaine Hesse était en fait son amant, à elle aussi !

— Elle ne voudra tout de même pas gâcher le mariage de sa propre fille ? s'exclama Tess.

La reine laissa échapper un reniflement bien peu régalien.

— Elle en est capable. Après tout, elle ne sera pas invitée à la noce, cela embarrasserait le régent. Toutefois, même si Caroline n'est pas à l'origine de cette histoire, il faut mettre ce maître chanteur hors d'état de nuire. Il n'est pas question que Leopold annule la cérémonie dans un accès de dépit, ou qu'on accuse la princesse de ne pas être apte au mariage.

— Il me semble que soit Hesse a menti et n'a pas détruit toutes les lettres qu'elle lui a envoyées, soit quelqu'un est parvenu à en voler quelques-unes avant qu'il les brûle, dit Ellie.

— C'est plausible, concéda Daisy.

Tess se tourna vers la reine.

— Si je comprends bien, vous souhaiteriez que nous retrouvions ce maître chanteur et lui reprenions les lettres ?

— C'est cela, oui. Le prince régent m'a confié l'affaire. Il ne dispose pas de fonds suffisants pour payer cet individu, et bien que moi je puisse m'en charger, je refuse de me plier à ce genre de revendication éhontée. Vous pouvez faire appel à tous les moyens que vous jugerez nécessaires – exception faite du meurtre – pour récupérer ces lettres.

La reine inclina la tête et les évalua du regard.

— Je comprends pourquoi vous êtes si précieuses à *M. King*, toutes les trois. Vous avez d'excellentes relations. Vous êtes invitées à tous les événements de la haute société. Quant à vous, lady Thornton, en tant que veuve, vous jouissez d'une liberté dont vos amies ne peuvent disposer. Mes dames de compagnie sont trop connues pour se renseigner discrètement, et je ne veux pas que tout le monde apprenne que je suis impliquée.

— Je comprends, dit Tess d'un ton apaisant.

— Le maître chanteur vous a-t-il fait parvenir une autre lettre pour préciser le lieu de rendez-vous ? demanda Daisy.

— Oui. La voici.

La reine leur tendit une deuxième missive.

Monsieur, vous enverrez une femme au bal costumé de lady Iveson ce jeudi soir, en possession de la somme à payer. La dame portera une robe rouge, ainsi qu'un réticule et un éventail assortis, afin que je puisse la reconnaître. Je vous donnerai les instructions quant à l'endroit précis où se déroulera l'échange.

— Excellent choix, fit remarquer Ellie à contrecœur. Les soirées de lady Iveson sont toujours une terrible bousculade. C'est l'un des événements les plus populaires de la saison des mondanités.

Daisy hocha la tête.

— Un bal costumé... L'occasion idéale pour se noyer dans la masse.

— Croyez-vous que nous cherchions un membre de la haute société ? demanda Tess.

— Pas nécessairement. Il serait relativement aisé à n'importe qui d'accéder au bal, du moment qu'il porterait un déguisement élaboré. Un simple ramoneur n'aurait même pas à se déguiser et personne ne serait choqué.

— En effet.

— Pourquoi exiger une femme ? s'enquit Ellie.

— Ils doivent penser qu'une femme sera plus facile à maîtriser si besoin, ironisa Daisy. J'aimerais bien que quelqu'un essaie de se mesurer à moi. Il sentirait la caresse de mes couteaux.

La reine parut un peu choquée par l'enthousiasme de Daisy, mais elle sourit faiblement.

— Comme vous êtes sanguinaire, lady Dorothea...

Daisy inclina la tête, accueillant la remarque avec fierté.

— J'ai grandi avec trois frères aînés, Madame. Apprendre l'autodéfense était le seul moyen de ne pas me faire jeter dans le lac ou raser les cheveux pendant mon sommeil.

Tess se pencha en avant.

— Vous pouvez vous en remettre à nous en toute confiance, Madame. Nous nous rendrons au bal, nous intercepterons le maître chanteur et nous vous ferons aussitôt renvoyer les lettres.

La reine sourit.

— Parfait. Parlons argent, à présent. Quel est votre tarif habituel pour une mission de ce genre ?

Ellie fit un pas en avant.

— Oh, il est hors de question que nous vous fassions payer quoi que ce soit, Votre Majesté. Ce sera un honneur pour nous de vous aider.

Dans son dos, Daisy lui pinça le bras en guise de protestation et Tess ravala un sourire. Daisy aurait doublé la somme, elle.

— Votre abnégation est admirable, mademoiselle Law, mais j'insiste pour une rétribution. Je vous donnerai cent livres. En outre, ajouta la reine Charlotte en posant les yeux sur Tess, j'ai une autre motivation pour vous encourager à réussir. J'ai cru comprendre, duchesse, que votre mariage au défunt duc a été précipité par la ruine de votre père. Or j'ai appris que ce dernier avait prêté de l'argent au roi, argent qui ne lui a jamais été remboursé.

Tess haussa les sourcils, surprise.

— Oui, Madame. Seulement mon père n'a pas pu retrouver le document nécessaire pour réclamer le remboursement de cet emprunt. J'ai fouillé la maison de fond en comble après sa mort, sans succès.

Son visage s'enflamma et elle ajouta avec gêne :

— Je soupçonne qu'il l'a caché en lieu sûr un jour où il était ivre, et qu'il a oublié où. Il s'en est peut-être même servi pour allumer le feu, si cela se trouve. Ou il a pu le perdre au jeu.

— Connaissez-vous le montant de la dette ?

— Il a toujours parlé de mille livres, mais je ne suis pas certaine que ce soit vrai. Le connaissant, c'est peut-être une somme qu'il a rêvée dans un désir alcoolisé.

Le visage de la reine s'adoucit et elle adressa à Tess un regard compatissant.

— Je sais ce que c'est d'avoir affaire à quelqu'un qui n'est pas toujours en pleine possession de ses moyens. Cela peut compliquer considérablement la vie.

Elle parlait de son mari, le pauvre roi « George le fou », comme on le surnommait, dont les accès de délire avaient obligé son fils à le remplacer en tant que régent.

— J'ai une proposition à vous faire, poursuivit la reine. Si un tel emprunt a été effectué, je présume qu'il doit en exister une copie dans les papiers personnels du roi. Si vous remplissez cette mission, je demanderai à l'un de mes secrétaires de vérifier.

Tess ouvrait déjà la bouche pour la remercier, mais la reine leva une main.

— Je ne vous promets rien, duchesse. Je ferai ce que je peux.

Tess prit appui sur le bureau ; elle avait soudain les genoux faibles. La reine n'avait aucune idée de ce que représentait cette proposition. Être financièrement indépendante du duché lui permettrait de se remarier un jour. Par amour.

— Merci, Votre Majesté. Je vous en serai éternellement reconnaissante.

La reine se leva, prête à prendre congé, et Tess se redressa tandis qu'Ellie la raccompagnait à la porte.

— Je m'en remets donc à vos mains compétentes, mesdames.

Tess ne parvint qu'à hocher la tête tandis que la reine rabattait sa capuche et attendait qu'Ellie lui ouvre la porte. La voiture l'attendait dehors. Un valet en livrée noire unie abaissa le marchepied et tendit le bras pour aider la vieille dame à monter.

Lorsque le véhicule s'ébranla enfin dans la rue, les trois jeunes filles retournèrent dans le bureau.

— Pincez-moi, pour que je sois sûre de ne pas rêver, dit faiblement Tess. Est-ce vraiment la *reine* que nous avons reçue ?

Daisy lui pinça le bout du nez en riant.

— C'était bien elle. Et nous avons une nouvelle affaire, ajouta-t-elle sans cacher son excitation. Si nous récupérons ces lettres, croyez-vous qu'elle nous laissera placarder son brevet royal ?

Elle décrivit un mouvement ample de la main devant elle, comme si elle lisait une enseigne invisible.

— King & Co., fournisseur officiel de la Maison royale de Hanovre. Aucune mission n'est trop délicate. Discrétion assurée.

Tess sourit.

— Elle veut garder le secret, pas le claironner.

— Dommage, murmura Daisy avec une moue. Car c'est un travail qui va nous mettre sous pression. Si nous ne récupérons pas ces lettres, nous sommes bonnes pour la potence. On va nous enfermer dans la Tour de Londres et jeter la clé.

— Arrête d'être aussi théâtrale, la gronda gentiment Ellie.

Tess s'assit derrière le bureau et s'affaissa contre le dossier de la chaise.

— Vous vous rendez compte, si elle réussit à trouver la preuve de l'emprunt fait à mon père ? Si cette dette peut être remboursée, j'aurai de l'argent à moi. Je ne dépendrai absolument plus du duché.

— Tu veux dire que si ce nouveau duc décide de te rendre la vie impossible, tu pourras retomber sur tes pieds ? fit Daisy.

— Exactement.

— Dans ce cas, nous ferions bien de nous y atteler, déclara Ellie. Je présume que vous avez reçu une invitation pour la soirée de lady Iveson ?

Tess et Daisy acquiescèrent.

— Laquelle d'entre nous sera le contact ?

— Toi, Tess, proposa Daisy. Tu n'auras qu'à mettre la robe que tu avais chez Careby.

Tess se mordit la lèvre, étrangement réticente. Elle avait porté du rouge avec *lui*, son bel inconnu. Et s'il était là, s'il les reconnaissait, elle ou la robe ?

Non, il n'y avait aucune chance qu'elle tombe sur lui à Londres. Il fallait qu'elle l'oublie.

— Je n'ai porté cette robe que parce que personne ne savait qui j'étais, répliqua-t-elle. Si je la mets pour aller chez lady Iveson, en tant que duchesse de Wansford, cela revient à déclarer officiellement que je suis de retour sur le marché matrimonial. Autant publier une annonce dans le *Times* pour dire que je cherche mon nouveau mari.

— C'est vrai, reconnut Daisy en souriant. Tu seras submergée de prétendants. Mais après tout, ce n'est peut-être pas si mal. Le maître chanteur pourra t'aborder plus facilement, si tu es entourée de gentilshommes.

— Elle n'a pas tort, renchérit Ellie. Il n'aura qu'à se fondre dans la foule.

Tess soupira.

— Soit. Et s'il y a une autre dame à la soirée qui porte une robe et un éventail rouges ? Notre homme risque de s'adresser à la mauvaise personne.

— Eh bien, le cas échéant, il devinera son erreur lorsqu'elle ne comprendra pas de quoi il parle.

— Il me vient une idée, réfléchit Tess à voix haute. Et si Daisy et moi étions toutes les deux en rouge ? Cela nous donnera une issue de secours : la première qu'il accostera pourra feindre l'ignorance, et nous aurons identifié la cible avant qu'il aborde l'autre.

— Excellente idée, déclara Daisy. Je vais m'habiller en Anne Boleyn. Prête à me faire décapiter.

— Pourquoi es-tu soudain si obsédée par l'exécution ? protesta Ellie en riant.

Daisy sourit.

— J'aime bien ne pas perdre de vue les risques de cette mission.

— Celle qui sera contactée en deuxième pourra s'arranger pour rejoindre le maître chanteur dans un lieu tranquille, le jardin, ou une pièce vide, afin de procéder à l'échange, suggéra Ellie.

— Un escroc digne de ce nom voudra voir l'argent avant de donner quoi que ce soit, objecta Daisy. Allons-nous toutes les deux transporter cinq cents livres dans nos réticules ?

— Je suppose qu'il le faudra bien, dit Ellie. Mais notre homme ne gardera pas cet argent. Dès que nous aurons les lettres, nous l'obligerons à le rendre, sous la menace d'un couteau ou d'un pistolet si nécessaire. Nous serons toutes armées.

— Il compte peut-être nous doubler, lui aussi, prendre l'argent sans donner les lettres. Il aura certainement peur de se faire arrêter. Et il sera également armé.

— Nous sommes trois contre un, c'est en notre faveur.

— Cela pourrait être un piège, fit remarquer Tess. Et s'il n'avait même pas de lettres ? C'est peut-être une ruse pour nous attirer dans un lieu tranquille et nous détrousser.

— C'est la raison pour laquelle il voulait que ce soit une femme, murmura Daisy. Nous sommes toujours considérées comme des cibles faciles.

Ellie sourit.

— Eh bien, il comprendra vite son erreur. Déjà, individuellement, il ne faut pas nous sous-estimer. Et à trois, nous constituons une force avec laquelle il faut compter.

Daisy pouffa.

— Oh, nous allons bien nous amuser !

7

Justin promena son regard dans la salle de bal bondée de lady Iveson et se dit qu'il préférerait être n'importe où plutôt qu'ici.

Peu enclin aux mondanités, il n'avait pas pris la peine de plaquer un sourire factice sur son visage. Toutefois, sa mine renfrognée n'avait pas empêché la horde d'invités de réclamer des présentations.

La soirée ressemblait exactement à ce à quoi il s'était attendu. Un bruissement de spéculations s'était élevé dès qu'il était apparu en haut des marches avec son vieil ami d'école Edward Hussey, et que le majordome de lady Iveson avait clamé d'une voix tonitruante « Sa Grâce, le duc de Wansford ».

La foule avait alors fondu sur lui. Cela faisait une demi-heure qu'il débitait les mêmes réponses.

Oui, il était surpris, honoré, et enchanté d'avoir été nommé héritier.

Oui, il avait reçu ses lettres de noblesse et avait été accepté par le Parlement.

Oui, il comptait occuper son siège à la Chambre des lords.

Non, il n'était ni marié ni fiancé.

Cette dernière réponse avait suscité des frémissements de ravissement mal dissimulés de la part de toutes les dames et demoiselles présentes. Les mères ayant des filles à marier l'avaient inondé d'invitations à prendre le thé, à se promener – à pied et à cheval – avec leur progéniture universellement charmante.

Les jeunes filles en question, les plus audacieuses du moins, avaient battu des cils et agité leur éventail chaque fois qu'il jetait un coup d'œil dans leur direction.

Et les femmes plus âgées, celles qui avaient des époux décédés ou négligents, avaient émis toutes sortes de suggestions à peine voilées, y compris une proposition de *le* chevaucher dans le parc dans les meilleurs délais.

Il avait poliment décliné.

Les hommes n'avaient guère valu mieux. Ceux qui voulaient se mettre dans ses petits papiers lui avaient offert une loge pour toute la saison à l'opéra, des billets de théâtre, et un siège sous la tente royale aux courses.

À côté de lui, Edward attira son attention, et Justin fronça les sourcils.

— Qu'y a-t-il ?

— Pour quelqu'un qui vient de se voir octroyer un duché, vous pourriez avoir l'air un peu plus joyeux, sale veinard.

— Sale veinard, *Votre Grâce*, corrigea Justin avec un sourire en coin. Et, au contraire, le seul intérêt de toute cette histoire, c'est qu'un duc fait ce qu'il lui plaît. Afficher une mine renfrognée est ma prérogative ducale.

Edward se mit à rire.

— Il n'y a absolument rien de *gracieux*, chez vous. Je n'ai pas oublié le jour où vous m'avez envoyé une balle de cricket dans la bouche, à l'école.

— Vous n'avez jamais su l'attraper.

Justin s'accorda un bref sourire avant d'ajouter :

— J'avais bien dit à Careby que c'était une erreur de vous positionner si près du batteur.

— En tout cas, je suis bien content que vous soyez revenu, mon vieux. Londres n'a pas la même saveur, sans vous.

— Je trouve notre capitale remarquablement similaire à celle que j'ai laissée : des salons bondés, des babillages assourdissants, des ragots insipides.

— C'est vrai. Cela dit, nous avons de temps en temps un scandale, pour animer un peu tout cela.

— Cela ne m'intéresse pas, déclara Justin.

— Même s'il vous concerne ?

— *Surtout* s'il me concerne. Parlez-moi plutôt de la duchesse. Il va falloir que j'aille lui présenter mes hommages, maintenant. J'ai croisé quelques fois le vieux duc au White, mais je n'ai jamais rencontré sa femme.

— C'est parce qu'ils se sont mariés juste après votre départ pour les vastes étendues gelées du Grand Nord canadien.

Soudain, Edward haussa les sourcils si haut que c'en était comique.

— Attendez ! Vous voulez dire que vous n'êtes pas au courant ?

— De quoi ?

— De qui est la duchesse ! C'est le meilleur parti de toute la haute société.

Justin fit la moue.

— J'imagine qu'on trouvera toujours un jeune imbécile prêt à devenir le mari d'une vieille femme riche.

Edward secoua la tête, un éclat diabolique dans les yeux.

— Ce n'est pas son argent qui les intéresse. Ils voudraient d'elle même si elle n'était qu'une laitière fauchée.

— Qu'est-ce que vous racontez ?

Edward survola la salle du regard, cherchant visiblement quelqu'un, et son visage se fendit d'un sourire lorsqu'il trouva apparemment ce qu'il cherchait.

— Préparez-vous à perdre vos moyens et vos facultés respiratoires, déclara-t-il.

— Toujours aussi féru d'hyperboles, se moqua Justin.

Edward montra l'extrémité opposée de la salle.

— Elle est là-bas. En rouge. Sur la droite.

Justin se retourna en disant :

— Aucune femme n'a jamais eu le pouvoir de...

Pour la première fois de toute sa vie adulte, il eut effectivement le souffle coupé.

— Bon Dieu ! murmura-t-il faiblement.

Edward partit d'un petit rire de gorge.

— Je vous avais prévenu.

Justin fronça les sourcils tandis qu'un souvenir le percutait comme un coup en pleine poitrine.

— Une seconde... N'est-ce pas Tess Townsend ?

— Exactement.

Le cœur de Justin se mit à battre. Il l'avait déjà vue, deux ans auparavant, à l'autre bout d'une salle de bal aussi bondée que celle-ci, et le souvenir était gravé dans son cerveau.

À l'époque, elle portait une robe blanche, à l'instar de toutes les autres débutantes. Une étoffe chatoyante semée de fils argentés mettant parfaitement en valeur ses cheveux sombres. Sa beauté lumineuse et son sourire contagieux avaient fait d'elle le point de mire de la soirée.

Elle avait été assaillie de prétendants, tous plus riches, plus âgés, plus enjoués les uns que les autres. Justin n'avait pas pris la peine de demander à être présenté. Elle était de toute évidence destinée à une union exceptionnelle. Un comte, pour le moins. Sa jeunesse et sa beauté lui garantiraient à coup sûr fortune et titre. Ainsi fonctionnait la haute société depuis des siècles.

Commerçant, propriétaire d'un seul navire, d'aucune fortune et d'aucun titre de noblesse, il n'aurait eu aucune chance. Ce qui valait probablement mieux, car il était soudain devenu moite et son cœur avait tambouriné tandis qu'il était subitement crucifié par la conviction que c'était une femme dont il pourrait aisément tomber amoureux.

Or, l'amour avait anéanti son père. Se marier par amour était synonyme de désastre. Et parfaitement évitable.

Aussi était-il resté là où il était, à l'observer de loin tel un chien salivant à la porte d'une boucherie, rêvant d'entrer et de voler tout ce qu'il pouvait tout en sachant qu'il recevrait des coups de balai s'il osait.

Pragmatique avant tout, il avait effacé la jeune fille de son horizon. Elle incarnait l'inaccessible. Mais il s'était autorisé à rêver. Dans l'intimité de son esprit, elle était devenue la femme de tous ses fantasmes, sa raison de réussir, un idéal scintillant vers lequel tendre, à défaut de l'atteindre.

Il apaisa sa gorge soudain sèche avec une bonne rasade de vin rouge.

— Êtes-vous en train de me dire que c'est *Tess Townsend* qui a épousé le huitième duc ? Que c'est *elle*, la duchesse de Wansford ?

Edward acquiesça avec un soupir.

— Des cœurs se sont brisés cette semaine-là dans les clubs de gentilshommes, croyez-moi.

Il ajouta :

— Et qui aurait imaginé que ce vieux salopard casserait sa pipe la nuit de leurs noces ?

Justin secoua la tête, stupéfait.

— Turnbull ne m'a absolument rien raconté !

— Il devait penser que vous le saviez déjà. Toute la ville n'a parlé que de cela pendant des mois, d'autant plus qu'il a fallu si longtemps pour trouver un héritier encore en vie. Chaque fois qu'il découvrait un candidat, il mourait. Jusqu'à vous.

Edward fronça les sourcils.

— Le propre père de la duchesse est mort à peine quelques semaines après le duc, de sorte qu'elle est restée à la campagne pendant au moins six mois, le temps du grand deuil, avant de revenir en ville. Depuis, elle passe son temps à éconduire les prétendants.

Justin s'absorba dans l'examen de la jeune femme. Son souvenir ne l'avait pas trompé. Elle était même encore plus séduisante qu'il se le rappelait. Ses cheveux étaient toujours cette cascade de boucles soyeuses, dont la couleur était mise en valeur par le rouge soutenu de sa robe. Il émanait d'elle une subtile sensualité, à la fois séduisante et, soupçonnait-il, complètement inconsciente.

— A-t-elle un amant ?

— Pas à ma connaissance. Si c'est le cas, elle est diablement discrète.

— Semble-t-elle désirer se remarier ?

— Là encore, non. Elle est de merveilleuse compagnie, tout le monde l'adore, mais elle ne laisse jamais un homme s'approcher de trop près.

Edward lui jeta un coup d'œil.

— Vous ne songez pas à allonger la liste de ses prétendants, n'est-ce pas ?

Justin but une nouvelle gorgée de vin en réfléchissant à la question.

— Pourquoi pas ?

Il secoua la tête devant la perversité du destin. Même dans ses rêves les plus fous, il n'avait jamais pu imaginer qu'en deux ans, il deviendrait plus riche que la plupart des hommes présents dans cette pièce... et détenteur d'un duché. Qu'il puisse envisager maintenant de se marier à une femme comme elle était inouï.

Un bref instant, il se demanda s'il était raisonnable de l'aborder, sachant à quel point elle lui avait plu, deux ans auparavant. Mais il était plus âgé, plus avisé. Il n'était plus un jeune blanc-bec capable de tomber amoureux pour un oui ou pour un non. Il savait parfaitement maîtriser ses émotions. Il pouvait être attiré par elle sans risquer de succomber à quelque chose de plus sérieux. De plus imprudent.

Edward lui donna un petit coup de coude.

— Allez, venez, je vais vous présenter. Elle est avec ma cousine Ellie, et ce trublion de Dorothea Hamilton. Elles sont inséparables, toutes les trois.

8

Tess survolait des yeux la foule, cherchant vaguement son bel inconnu.

Elle portait la même robe rouge que chez Careby, avec un jabot de dentelle au décolleté pour la rendre un peu moins indécente. La couleur hardie lui donnait de l'assurance. Elle comprenait que les monarques portent ce coloris ; elle se sentait invincible.

Elle voyait bien qu'elle attirait les regards. Daisy également, qui avait pillé le vestiaire de Drury Lane et déniché un costume de velours bordeaux shakespearien assorti de sa large fraise.

Tess referma son éventail avant de le rouvrir aussitôt. Elle était sur les nerfs, ce soir, pas seulement à la perspective de rencontrer le maître chanteur, mais aussi à cause de son espoir secret de revoir son mystérieux inconnu.

C'était ridicule. Elle ne voulait pas qu'il sache qui elle était. Bien qu'elle ait pensé à lui en permanence, s'il surgissait devant elle, ce serait très gênant.

Elle avait raconté à Ellie et Daisy son *aventure* chez Careby. Ellie avait été choquée, Daisy enchantée, et elles avaient toutes les trois passé une heure à s'interroger sur l'identité de cet homme, sans succès.

Daisy était convaincue qu'il s'agissait d'un bandit de grand chemin, d'un espion, d'un contrebandier ou des trois à la fois. Beaucoup plus prosaïque, Ellie pensait que c'était une connaissance de Careby qui ne venait jamais à Londres. Un avoué de province peut-être, ou un régisseur.

Quoi qu'il en soit, Tess avait l'impression d'avoir été réveillée après des années de sommeil. L'homme lui avait laissé entrapercevoir tout un univers de sensualité, et il était impossible d'oublier qu'il existait.

S'ils se revoyaient, que lui dirait-elle ?

Elle s'obligea à se ressaisir. Elle devrait être en train de chercher parmi les gentilshommes présents un amant potentiel, au lieu de rêvasser aux opportunités perdues. Son aventure lui avait clairement prouvé qu'elle pouvait être attirée par certains hommes. Il suffisait qu'elle en trouve un autre capable de faire décrire des sauts périlleux à son ventre et d'embraser son corps, comme lui. Ce ne devait pas être si difficile que cela, tout de même !

— Tess, es-tu avec nous ?

— Pardon, que disais-tu ? demanda Tess en s'obligeant à se reconcentrer sur Ellie.

— Je disais qu'en supposant que le maître chanteur est réellement en possession de certaines lettres de la princesse Charlotte, comment penses-tu qu'il ait mis la main dessus ?

— Tu ne crois pas que ce pourrait être le capitaine Hesse lui-même ?

— C'est peu probable. Son régiment est encore sur le continent. En outre, il a été grièvement blessé à Waterloo l'année dernière. Mon cousin Reg dit qu'il s'est fracturé le poignet et qu'il a dû réapprendre à écrire de l'autre main.

— Quelqu'un aurait pu rédiger la demande de chantage à sa requête, suggéra Daisy. Un complice qui serait basé ici, à Londres.

Les boucles d'Ellie remuèrent lorsqu'elle secoua la tête.

— Je pense que nous pouvons éliminer Hesse. J'ai parlé avec l'ami de la princesse Charlotte, Margaret Mercer Elphinstone. C'est son père, l'amiral, qui a interrogé Hesse à propos des lettres, et apparemment il a eu la conviction qu'Hesse les avait détruites.

— Quelqu'un a pu lui en voler avant qu'il les brûle, alors ? Un soldat du même régiment ? Un ami, ou un ancien ami, suggéra Tess.

— C'est ce que j'ai pensé également. Hesse appartenait au huitième corps des dragons légers, c'est un régiment de cavalerie. Je vais dresser l'inventaire des hommes qui ont servi à ses côtés, éplucher les dépêches envoyées, les listes des effectifs et les registres des soldes des militaires.

— Toi, tu sais t'amuser, ironisa Daisy.

Ellie la fusilla du regard.

— Si tu as une meilleure idée, Dorothea Hamilton...

Daisy leva les mains en faisant mine de se rendre.

— Pas du tout ! Mais ce n'est sûrement pas la peine de se donner tant de mal alors que nous allons rencontrer l'individu en question. Dès que nous saurons qui il ou elle est, nous pourrons l'attraper, tout simplement.

— S'il se manifeste, lui rappela Tess. Ce qui ne devrait pas être difficile, dans la mesure où nous ressemblons toutes les deux à des balises.

Ellie, qui fixait quelque chose à l'autre bout de la salle de bal, paraissait distraite. Puis elle soupira.

— Je l'ai déjà dit et je le répète : il n'y a pas de justice, dans ce monde. C'est désespérant.

— C'est un comble, de la part de la fille d'un des plus grands avocats de toute l'Angleterre, pouffa Tess.

Daisy fronça les sourcils.

— De quoi parles-tu, El ?

— Du nouveau duc de Wansford.

Tess fit volte-face, le cœur au bord des lèvres.

— Il est là ? Tu l'as vu ?

— Où cela ? voulut savoir Daisy.

— Là-bas, près de l'orchestre. Je suis certaine que c'est lui.

Tess et Daisy regardèrent dans la direction indiquée par Ellie. Tess tordit le cou et Daisy essaya d'observer discrètement par-dessus sa ridicule fraise élisabéthaine.

— À quoi ressemble-t-il ? Un vieux ronchon ? A-t-il l'air irascible ? Réprobateur ?

— Tu dresses le tableau de ton propre père, Daisy.

— C'est vrai. Mais il est typiquement représentatif de la race.

— Eh bien, figurez-vous que ce nouveau duc n'est pas du tout du même acabit. C'est pourquoi je dis que la vie est injuste. Quel genre d'univers crée un homme beau comme un dieu, lui donne un cerveau si intelligent qu'il est capable d'amasser une fortune égale à une petite principauté européenne, et fait de lui l'héritier inattendu d'un duché ?

— Comme le dirait Shakespeare, cela dépasse l'entendement, soupira Ellie.

Daisy acquiesça.

— Tu as raison. Un seul de ces attributs suffirait. Et parce que je crois sincèrement que la vie trouve toujours le moyen d'équilibrer les choses, sache que quelque part dans le monde, une religieuse qui a consacré son existence à aider les orphelins et les petits chats s'apprête à mourir foudroyée.

— Je vais vous dire ce qui est injuste, grommela Tess. Le fait que le vieux duc de Wansford reste le seul homme que j'aie jamais vu nu.

— En tout cas, ce nouveau duc relève considérablement la barre, du point de vue physique si je puis m'exprimer ainsi.

— On raconte qu'il n'avait pas envie d'être duc, dit Daisy. Qu'il a voulu décliner.

Ellie leva les yeux au ciel.

— Pfft ! Quand bien même ce serait possible, il faudrait être idiot. Et d'après ce que j'ai entendu dire, Justin Thornton est loin d'être un imbécile.

— Il vaudrait mieux pour moi qu'il en soit un, marmonna Tess. Enfin, je suppose qu'il faut bien que je le rencontre un jour ou l'autre. J'aurais simplement préféré que cela se passe en privé. Dis-moi, Ellie, où est-il ?

Tess continuait à le chercher parmi la foule, lorsqu'une haute silhouette en redingote sombre attira son attention. Son cœur manqua un battement, et elle saisit le bras de Daisy.

— Juste ciel, c'est lui ! L'inconnu de chez Careby.

— Où ?

Tess donna un petit coup de menton d'une façon qu'elle espéra discrète dans sa direction.

— Là-bas, en habit bleu marine. Avec le cousin d'Ellie.

Cette dernière fronça les sourcils.

— Ah non, tu dois faire erreur. L'homme qui parle avec Edward est Justin Thornton, le nouveau duc, précisément.

Tess eut soudain l'impression que la salle basculait. Elle fut prise d'une sueur froide immédiatement suivie d'une bouffée de chaleur qui la fit violemment et désagréablement rougir.

— En es-tu certaine ?

Car elle était sûre d'elle. Même de loin, elle ne pouvait se tromper. Il s'agissait bien de l'homme qui l'avait passionnément embrassée.

Les yeux de Daisy s'agrandirent lentement, avec horreur et amusement.

— Tu veux dire que le nouveau duc est l'homme qui t'a ravie contre la porte de la bibliothèque de Careby ? Ton mystérieux bandit de grand chemin ?

Tess laissa échapper un petit bruit à mi-chemin entre le rire étranglé et le gémissement consterné. Elle cligna des yeux en espérant qu'elle rêvait. Mais non. C'était bien lui, en chair et en os.

— Oui.

Daisy s'esclaffa.

— Quelle extraordinaire coïncidence !

— C'est fou, murmura Ellie.

Tess était partagée entre l'incrédulité et une terrible sensation de catastrophe imminente. Peut-être la théorie de Daisy à propos de l'univers qui réclamait un équilibre était juste, et cette horrible farce cosmique venait-elle la punir d'avoir menti à propos de sa nuit de noces.

Elle ne connaissait pas beaucoup d'obscénité, mais son maigre inventaire fila à travers son cerveau.

Merde. Damnation. Bougre d'enfer.

Thorn. Thornton. Elle aurait dû faire le rapprochement.

— C'est embêtant, mais pas dramatique.

La voix calme et rationnelle d'Ellie pénétra son affolement.

— En quoi exactement cela pourrait-il être pire ? ricana Daisy.

— Tu le reconnais peut-être, Tess, mais lui ne te reconnaîtra pas.

— Il reconnaîtra au moins la robe.

— Allons donc, les hommes ne s'intéressent aucunement aux robes des femmes, sauf s'il s'agit de s'imaginer les leur retirer. Il se rappellera probablement seulement que tu portais du rouge, sans aucun détail.

Tess prit une profonde inspiration et s'obligea à respirer. Ellie n'avait pas tort. En outre, elle avait gardé son masque du début à la fin, chez Careby. Il n'y avait aucune raison pour que le nouveau duc – son bel inconnu – puisse savoir qu'ils s'étaient déjà rencontrés.

Elle resterait distante et calme. Elle le saluerait poliment sans exprimer aucune réaction. Son secret honteux ne serait pas éventé.

— J'espère que tu es prête, car il vient dans notre direction.

9

Justin se fraya un chemin à travers la foule et, tandis qu'il se dirigeait vers les trois femmes, il entendit un rire de gorge qui lui contracta l'estomac. Tess Townsend se retourna, et il y eut un détail, dans le tourbillon de sa robe rouge, l'angle de sa mâchoire, qui le fit s'arrêter net.

Il fut assailli par un déluge d'images. Une robe rouge. Des cheveux sombres. Une peau pâle. Des représentations de deux femmes différentes se superposaient dans son esprit.

Il fronça les sourcils. Cette femme lui était familière. Ce n'était pas simplement le lointain souvenir et l'abondance de fantasmes concupiscents des deux années écoulées. Son cœur se mit à battre alors même que son cerveau s'efforçait de faire le lien qui lui échappait.

Non, ce n'était qu'une coïncidence. Il ne s'agissait pas de son inconnue en rouge de chez Careby. Une femme comme Tess Townsend ne devait pas manquer d'amants au point de devoir en trouver dans une partie de campagne. Son esprit cartésien essaya de tirer au clair ce mystère. En vain.

Il se surprit à étudier son menton, la forme de sa bouche, à chercher des ressemblances. Puis il se remit en marche, et la dévisagea avec une intensité qui devait la rendre mal à l'aise. Elle l'avait remarqué. Ses yeux s'agrandirent tandis qu'elle le regardait.

Le reconnaissait-elle ?

Il annula la distance qui les séparait. Elle avait les yeux d'un noisette pailleté stupéfiant, des cils noirs à l'arc bien dessiné. Son nez était petit et droit, et sa bouche…

Il prit une inspiration entrecoupée.

Sa bouche était celle de Scarlet.

C'étaient les mêmes lèvres, roses et charnues, et là, à la commissure… – son cœur cessa de battre – la même petite tache de rousseur. Exactement celle qu'il avait embrassée chez Careby.

Quand son parfum parvint à ses narines, il ne subsista absolument plus aucun doute. Cet arôme fleuri avait pénétré ses rêves toute la semaine. Il n'avait pas arrêté de penser à elle, de regretter de n'avoir pas davantage pris son temps. Pour la savourer. Pour l'explorer.

Scarlet.

Tess et les deux femmes qui l'accompagnaient firent la révérence. Edward s'inclina et se tourna vers son ami.

— Votre Grâce. Puis-je vous présenter Sa Grâce, la duchesse de Wansford ? Votre Grâce, dit-il à Tess, voici Sa Grâce.

Il rit devant le ridicule de la situation.

Justin se courba sur la main gantée de Tess et la porta à ses lèvres, exactement comme il l'avait fait à la table de jeu chez Careby, et la jeune femme entrouvrit la bouche, surprise. Une délicieuse giclée d'humour courut à travers les veines de Justin. Elle le reconnaissait, forcément ! Il n'avait pas de masque. Mais le montrerait-elle ?

— Votre Grâce, murmura-t-il, je suis sans voix. Vous n'êtes pas du tout telle que je m'y attendais.

— Ah oui ? Comment cela ?

Une voix de gorge et si douce… C'était bien celle de Scarlet. Quelque chose tressaillit dans son bas-ventre.

— C'est ma faute, j'avais supposé que vous seriez une femme d'âge mûr.

— Je me suis mariée jeune, dit-elle faiblement. On a dû vous raconter l'histoire. Mon époux, le huitième duc, est décédé pendant notre nuit de noces.

— Je vous présente mes condoléances.

Elle inclina la tête et voulut retirer sa main, mais il resserra son étreinte.

— Nous avons beaucoup de sujets de discussions à évoquer, dit-il.

Ses joues prirent une jolie coloration rose en entendant ses paroles à double sens.

— Bien sûr. Vous êtes le bienvenu à Wansford House lorsque vous le souhaiterez.

Il secoua la tête.

— Pourquoi attendre ? Nous sommes ici tous les deux, après tout. Venez, dansons.

Sans lui permettre de refuser, il l'entraîna avec lui. Comprenant qu'elle ne pouvait s'échapper sans causer une scène, elle lui adressa un sourire désinvolte et se laissa emmener vers la piste de danse.

— Avec plaisir.

Tess étouffa son appréhension instinctive en songeant à ce qu'il lui avait dit chez Careby. Mais sûrement, leur rencontre n'avait pas été aussi mémorable pour lui que pour elle.

Cependant, elle sentait sa peau la picoter tandis qu'ils se préparaient pour la danse, et elle garda délibérément le regard fixé sur un point de son épaule pour ne pas avoir à plonger ses yeux dans les siens.

Ils commencèrent à tournoyer.

— Votre Grâce ?

La pointe d'amusement dans sa voix grave la fit relever la tête. Seigneur, il était encore plus séduisant que dans son souvenir.

— Tess, dit-elle dans un souffle en ordonnant à son cœur de battre moins vite. Vous pouvez m'appeler « Tess ». Je crois que nous pouvons nous dispenser des formalités, compte tenu des circonstances.

Les circonstances étant votre main sur mon sein et la mienne sur votre pénis.

Elle repoussa ces souvenirs importuns et essaya de ne pas rougir. Il retroussa les lèvres comme s'il avait lu ses pensées scandaleuses.

— Et vous devriez m'appeler « Justin ». Compte tenu des circonstances.

Elle chercha désespérément quelques paroles rationnelles à dire.

— Mes amies et moi discutions justement de votre bonne fortune.

— Parce que je suis devenu le nouveau duc ?

— Oui.

— Ah. Oui, je suppose que c'est une chance. Les précédents titulaires semblent tous avoir été remarquablement enclins aux accidents.

La façon dont il observait son visage lui donnait chaud, de même que la délicieuse odeur de son eau de Cologne.

— Ellie dit que vous êtes un homme d'affaires accompli, de sorte que c'est une aubaine également pour le duché. Avec vos compétences, vous pourrez valoriser encore le patrimoine et améliorer la vie de tous ceux qui en dépendent.

Il haussa les sourcils.

— Voilà qui est très démocratique de votre part. Je ne suis pas certain que beaucoup d'autres propriétaires terriens se soucient de la prospérité de leurs fermiers, tant qu'ils ne menacent pas de se rebeller.

— Depuis près de deux ans que je vis à Wansford Hall, Votre Grâce, je me suis beaucoup attachée aux métayers et au personnel de maison. Je suis soulagée de savoir qu'ils ne seront pas ruinés par un seigneur et maître incompétent.

Elle parlait à tort et à travers, mais c'était plus fort qu'elle.

— Cependant, ne vous inquiétez pas, lorsque vous aurez décidé de vous y installer, je ne resterai pas. Si vous voulez bien m'accorder une semaine, je ferai déménager mes effets personnels dans la maison douairière.

Il riva son regard gris ardoise au sien.

— Oh, je ne pense pas que ce sera nécessaire.

— Pourquoi donc ?

Le coin de ses yeux se plissa et ses lèvres s'ourlèrent sur un sourire coquin.

— Vous faut-il vraiment poser la question, Scarlet ?

Son cœur manqua un battement, et elle murmura :

— Pardon ?

— Vous êtes Scarlet. La femme que j'ai rencontrée chez Careby.

Son assurance étouffa l'envie qu'elle avait eue de nier spontanément, aussi releva-t-elle le menton en essayant de garder son calme. En tant qu'enquêtrice, elle avait appris à savoir quand la partie était terminée.

— Comment l'avez-vous deviné ?

Elle sentit qu'il était content qu'elle ne tente pas de prolonger le subterfuge. Il s'approcha d'elle.

— Votre corps. Votre odeur. Et surtout ce charmant grain de beauté sur la gauche de votre bouche. Il se voyait sous le masque. J'ai beaucoup aimé l'embrasser.

L'estomac de Tess se souleva. Seigneur, elle avait oublié cette caractéristique révélatrice ! Lorsque son visage tout entier était visible, ce n'était que l'une de ses taches de rousseur…

Quelques années auparavant, Ellie avait découvert une reproduction ancienne montrant des dames du siècle dernier qui appliquaient des mouches sur leur visage ou leur décolleté. Celle qu'avait Tess s'appelait « la coquette », en français.

Zut, Justin Thornton était beaucoup trop observateur !

Il fixa l'endroit incriminé avant de replonger son regard dans le sien.

— C'est intéressant que vous portiez de nouveau cette robe, également. Le rouge est-il votre couleur fétiche ?

— Du tout. Je suis rarement en rouge.

— C'est un tort. Cela vous sied à merveille.

Il inclina la tête sans cesser de la dévisager.

— On croirait presque que vous vouliez être retrouvée.

Le fond de vérité dans ses propos fit s'empourprer les joues de Tess, mais elle riposta vaillamment :

— Vous êtes bien présomptueux, Votre Grâce. C'est un bal costumé.

Il rit. Un coup d'œil sur sa gauche lui fit prendre conscience que des gens avaient commencé à les remarquer. Des têtes se tournaient dans leur direction, des éventails couvraient des bouches pour dissimuler les inévitables ragots.

— Je crois que nous devenons le dernier sujet de conversation à la mode, dit-elle d'un ton égal.

Il leur fit décrire un nouveau tour gracieux.

— C'est naturel. Notre rencontre est pour eux l'événement le plus excitant de toute la saison, j'imagine.

Être le centre de l'attention ne paraissait pas du tout le déranger, et Tess songea qu'être imperméable à ce que les autres pouvaient penser de lui en ferait un duc parfait.

— Il semble que nous nous trouvions dans une situation insolite, murmura-t-il.

Elle ne put s'empêcher de laisser échapper un petit rire ironique.

— C'est le moins qu'on puisse dire.

— Je vais vous parler franchement. Je regrette que notre bref interlude ait été interrompu.

Une vague de gratification honteuse la balaya. Il avait aimé cela autant qu'elle !

— Ah ?

— Si j'en crois votre présence chez Careby, vous êtes une femme douée d'une nature saine et passionnée.

Ce fut à Tess de hausser les sourcils. Comment la conversation avait-elle pris un tour si personnel ?

— Je...

— Et à cause de votre rang, poursuivit-il, vous devez choisir vos amants avec discrétion.

Elle était convaincue que ses joues étaient en feu, mais elle s'obligea à soutenir son regard.

— Absolument.

— Avez-vous un amant, en ce moment ?

— Non.

Il hocha la tête.

— Et moi je n'ai pas de maîtresse.

— Suis-je censé vous plaindre ou vous féliciter ?

Ignorant la pique, il reprit :

— On peut dire, je crois, que nous sommes attirés l'un par l'autre. En tout cas, je le suis par vous. Et puisque vous m'avez vu sans masque chez Careby, je ne peux que supposer que je vous plais aussi.

Tess avait l'impression d'avoir pénétré dans un rêve très étrange. Ses membres étaient apparemment capables de suivre les pas de la danse machinalement, mais son cerveau n'était qu'un chaos confus.

— Où voulez-vous en venir avec cette conversation, Votre Grâce ?

— Je pense à une solution qui pourrait nous avantager tous les deux. On s'attend à ce que je courtise une jeune fille de la haute société et que je me marie, étant le nouveau duc. Mes affaires accaparant la plus grande partie de mon attention, je n'ai ni le temps ni l'envie de m'occuper de ces fadaises. Or je reconnais qu'avoir une épouse serait utile pour tenir à l'écart les matrones entremetteuses.

— Vous devriez peut-être engager un garde du corps personnel ? plaisanta faiblement Tess.

— En outre, poursuivit-il comme s'il n'avait pas tenu compte de son effort pour dire quelque chose de léger, il me faut également une maîtresse pour satisfaire mes besoins physiques. Et je n'ai pas non plus le temps d'en chercher une. Je déteste me rendre dans les maisons closes, et les occasions telles que cette partie de campagne chez Careby sont à la fois risquées et rares.

Le cœur de Tess battait dans sa gorge.

— Je ne suis pas certaine de comprendre. Que proposez-vous, exactement ?

10

Tess essaya de ne pas trembler tandis que les yeux gris de Thornton se rivaient aux siens.

— De toute évidence, vous n'avez pas épousé l'ancien duc par amour. Vous êtes visiblement une femme pragmatique, de même que je suis un homme pragmatique.

Ils exécutèrent une nouvelle virevolte gracieuse.

— Peu m'importe que vous soyez une croqueuse de diamants. D'ailleurs, j'espère même que vous en êtes une. Cela rendra notre arrangement encore plus simple.

Tess se demanda si elle était amusée, insultée ou offusquée.

— Je...

— Je comprends que vous vous soyez mariée pour l'argent et le rang social. Je vous en félicite, du reste. C'est précisément ce que j'aurais pu faire si j'avais été à votre place. Si répugnant soit-il de coucher avec un vieillard, quelques désagréments en échange d'une vie d'aisance constituaient un risque calculé qui, dans votre cas, s'est révélé fort rentable.

Tess se ressaisit et s'efforça de paraître avertie et sophistiquée, et non profondément choquée par son franc-parler. Elle n'avait jamais rencontré quelqu'un qui s'exprimait aussi crûment.

— À vous entendre, je suis une catin qui s'est vendue au plus offrant.

Il ne protesta pas, et elle étouffa une bouffée de déception devant la piètre opinion qu'il avait d'elle. Pour sa défense, il ignorait qu'elle n'avait pas couché avec le duc. Il ne faisait que dire à voix haute ce que le reste de la bonne société chuchotait probablement dans son dos. À ses yeux, elle ne valait guère mieux qu'une prostituée, et son attitude chez Careby avait indubitablement confirmé son immoralité.

La conclusion était si éloignée de la réalité que c'en était presque risible, et elle se surprit à esquisser un sourire.

Thornton continuait à la regarder, mais son expression ne trahissait ni condamnation ni dédain. Au contraire, il semblait impressionné. Voire fasciné.

— C'était une bonne affaire, déclara-t-il. Vous n'aviez pas grand-chose à mettre sur la table des négociations, hormis votre jeunesse et votre beauté. Et, bien sûr, votre virginité.

— Bien sûr, parvint à articuler Tess.

— L'âge avancé du duc signifiait que même s'il survivait à la nuit de noces, il y avait peu de risques pour que vous ayez beaucoup de temps à passer avec lui. Comment est-il mort ?

Le désir rancunier de le faire marcher pour payer toutes ses suppositions présomptueuses la saisit. Il était grossier, agressif... et irrémédiablement séduisant. Il la déstabilisait et elle eut envie de lui faire perdre ses moyens également.

— Son cœur n'a pas résisté. Quand il m'a vue nue.

Il crispa les doigts sur les siens, et son regard brûlant lui donna l'impression qu'elle était dénudée.

— Espérons que je n'aurai pas la même réaction.

Elle faillit avaler sa langue.

— En me voyant nue ? Qu'est-ce qui vous fait penser que cela arrivera ?

— Le fait que je désire être votre amant. Et votre mari.

La danse se termina sur une envolée de notes triomphantes. Tess fit mine de se dégager de son étreinte. Sans succès.

— Je vous en prie, écoutez-moi, dit-il.

— Nous ne pouvons pas danser ensemble deux fois d'affilée, cela causera un scandale.

Il rit ; ses dents blanches étaient éclatantes.

— Oh, je crois que nous avons déjà passé ce stade, Scarlet.

Elle jeta un coup d'œil vers le côté de la salle où Ellie les dévisageait, les yeux ronds et excités. Daisy, remarqua-t-elle, s'était découvert un cavalier et n'évoluait qu'à quelques mètres d'eux, essayant probablement de surprendre leurs propos. En voyant le regard de Tess, elle lui adressa un sourire d'encouragement espiègle.

Toute résistance étant visiblement futile contre un individu aussi immuable que Thornton, Tess consentit de bonne grâce. Lorsque la danse suivante commença, une valse, cette fois, elle reporta son attention sur l'homme énigmatique qu'elle avait dans les bras.

— Eh bien soit, je vous écoute.

— J'aimerais vous proposer un mariage de raison. D'un point de vue strictement pratique, vous avez déjà l'habitude d'être la duchesse de Wansford. En m'épousant, vous conserverez votre rang et m'épargnerez la tâche fastidieuse de devoir courtiser d'autres femmes.

Il pencha la tête, et son souffle chaud fit voleter une mèche folle sur sa tempe. Elle sentit tressaillir son ventre. La proximité de cet homme lui donnait la chair de poule. Elle percevait avec une acuité inouïe sa poitrine presque contre la sienne, la chaleur de sa main au creux de son dos.

— Sur le plan physique, il est évident que nous sommes compatibles. Cet arrangement nous satisfera tous les deux, sans causer trop d'effort ni de risques.

Elle s'appliqua à canaliser ses pensées.

— C'est tout à fait... efficace, fit-elle remarquer. Et guère romantique.

Il lui adressa un regard laissant suggérer qu'elle l'avait déçu.

— Le romantisme n'a rien à voir là-dedans, répliqua-t-il. Il s'agit d'une proposition d'affaires, rien de plus.

— Je ne sais que répondre.

— Répondez oui. Ne laissez pas les émotions vous gouverner. Utilisez votre logique. C'est parfaitement rationnel.

— Mais nous sommes des inconnus.

Il lui adressa son sourire diabolique.

— Des inconnus qui ont déjà connu de l'intimité.

— L'intimité physique n'a rien à voir avec l'intimité affective.

— L'intimité affective est superflue, dans notre cas. Un bon mariage, dans la haute société, est un partenariat réussi. Vous pourrez faire toutes les choses attendues d'une dame du grand monde. Recevoir à mon bras, m'accompagner à des soirées, et j'en passe. J'assurerai votre sécurité financière et le soutien... amoureux.

Ses yeux sombres la détenaient captive.

— Nous pourrons instaurer un certain délai, si vous voulez. La fin de la saison des mondanités, d'ici à trois mois. Nous pourrions vivre ensemble en tant que mari et femme, à Londres, mais après cela je retournerai à Bristol et vous serez libre de rester là et de faire tout ce que bon vous semble.

L'esprit de Tess cavalait aussi vite que son cœur.

— Et nous demeurerions mariés ? s'enquit-elle. Pas de divorce ?

— Pas de divorce. Simplement une séparation à l'amiable. Vous resterez la duchesse de Wansford, exactement comme maintenant, jusqu'à la fin de vos jours. Et je resterai le duc.

La pièce se mit à tournoyer autour d'eux, une tornade de couleurs et de visages flous.

Seigneur, quelle proposition !

Au début, elle avait cru qu'il plaisantait, mais l'intensité de son expression indiquait qu'il était parfaitement sérieux.

Son attirance physique pour elle était immensément flatteuse – et résolument réciproque –, néanmoins sa désinvolture vis-à-vis du mariage la déprimait un peu. Elle ne s'était jamais considérée particulièrement romantique. Finalement, peut-être l'était-elle...

Et pourtant, la proposition la tentait. Thornton était la première personne qu'elle connaissait à exprimer franchement le fond de sa pensée, sans circonlocutions, et son honnêteté lui plaisait. Le beau monde était un cloaque d'élisions et de demi-vérités, de gens qui disaient une chose en public et en pensaient secrètement une autre.

— Êtes-vous toujours aussi impulsif ? demanda-t-elle, sincèrement curieuse.

— Pas impulsif. Résolu. Et, oui, globalement. Pourquoi perdre du temps quand une bonne idée se présente ?

— Pour songer à toutes les ramifications ? suggéra-t-elle avec ironie. Pour soupeser le pour et le contre ?

Il haussa une épaule et ses muscles tressaillirent sous sa paume.

— Il existe toujours un million de variables. Il est impossible de tout prédire. Ce que je sais, c'est que la vie est trop courte pour s'en soucier. Il suffit d'avancer dans la direction qu'on souhaite et de gérer les obstacles au fur et à mesure qu'ils apparaissent.

Il était trop proche, cela la distrayait. Elle dut légèrement se détourner pour s'éclaircir les idées.

Il n'avait pas complètement tort. Voilà que se présentait, à brûle-pourpoint, l'occasion de prendre un amant sans risquer aucune répercussion sociale.

— Qu'en dites-vous, Scarlet ?

Elle leva les yeux vers lui.

— Vous ne pouvez espérer une réponse immédiate. J'ai besoin d'y réfléchir.

Un muscle de sa mâchoire tressaillit, et elle se demanda si son hésitation l'impatientait ou s'il était satisfait qu'elle envisage sa proposition.

— Fort bien. Quand serez-vous en mesure de me donner votre réponse ?

— Nous sommes jeudi. Vous pouvez venir me rendre visite samedi à Wansford House.

La valse se terminait.

Tess recula d'un pas. Il laissa glisser sa main de son bras jusqu'à la courbe de sa taille, et elle fut assaillie par le souvenir soudain de lui la pressant contre la porte dans la pénombre, sa bouche plaquée sur la sienne. Son être entier sembla frémir.

Elle aurait la possibilité de revivre tout cela. Souvent. Et bien d'autres délices encore...

Il garda sa main droite dans la sienne et la ramena vers Ellie et son cousin. Elle se rendit compte qu'elle ne respirait plus. Edward leur lança un clin d'œil amusé.

— On dirait que vous avez mieux fait connaissance, tous les deux.

Tess ouvrit sèchement son éventail et rafraîchit son visage rougi.

— Tout à fait.

Le regard fasciné d'Ellie passa de Tess à Thornton, et inversement. Elle s'apprêta à dire quelque chose, puis se ravisa et referma la bouche.

Daisy revint avec un nouveau cavalier, un homme plus âgé qu'elle visiblement incapable de détacher les yeux de son décolleté. Elle le congédia avec un sourire charmant en l'envoyant chercher du punch, puis elle adressa à Tess une expression signifiant clairement : « Il faut qu'on parle. »

— Tess, ma bichette, tu as l'air d'avoir très chaud ! dit-elle avec la plus grande sollicitude. Est-ce que tu te sens bien ?

Ellie enchaîna aussitôt en observant leur amie :

— Daisy a raison. Peut-être devrais-tu t'asseoir un peu avant de recommencer à danser ?

Tess n'était pas vraiment étonnée de leurs manœuvres peu subtiles, et saisit néanmoins l'occasion d'échapper à la présence trop troublante de Thornton. Elle sentait son regard sur elle. Elle toucha sa joue brûlante.

— Il fait très chaud ici, dit-elle avec un hochement de tête à l'attention des deux hommes. Si vous voulez bien nous excuser, messieurs, je crois que nous allons sortir prendre un peu l'air dans le jardin.

— Souhaitez-vous que nous vous accompagnions ? proposa Edward.

Ellie lui adressa un regard affectueux.

— Ce ne sera pas nécessaire, merci.

Dès qu'elles furent suffisamment éloignées, Daisy pinça le bras de Tess.

— Dis-nous tout ! De quoi parliez-vous, Thornton et toi, au point que vous soyez obligés de danser *deux fois* de suite ?

De l'autre côté, Ellie lui donna un coup de coude dans le flanc.

— Si tu avais vu la façon dont il te dévorait du regard, Tess ! Il était incapable de détacher les yeux de toi, il avait l'air complètement hypnotisé. La moitié des femmes de l'assemblée ont failli mourir de jalousie.

— Nous ne pouvons pas discuter de ça ici, murmura Tess. Je vous raconterai tout quand nous serons seules.

— Mais nous ne pouvons pas partir tout de suite. Nous n'avons pas encore été abordées par le maître chanteur.

Daisy jeta un coup d'œil vers la pendule en bronze doré et platine posée sur une console.

— La soirée est déjà bien avancée, cela fait des heures que nous sommes là. Je ne pense pas qu'il viendra. À moins que cette soirée n'ait seulement servi de test, et qu'il n'ait jamais vraiment eu l'intention de nous rencontrer. Peut-être voulait-il juste savoir quelle femme porterait une robe rouge, afin de rétrécir le champ des possibles.

— C'est ce que j'aurais fait, approuva Ellie. Et si c'est le cas, alors c'est lui qui a l'avantage sur nous.

— Je suis trop fatiguée pour réfléchir, soupira Tess. Je rentre à la maison. Daisy, viens-tu avec moi ou partiras-tu avec Ellie et Edward ?

Étant veuve, Tess disposait de davantage de latitude que ses camarades en matière de chaperon. Bien que Daisy ait six mois de plus qu'elle et soit bien plus aguerrie quant aux usages du monde, c'était Tess qui était considérée comme une compagne appropriée pour ses amies célibataires. Depuis son retour de Wansford, Daisy ou Ellie avaient alternativement dormi avec elle dans l'hôtel particulier ducal de Portman Square, une demeure remplie de domestiques.

Daisy bâilla.

— Je vais rentrer maintenant. Cette collerette me gratte le cou.

— Je vous interdis de parler de Thornton sans moi, les avertit Ellie. Promettez-moi d'attendre que nous soyons toutes les trois chez King & Co. demain.

Daisy se rembrunit à l'idée de devoir patienter avant de connaître les croustillants détails, mais Tess rassura Ellie.

— Bien sûr que nous attendrons. À demain !

11

Malgré l'insistance de Daisy pendant le trajet qui les ramenait de chez lady Iveson, Tess parvint à se retirer dans sa chambre sans avoir rien divulgué. Elle n'aurait pas cru qu'elle pourrait fermer les yeux, étant donné l'ampleur des révélations de la soirée, et pourtant elle s'endormit à peine la tête posée sur l'oreiller.

Elle refusa de répondre aux questions de Daisy dans la voiture qui les emmenait à Lincoln's Inn Fields le lendemain matin, et ce fut seulement lorsqu'elles furent toutes les trois dans l'antichambre autour d'une bonne tasse de thé qu'elle leur révéla enfin la suggestion du nouveau duc.

— Tu devrais accepter, déclara Daisy, qui vibrait littéralement d'excitation. Sans hésiter un quart de seconde. Au moins pour la partie où tu es sa maîtresse. Cet homme est encore plus beau que lord Byron, il est moitié moins dérangé que lui et dix fois plus riche. Si tu refuses, je prends ta place !

Tess leva les yeux au ciel devant l'impétuosité de son amie.

— Ce n'est pas si simple. L'une des raisons pour lesquelles je n'ai pas encore pris d'amant, c'est parce que le premier se rendra compte que je suis vierge. Thornton ne me fait cette offre que parce qu'il est convaincu que je croule sous les partenaires sexuels.

Il s'attend à ce que je sois aussi expérimentée que lui. Que va-t-il se passer, à ton avis, quand il comprendra que je suis totalement ingénue ?

Avec un petit rire, Daisy riposta :

— À ce moment-là, il sera probablement trop tard. Et si vraiment cela lui pose un problème, il rentrera plus tôt que prévu à Bristol, et tu ne te trouveras pas moins bien lotie que maintenant. Je trouve que le jeu en vaut la chandelle.

Ellie but une petite gorgée de thé.

— Quand on y pense, c'est une offre assez contradictoire. En vérité, cela ressemble plutôt à deux propositions distinctes.

— Que veux-tu dire ?

— Eh bien, d'un côté il suggère un arrangement pragmatique et détaché, que tu l'épouses et sois sa femme. Et d'un autre, il te fait une proposition basée purement sur un désir passionné.

Tess trempa un sablé dans sa tasse et le grignota.

— Il dit que ce sont les solutions logiques à notre problème réciproque.

Daisy ricana franchement, cette fois.

— *Logiques ?* Qui croit-il tromper ? Il utilise peut-être son cerveau pour la première option, mais c'est résolument sa queue pour la deuxième. Les hommes revendiquent toujours la logique quand ils essaient de vous entraîner dans leur lit.

Ellie pouffa.

— J'ai toujours imaginé, je suppose, que dans un monde idéal, les rôles d'épouse et de maîtresse se confondraient agréablement, avoua Tess.

— C'est le cas, dans certains mariages, répondit Ellie. Mes parents nous éclaboussent encore de leur bonheur après plus de trente ans de vie commune.

— Or, ils sont minoritaires, riposta Daisy. Les mariages heureux sont rares, en particulier dans la haute société. Regardez ma famille, par exemple. C'est pire qu'un mélodrame mis en scène à Drury Lane.

— As-tu *envie* d'être sa maîtresse ? demanda Ellie.

Tess rougit violemment, mais s'obligea à parler avec franchise.

— Oui. J'ai rencontré des centaines d'autres hommes qui ne m'ont jamais attirée. Thornton est le seul à avoir exercé cet effet sur moi. En sa présence, j'ai chaud et je frissonne, comme si j'étais à la fois nerveuse et excitée.

Daisy secoua la tête avec un petit rire ironique.

— Tu es atteinte de concupiscence avancée. Je dirais même en phase terminale. Si tu ne veux pas y rester, une seule solution : l'évacuer de ton organisme.

— Et que suggérez-vous, docteur Hamilton ?

— Je prescris un traitement prolongé à base d'exercice physique avec un partenaire masculin séduisant, afin d'augmenter votre rythme cardiaque et de vous donner bonne mine, décréta Daisy en remuant les sourcils.

Tess éclata de rire.

— Ma foi, admettons que j'acquiesce à l'aspect charnel de ce marché. Il reste le problème de mon inexpérience. Si je saigne pour ma première fois avec Thornton, et qu'il le découvre ainsi ?

Daisy reposa sa tasse.

— Tu sais, à ce sujet, il court de fausses informations. Toutes les vierges ne saignent pas. Moi par exemple, lors de ma première fois avec Tom, je n'ai pas saigné. Ni les fois suivantes, au demeurant.

Son visage s'adoucit lorsqu'elle se rappela sa propre aventure passionnée et Tess lui adressa un regard compatissant.

Tom Harding avait été un beau séducteur, l'un des palefreniers de Hollyfield. Bien qu'ils aient dû garder leur liaison secrète, Daisy et lui étaient restés inséparables pendant presque trois mois, jusqu'à ce que Tom soit mobilisé et parte sur le front. Tragiquement, il avait été tué à Waterloo à peine quelques semaines plus tard.

Daisy avait affirmé que ce n'était qu'une passade de jeunesse et qu'elle avait aimé Tom davantage en ami qu'en amant, ce qui ne l'empêchait pas de toujours parler de leur période ensemble avec tendresse. Tom n'avait peut-être pas été l'amour de sa vie, mais elle ne regrettait pas de s'être donnée à lui avant qu'il aille au-devant de son funeste destin.

— Tom disait que les filles qui montent à cheval ne saignent pas forcément. Si c'est le cas, tu prétendras que tu t'es piqué le doigt avec une épingle à chapeau ou Dieu sait quoi.

— Encore un mensonge, soupira Tess. J'essaie d'éviter de mentir.

Ellie prit un nouveau gâteau sec.

— Et quand bien même il découvrirait que tu es vierge, qu'est-ce que cela peut faire ?

— Il m'en voudra de l'avoir mystifié. Il ira probablement directement trouver une femme plus expérimentée pour satisfaire ses besoins.

— Ce qui est exactement ce qu'il fera à l'issue de votre temps imparti, alors quelle différence ? Tu resteras une duchesse sans mari. Qu'as-tu à perdre, hormis ta virginité ?

— Si je prends un autre amant, il risque de divorcer pour adultère.

— Le terme juridique de nos jours en Angleterre est « conversation criminelle », précisa distraitement Ellie. Et je doute fort qu'il le fasse. J'ai l'impression que cet homme apprécie qu'on le laisse tranquille. Il ne voudra pas que son nom soit traîné devant les tribunaux, ni qu'on se moque de lui dans toute la presse à scandale et dans les rubriques des mondanités parce qu'il est cocu.

— C'est juste, mais un mari absent, c'est très différent d'un mari mort, fit remarquer Tess. L'ancien duc n'était pas là pour me gâcher l'existence. Si j'épouse

Thornton, je perdrai ma rente de veuvage et c'est lui qui contrôlera mes finances. Il pourrait me couper les vivres et m'enfermer à Wansford.

— Nous viendrions te délivrer. En outre, cela ne te dérange pas de vivre à Wansford Hall. Tu te plais beaucoup là-bas.

— La question n'est pas là. Je ne veux rien faire qui menace King & Co. et nous prive de notre indépendance.

— Si la reine trouve la preuve du prêt qu'a consenti ton père au roi, tu n'auras plus besoin d'argent de la part du duché.

— Rien ne garantit ne serait-ce que l'existence de cet emprunt, déclara Tess en poussant un nouveau soupir. Et la reine ne demandera à ses secrétaires de se renseigner que lorsque nous aurons récupéré les lettres.

Ellie but une gorgée de thé.

— Du moment que Thornton prévoit pour toi une disposition dans votre contrat de mariage, tu ne seras pas moins favorisée que maintenant. Tu pourrais encore obtenir un tiers des revenus du duché, et l'usufruit de la maison douairière s'il meurt. Cependant tu devrais négocier une meilleure affaire tant qu'il est en vie. Tu devrais demander un droit de jouissance et d'usage de Wansford, plus une rente mensuelle supplémentaire. S'il est aussi riche qu'on le dit, et aussi désireux de t'épouser pour l'aspect pratique de la chose, il faudra qu'il paie pour ce privilège.

— Bravo ! s'écria Daisy en battant des mains. Et pour ne pas lui laisser une chance d'annuler le mariage, tu vas devoir le faire attendre jusqu'à la nuit de noces.

Tess secoua la tête.

— Tout cela est décidément étrange. Jamais je n'aurais pensé me remarier.

— C'est une solution élégante, fit remarquer Ellie. Thornton est l'un des rares hommes d'Angleterre que tu peux épouser sans que cela te nuise.

— Sauf qu'il ne m'aime pas.

— Pas encore, répliqua Daisy. Et une attraction physique intense, c'est un bon début. Comment savoir s'il ne va pas tomber amoureux de toi lorsqu'il te connaîtra mieux ? Et dans le cas contraire, si vous vous séparez cet été, tu auras vécu quelques semaines merveilleuses.

Tess se massa le front.

— Il vient me voir samedi pour que je lui donne ma réponse.

— Tu vas lui dire oui ?

— Absolument, à condition qu'il accepte mes requêtes.

Daisy poussa un cri d'excitation.

— J'adore les mariages !

— Tu adores les pièces montées, corrigea Ellie en souriant. Le fait qu'elles s'accompagnent d'un mariage, c'est simplement un bonus.

Elle se tourna vers Tess.

— Ne t'inquiète pas, je vais t'aider à rédiger une liste de conditions.

— À t'entendre, on dirait une demande de rançon ! s'esclaffa Tess. Ou du chantage.

— À ce propos, déclara Ellie en tapotant les papiers posés sur son bureau. J'ai un suspect potentiel concernant la personne qui a pu dérober les lettres de la princesse.

Tess haussa les sourcils.

— Par quel miracle ? Quelqu'un t'a-t-il abordée après notre départ de chez lady Iveson ?

— Non, j'en ai simplement parlé à un ami du ministère de la Défense, et il m'a donné une liste de tous les soldats qui ont fait partie de la même troupe que Hesse au cours des cinq dernières années.

— Cela doit représenter une grande quantité d'individus, non ?

— Environ quatre-vingts, mais on peut d'ores et déjà en éliminer une large majorité. La plupart servaient à l'étranger, et plusieurs sont morts.

Ellie extirpa un morceau de papier de la pile en équilibre précaire, sur son bureau.

— Cependant, un homme, un certain Richard Case, justifie une enquête plus approfondie. Il était avec Hesse jusqu'à ce que ce dernier soit invalide et obligé de quitter l'armée avec une pension de guerre, juste avant Waterloo. Ce Case habite à Londres, et d'après mon cousin Reginald, c'est un joueur invétéré. Reg dit qu'il fréquente deux ou trois clubs pour messieurs. Depuis quelque temps, il se passionne pour les courses de chevaux. Et... il a plusieurs dettes de jeu.

— Voilà un individu qui doit avoir besoin d'argent frais, murmura Tess. S'il a été assez rusé pour chiper deux ou trois lettres à Hesse afin de les exploiter dans les moments difficiles, il a pu décider de les vendre.

— C'est exactement ce que je pense, déclara Ellie.

— Connais-tu son adresse ?

— Pas encore. Reg dit que Case sera probablement à la soirée de lady Greenwood samedi, parce que les enjeux sont toujours élevés.

Tess hocha la tête.

— Je vais voir si nous pouvons nous faire inviter.

12

Quand vint le samedi, Tess n'était qu'une boule de nerfs. Elle avait apporté un soin absurde à son apparence, et bien qu'elle sache que sa robe bleu pâle flattait sa silhouette, elle se sentait gauche et mal préparée pour affronter Thornton. Un agneau qui attendait le loup.

Heureusement, Daisy était partie faire du cheval avec Ellie à Hyde Park, et elle était seule.

Déterminée à paraître détachée et professionnelle, elle était assise à son secrétaire en acajou lorsqu'on fit entrer Thornton dans son bureau, et la solidité du bois était entre eux une barrière bienvenue.

Son cœur se mit à battre plus vite au moment où il tendit son chapeau, ses gants et sa canne à Gustav, son valet, en le remerciant d'un hochement de tête.

— Votre Grâce, dit-il à Tess en lui adressant une révérence légèrement moqueuse.

Sa chemise blanche et sa cravate amidonnée complétaient un gilet bleu marine et une veste assortie qui épousait à merveille ses larges épaules et sa taille svelte.

Seigneur, il était magnifique ! Elle n'avait qu'une envie, toucher ses pommettes délicates et sa mâchoire volontaire. Et ses lèvres, pour voir si elles étaient vraiment aussi douces qu'elle se le rappelait.

Au lieu de cela, elle lui sourit et désigna le siège qu'elle avait placé à dessein de l'autre côté du bureau.

— Bienvenue à Wansford House. On m'a dit que le huitième duc séjournait rarement ici, mais j'ai apporté quelques améliorations depuis que j'y ai emménagé. Notamment toute la décoration de cette pièce. Naturellement, puisque la maison vous appartient, désormais, vous souhaiterez peut-être tout modifier de nouveau.

Thornton promena son regard autour de lui avec intérêt.

— Je vous félicite pour votre bon goût. Et vous n'aurez pas besoin de quitter les lieux, si vous acceptez ma proposition.

Ah, la fameuse franchise à laquelle elle s'attendait maintenant de sa part. Elle décida de répondre sur le même ton.

— À ce propos, j'ai quelques questions.

Il écarta les pans de sa veste et s'assit. Elle en fit autant.

— Naturellement. Les affaires avant le plaisir. Je vous écoute.

Elle avait mémorisé sa liste.

— En premier lieu, si j'acceptais de vous épouser, quel serait notre mode de vie, au quotidien ?

— Nous habiterions ici, ensemble, jusqu'à ce que je reparte pour Bristol. Et nous devrons aussi aller en visite à Wansford Hall. J'ai besoin de voir dans quel état est la propriété et de rencontrer les métayers, et puisque vous les connaissez déjà, vous faciliterez les présentations.

— Très bien.

Elle se blinda pour la question suivante.

— En second lieu, puisque vous suggérez une relation physique, y aurait-il des stipulations ou des attentes dans ce domaine ?

Elle se sentit rougir. Comment pouvaient-ils discuter d'une chose aussi intime de façon si formelle ? Heureusement, il ne sembla pas surpris par son franc-parler, bien que les coins de ses lèvres se soient retroussés.

— Il y aurait bien entendu des stipulations. Il faut que nous sachions tous les deux à quoi nous en tenir, avec ce contrat.

Son regard gris soutint le sien et elle sentit son estomac papillonner.

— La partie physique de notre relation se limitera à un maximum de trois mois, afin d'éviter que l'un ou l'autre d'entre nous s'ennuie, ou s'attache, ce qui risquerait de compliquer la situation.

Elle haussa les sourcils. De toute évidence, il ne croyait pas au coup de foudre. Elle n'était pas certaine elle-même que cela existait. Apparemment il se pensait réellement immunisé contre les sentiments pendant les douze semaines à venir. C'était un peu décourageant.

Il reprit la parole avant qu'elle puisse émettre d'objection :

— Quant à la fréquence…

Ses yeux se posèrent sur sa bouche ; sans doute s'imaginait-il déjà l'embrasser…

— Vous êtes une femme prodigieusement désirable. J'espère vous faire l'amour au moins trois fois par semaine.

Cette fois, Tess était convaincue que ses joues étaient cramoisies. Elle releva tout de même le menton et soutint son regard, s'appliquant à prétendre qu'elle avait l'habitude de discuter de sujets aussi délurés. Si elle avait réellement passé les derniers mois à enchaîner les amants, comme il le croyait, elle n'était pas censée être gênée de négocier un arrangement d'ordre amoureux.

Elle inclina la tête, telle une reine accordant un généreux cadeau.

— Entendu. Trois jours par semaine.

Il acquiesça.

— Excepté lorsque vous serez indisposée. Cette semaine-là, je vous laisserai tranquille, naturellement.

Était-il possible de rougir encore plus ? Tess en doutait.

— En revanche, j'attends que vous ne preniez pas d'autres amants que moi pendant toute la durée de notre vie commune.

— Et je compte sur la même courtoisie de votre part. Je réprouve l'infidélité.

Son regard s'attarda de nouveau vers la bouche de Tess. Par perversité, elle se mordit la lèvre inférieure afin de voir si elle pouvait lui soutirer une réaction, et lorsqu'il remua légèrement sur son siège, elle fut balayée par une vague de pouvoir enivrante.

Elle s'éclaircit la voix, et il reporta son attention sur ses yeux.

— Concernant un contrat de mariage, dit-elle en s'obligeant à parler avec autorité, j'exige les mêmes conditions que celles convenues avec le précédent duc. Si vous deviez décéder avant moi, je souhaiterais un tiers des revenus des propriétés, faire exactement ce que je veux, et l'autorisation de vivre dans le manoir douairier à Wansford jusqu'à la fin de mes jours.

— Cela me paraît raisonnable. Au demeurant, vous pouvez même rester à Wansford Hall jusqu'à la fin de vos jours, si c'est ce que vous préférez. Lorsque nos trois mois d'union seront écoulés, nous mènerons chacun nos vies séparées. Je passerai la plupart de mon temps à Bristol. Vous pourrez également vivre ici, à Wansford House. J'ai ma maison à Curzon Street, si jamais je venais en ville.

Il se tut et étudia son cou et la peau de son décolleté, lentement, délibérément. Les souvenirs de sa bouche à ces endroits, du chaume légèrement abrasif de sa barbe, la firent frissonner.

— Il vous faudra également une rente personnelle mensuelle.

Elle hocha la tête, un peu éblouie. Ellie avait suggéré trois cents livres par an pour ses vêtements et autres petites choses.

— Pensez-vous que cinq cents livres par an constituent un montant raisonnable ? demanda-t-il.

Elle ne put s'empêcher de froncer les sourcils, stupéfaite de sa générosité, et répéta :

— Cinq cents livres ?

Sa voix avait ressemblé à un couinement surpris, qu'il prit pour un affront. Il secoua la tête, visiblement mécontent de lui.

— Vous avez raison. Ce n'est pas suffisant. Une insulte. Vous aurez mille livres par an.

Heureusement qu'elle était assise ! Elle se ressaisit et essaya de paraître seulement modérément impressionnée.

— Pendant toute la durée de notre vie commune ? s'enquit-elle.

— Jusqu'à la fin de ma vie.

Elle prit une inspiration. Seigneur, si elle acceptait cette proposition scandaleuse, cela reviendrait à se vendre. C'était bien pire que son union avec le vieux duc. Elle n'avait pas eu le choix, à l'époque. À présent, la décision était entièrement entre ses mains.

— Vous avez certainement réfléchi au fait que nous pourrions avoir une aventure sans nous marier, fit-elle remarquer.

— En effet. Dans ce cas, il faudrait toujours que je trouve une épouse. J'en suis venu à la conclusion qu'être marié pourrait véritablement bénéficier à mon entreprise. Les messieurs célibataires sont rarement invités à des soirées intimes, à moins qu'on ne cherche à leur fourrer sous le nez une jeune fille bonne à caser. Quant aux hommes mariés, ils s'imaginent que nous ne songeons qu'à leur voler leur épouse. Si j'ai l'air fou amoureux de ma femme, on me considérera moins comme une menace. Nous serons conviés à des réceptions auxquelles je n'ai jamais eu accès.

Il sourit, et le cœur de Tess papillonna devant son charme irrésistible.

— Avec cet arrangement, nous ferons d'une pierre deux coups. Les affaires combinées au plaisir.

Lorsqu'il prononça le mot « plaisir », Tess sentit son cœur tressauter, mais elle inclina de nouveau la tête. L'épouser pourrait rendre la vie du duc plus facile tout en compliquant quelque peu la sienne. Elle devrait lui cacher son travail pour King & Co., au moins pendant un certain temps.

— Vous parlez d'une transaction commerciale rationnelle, mais qu'en est-il de l'amour ? demanda-t-elle.

— Quoi, l'amour ?

— N'y croyez-vous pas ?

Il fronça les sourcils, comme s'il réfléchit à la question.

— Je ne nie pas son existence, dit-il lentement. Vous savez, l'amour s'exprime sous mille formes différentes. Celui d'un parent pour son enfant, par exemple, ou l'amour fraternel d'un soldat pour son camarade. C'est une force puissante qui peut faire faire aux gens des choses extraordinaires.

Il marqua une pause.

— Quant à l'amour que vous décrivez, l'amour romantique, celui-là gâche tout.

— Que voulez-vous dire ?

— C'est l'antithèse de la raison et de la logique. L'histoire est jonchée d'imbéciles qui meurent par amour, qui vont à la guerre par amour. Qui se ruinent par amour. Cela n'a rien de romantique. C'est parfaitement stupide. Regardez lady Caroline Lamb, qui a fracassé un verre et fait toute une scène lorsque Byron a mis un terme à leur liaison.

Il secoua la tête.

— C'est grotesque.

Tess ravala l'envie de rire devant sa ferveur. Pour quelqu'un qui se prétendait si blasé, il semblait avoir un point de vue très arrêté sur le sujet.

— Sans parler de la guerre de Troie, reprit-il. Tout cela a commencé parce que Pâris se croyait amoureux d'Hélène, qui était la femme d'un autre. Or il n'était même pas amoureux, ce n'était que de la luxure. Et sa concupiscence incontrôlable a entraîné des milliers d'hommes vers la mort !

Elle esquissa un sourire. Le pauvre Pâris n'était pas le seul qui était à la merci d'une concupiscence incontrôlable. Depuis qu'elle avait rencontré Thornton, elle aussi se sentait quelque peu incontrôlable.

Il la dévisagea, et elle reprit son sérieux en voyant l'intensité de son expression.

— Vous ne devez vous faire aucune illusion. Il ne s'agira que de deux corps partageant du plaisir physique. Mon cœur ne sera jamais impliqué.

— Un contrat de services, déclara-t-elle solennellement. Je comprends. Nous resterons totalement détachés. Foin de la passion !

Il perçut la pointe d'ironie amusée dans son ton, et ses yeux s'assombrirent.

— Oh, la passion ne manquera pas, Votre Grâce. Loin de là.

Tess regretta soudain de n'avoir pas apporté d'éventail. Sous le bureau, elle essuya ses paumes humides sur ses jupes. La façon dont il passait d'une froide conviction à une intensité foudroyante en l'espace de quelques battements de cœur était éminemment troublante.

Cependant, elle ne pouvait pas se plaindre qu'il la manipulait. Il avait posé toutes ses cartes sur la table.

— Trouvez-vous que tout ce marchandage fait de moi une catin ?

Elle s'immobilisa, choquée par ses propos. Elle n'avait pas eu l'intention de dire cela à voix haute.

— Non. Cela fait de vous une femme d'affaires avisée, ce que je respecte.

Il était sincère. Curieusement, elle se sentit un peu mieux.

— Je vous parlais d'amour car… que se passera-t-il si vous rencontrez quelqu'un d'autre, plus tard, que vous tombez amoureux d'elle, et que vous voulez faire d'elle votre duchesse ?

— Je crois avoir précisé qu'il n'y aura pas de divorce entre nous. Pas même si nous prenons tous les deux des amants ultérieurement.

Il soutint son regard.

— Sincèrement, je ne pense pas que j'aimerais un jour quelqu'un de cette façon-là. Si je désire une femme après notre séparation, je coucherai avec elle. Du moment qu'elle sera d'accord.

Ses lèvres s'ourlèrent sur un sourire cynique.

— Ce sera une expérience intéressante, en vérité, précisa-t-il. De voir qui veut bien de moi sans titre de noblesse à la clé.

Tess faillit s'écrier qu'elle voudrait de lui même s'il n'était qu'un berger miséreux vivant dans une cabane, mais elle s'en abstint sagement. Inutile de lui avouer qu'elle le trouvait irrésistible. Elle avait peine à croire qu'il n'ait pas été constamment assailli de partenaires consentantes, même avant de devenir riche et titré.

— J'ai encore des questions, dit-elle.

— Je me réjouis que vous ayez réfléchi aussi sérieusement à cet arrangement.

Elle n'aurait su dire s'il faisait de l'ironie ou non.

— Avez-vous songé aux enfants ? Si nous devons avoir une relation intime, il y a toujours la possibilité que je me retrouve enceinte.

Il massa sa mâchoire.

— Donner le prochain héritier du duché n'est pas une priorité pour moi. Si je meurs sans enfants, le titre reviendra à je ne sais quelle pauvre membre de la famille qui ne s'y attend pas. Il n'y a aucune raison pour que vous soyez traitée comme une poulinière.

Il fronça les sourcils.

— Désirez-vous des enfants ?

— Je ne suis pas contre l'idée de devenir mère, répondit-elle avec sincérité. Mais je pense qu'il est bon pour un enfant d'avoir plus qu'un seul adulte aimant dans sa vie. Si vous ne comptez pas être un père présent, ce ne serait pas une situation rêvée.

— J'entretiendrai financièrement tout enfant éventuel, cela va de soi.

Tess l'observa un instant en silence. Elle n'arrivait pas à verbaliser ses sentiments ; elle craignait de trop se livrer.

— Le support financier n'est qu'un misérable substitut de soutien affectif, fit-elle remarquer. Je me rappelle à peine ma mère, mais je me souviens avoir souffert de son absence. Être élevée par mon père n'était pas... idéal. Je ne veux pas que mes enfants souffrent d'un manque d'affection.

Il plissa les yeux, intéressé, et elle poursuivit précipitamment avant qu'il l'assaille de questions. Des millions de gens avaient grandi dans des conditions pires que les siennes. Elle ne voulait pas de sa pitié.

— Par conséquent, que suggérez-vous ?

— Je présume que vous avez pris des précautions avec vos amants précédents. Quelles méthodes utilisiez-vous depuis la mort du duc ?

« L'abstinence, faillit-elle répondre. Et la virginité. Et les causeries autour d'une tasse de thé. »

Elle fit un geste désinvolte de la main, cachant son affolement. Seigneur, il pensait qu'elle connaissait toutes les astuces des prostituées pour éviter les grossesses ! Il allait falloir qu'elle ait une sérieuse conversation avec Ellie et Daisy, après son départ.

— Bah, vous savez... Il existe différentes façons.

Il sembla comprendre de quoi elle parlait.

— Personnellement, je déteste les fourreaux, dit-il. Cela émousse les sensations. Sans parler du manque de spontanéité.

Elle hocha la tête solennellement. *Des fourreaux ? Quels fourreaux ?*

— Vous n'avez pas la vérole, je présume ? poursuivit-il.

Elle essaya de dissimuler sa mortification.

— Non.

— Moi non plus. Nous n'en avons donc pas besoin pour éviter les maladies.

— Cela va de soi.

— Dans ce cas, vous devez avoir d'autres moyens féminins de prévenir les grossesses.

— Bien sûr.

Comme elle ment bien...

— Je m'en remettrai donc à vos mains compétentes.

Une nouvelle pensée lui vint.

— Et si je prends un amant après notre séparation, et que je tombe enceinte de lui ? Un bébé né en dehors des liens du mariage sera un bâtard.

Comme Daisy.

Il haussa les épaules.

— Si c'est un garçon, je suppose qu'il deviendra le prochain duc, que Dieu lui vienne en aide. Et si c'est une fille, elle fera certainement un excellent mariage.

— Cela ne vous dérangerait pas que l'enfant d'un autre hérite du duché ?

— Pourquoi ? Je n'avais jamais imaginé en hériter moi-même.

Il n'avait pas tort. Une petite partie de Tess avait supposé qu'il réagirait avec au moins un brin de jalousie à l'idée qu'elle fréquente un autre homme, mais il paraissait sincère en affirmant que cet arrangement n'entraînerait aucune émotion hormis la logique et la passion.

Les affaires et le plaisir.

— Une dernière question, dit-elle. Si j'accepte, quand annoncerons-nous les fiançailles ? Il y aura déjà suffisamment de commérages et de spéculations. Je pense que nous devrions attendre au moins un mois, nous rendre aux mêmes réceptions, nous assurer que les gens constatent une attirance croissante entre nous, et…

— Demain.

— Je vous demande pardon ?

— J'annoncerai nos fiançailles demain.

— C'est ridicule ! Nous venons de nous rencontrer. Nous avons dansé deux fois en public. Tout le monde comprendra qu'il ne s'agit pas d'un mariage d'amour.

Thornton haussa les sourcils, amusé, mais son regard était brûlant lorsqu'il le posa sur elle.

— Je croyais que vous adoriez ces mièvreries de coup de foudre et d'amour au premier regard vantées par les poètes maudits ? Cela n'aurait-il pas pu nous arriver ? plaisanta-t-il.

Elle plissa les yeux et éluda la question.

— Il faut trois semaines, pour la publication des bans, fit-elle remarquer.

— J'obtiendrai une licence spéciale de l'archevêque de Canterbury. Nous serons mariés dans une semaine jour pour jour. Ici, à Wansford House. Après cela, nous partirons immédiatement pour Wansford Hall.

La tête de Tess lui tournait.

— Mais…

— Ceux qui me connaissent ne seront pas surpris. J'ai la réputation de vouloir ce qu'il y a de mieux en tout. Pourquoi les gens ne croiraient-ils pas que j'aie envie d'épouser la plus jolie femme d'Angleterre ?

Malgré elle, Tess sentit la chaleur gagner son visage. Elle avait déjà entendu des flatteries éhontées, naturellement, mais il disait cela comme si c'était un simple fait irréfutable.

Et comme s'il était sincère.

Il se pencha en avant sur son siège.

— Tous les hommes comprendront mon désir. Tous les hommes mariés bouilliront de jalousie. Et tous les célibataires regretteront amèrement d'avoir raté leur chance de vous gagner.

Elle essaya d'ignorer la boule de déception qui se logea dans sa poitrine et de parler avec légèreté.

— Il semblerait que je ne sois appréciée que pour ma beauté.

— Pas du tout. Vous serez admirée pour avoir réussi à me passer la bague au doigt. Pour avoir capturé non pas un, mais deux ducs successifs, et sécurisé tout à fait rationnellement votre position.

Elle poussa un long soupir avant d'ajouter :

— Il me reste une dernière requête.

— Je m'en réjouis. J'ai vu des investisseurs moins inquisiteurs à la banque d'Angleterre !

Elle essaya de cacher son angoisse sous un air faussement coquet et se lança.

— Je souhaite attendre que la cérémonie ait eu lieu avant de consommer le mariage.

Un bref froncement de sourcils lui apprit qu'elle s'exposait à un refus.

— Puis-je savoir pourquoi ?

Elle chercha à toute vitesse un argument crédible. Que dirait Daisy dans ce genre de situation ? L'inspiration vint.

— Je pense simplement que l'attente ne fait qu'accroître le plaisir.

Elle lui adressa son regard le plus sensuel. Celui qui avait un jour frappé un baronnet au point d'affirmer qu'elle ressemblait à Vénus et Salomé réunies, ou quelque absurdité du même acabit.

Puis elle esquissa un haussement d'épaules et fut ravie de voir son attention glisser sur son cou et s'égarer vers son décolleté. Pour la première fois de sa vie, elle était contente que quelqu'un admire sa poitrine. Lorsqu'elle se remémora le moment où il l'avait touchée *là*, sa voix prit un accent légèrement enroué qui n'était pas feint.

— Il y a quelque chose de si délicieux à faire durer l'attente..., précisa-t-elle. Après tout, ce qui est difficile à obtenir est ce qui procure le plus de satisfaction.

Thornton plissa imperceptiblement les yeux, comme s'il soupçonnait qu'elle le manipulait, et elle pria le ciel pour n'en avoir pas trop fait. Était-elle en train de se ridiculiser ? Comment flirtait-on ?

Il se renfonça dans son siège d'un mouvement fluide.

— Je suis d'accord.

— Avec quoi ?

Un muscle tressaillit sur sa mâchoire.

— Le fait que le plaisir est renforcé par l'attente. Et vous, acquiescez-vous à mes conditions ?

Elle n'hésita qu'une fraction de seconde.

— Oui. J'accepte votre proposition.

Thornton ne montra aucun signe visible de soulagement ni de satisfaction, et pendant un instant elle se demanda si elle n'avait pas commis une terrible erreur.

Il la salua d'un bref hochement de tête et se leva.

— Parfait. Je vais faire préparer les documents. Quand nous reverrons-nous ?

Avec le sentiment d'être nettement désavantagée, Tess se leva également, mais l'aura du duc dominait la pièce.

— Je me rendrai ce soir à la réception de lady Greenwood.

— Dans ce cas, je ferai en sorte d'y être.

Une étincelle amusée éclaira brièvement ses prunelles lorsqu'il demanda :

— Devrions-nous sceller notre accord par un baiser ou une poignée de main ?

Le cerveau de Tess tourbillonnait encore devant l'énormité de ce qu'elle venait d'accepter. L'embrasser risquait de l'empêcher complètement de penser. Elle lui tendit la main.

Le sourire qu'il lui adressa manqua lui faire se dérober ses genoux tandis qu'il refermait sa large main autour de la sienne.

Au lieu de la porter à ses lèvres, ainsi qu'il l'avait fait précédemment, il la serra. C'était un geste d'appréciation pour un adversaire de valeur, et Tess l'accepta avec une sensation de gratitude.

— Je suis déjà enflammé d'impatience, dit-il doucement. À ce soir.

13

— Ellie, Daisy, au secours !

Tess prit place derrière son bureau chez King & Co. dans une envolée de jupes.

— Thornton croit que je connais des centaines de moyens pour éviter une grossesse. Quels sont-ils ?

Daisy torsada ses cheveux au sommet de son crâne et les fit tenir en y fichant un crayon. Ellie retira ses lunettes de vue.

— Tu as discuté de contraception ? Avec Thornton ?

Les yeux de Daisy luisaient d'intérêt.

— Comme c'est progressiste ! La plupart des hommes n'y auraient même pas songé.

— J'ai l'impression qu'il ne laisse aucun détail au hasard. Je comprends qu'il réussisse si bien en affaires. Il dit qu'il déteste utiliser des fourreaux, et qu'il s'en remet à moi.

Daisy pinça les lèvres.

— Hmm… Eh bien, l'un des moyens d'éviter une grossesse consiste à programmer vos *épisodes amoureux* juste avant ou juste après tes menstruations. Ce sont les périodes durant lesquelles tu cours le moins de risques d'être enceinte. Seulement ce n'est pas très fiable. J'ai connu une fille de ferme à Hollyfield qui…

Tess l'arrêta d'un geste.

— Ce ne sera pas possible. Il s'attend à ce que nous ayons un *épisode amoureux* au moins trois fois par semaine.

Sa peau s'échauffa du seul fait de le prononcer à voix haute, et Daisy éclata de rire devant sa mortification manifeste.

— *Au moins ?* Tess, tu es décidément la plus veinarde de tout Londres.

— Avez-vous d'autres idées ?

— Eh bien, Tom et moi avons évité la grossesse parce qu'il se retirait avant de terminer l'acte. Mais là encore, ce n'est pas vraiment idéal.

Ayant grandi à la campagne, Tess avait des notions de base concernant le mécanisme physique de l'accouplement animal, et ses connaissances des rapports amoureux entre hommes et femmes avaient été largement étoffées par les gravures satiriques – frisant souvent la pornographie – placardées sur les vitrines des imprimeurs autour de Covent Garden.

— Je ne pense pas qu'il voudra s'y prêter non plus. Ellie, une idée ?

Ellie souffla sur les verres de ses lunettes et les lustra avec son châle, songeuse.

— Ma foi, je ne possède naturellement aucune compétence pratique, contrairement à Daisy, et vous seriez surprises de découvrir le peu d'informations dont disposent les jeunes filles de bonne famille un tant soit peu curieuses lorsqu'elles désirent emprunter des livres à la bibliothèque. Cependant, j'ai tout de même trouvé des détails fascinants en fouillant les archives des tribunaux à la recherche d'affaires concernant des femmes de petite vertu.

— Tu lis les comptes rendus judiciaires d'histoires de prostituées ?

— Oui. Je me suis dit que cela pourrait se révéler édifiant. Et c'est le cas. Saviez-vous par exemple que certaines femmes utilisent une moitié de citron, qu'elles insèrent dans leur...

Ellie désigna vaguement son entrejambe en cherchant une formulation décente.

— Leur territoire personnel ? suggéra Daisy en riant. Leurs portes de Vénus ? Leur pot de miel ?

Tess plissa le nez.

— Du *citron* ? Berk, cela ne doit pas être confortable !

— Une autre se servait d'une éponge enveloppée de soie et attachée à un ruban. Et une autre encore parlait de quelque chose à base de miel, d'huile et de vinaigre.

— On dirait plutôt une recette de cuisine qu'une méthode contraceptive, fit remarquer Tess.

— Des tas de femmes vivent avec des hommes sans tomber enceintes. Tu es peut-être stérile, d'ailleurs. Ou bien il ne sera pas capable de concevoir un enfant. Cela pourrait t'arriver.

— C'est incroyablement risqué.

Ellie haussa une épaule.

— Quelle importance si tu avais un bébé ? Tu as toujours adoré les enfants. Serait-ce si grave ?

— Il serait légitime, renchérit Daisy.

— Mais Thornton ne jouerait aucun rôle pour les élever, si ce n'est payer leurs études.

— C'est ce qui se passe dans quatre-vingt-dix pour cent des familles de la haute société, signala Daisy. Mon père se rappelle à peine les prénoms de mes frères, ajouta-t-elle avec un reniflement méprisant. Il les confond tout le temps. On les a envoyés en internat dès qu'ils ont su parler. Quant à moi, tu sais le peu d'intérêt qu'il me porte. Il se soucie davantage de son basset préféré.

— Justement. Je trouve terrible d'infliger à un enfant un parent absent ou indifférent, affirma Tess.

— Mais tu serais une maman merveilleuse, protesta Ellie. Et nous deux, les tantes les plus fabuleuses !

L'enfant aurait simplement deux mères supplémentaires au lieu d'un père. Il ne perdrait pas au change, si tu veux mon avis.

— Je reconnais que cela ne me dérangerait pas d'avoir un enfant, murmura Tess. Cela me ferait quelqu'un à aimer quand Thornton repartira à Bristol.

Daisy posa son menton sur sa main.

— Dans ce cas, je ne vois pas où est le problème. Amuse-toi, fais l'amour avec enthousiasme à l'un des hommes les plus séduisants de Londres, et pour le reste, remets-t'en au destin. Soit tu te retrouveras avec un enfant, soit tu auras une flopée de bons souvenirs et un corps épuisé par un excès de plaisir. Dans les deux cas, tout ira bien.

— Pas forcément, objecta Tess. Il dit qu'il ne tombera jamais amoureux de moi. Mais moi... Si je tombe amoureuse de lui ?

— Est-ce un risque ? demanda Ellie.

— Cela va de soi ! décréta Daisy. Un risque non négligeable. Il est beaucoup trop beau, cet homme ! Et d'après son expérience chez Careby, il sait de toute évidence comment faire plaisir à une femme. Une fille est capable de tomber amoureuse de l'orgasme, El. C'est une drogue, comme les éclairs au chocolat. Quand on en a eu un, on en veut un autre. Et encore un autre, et un autre. Si Thornton est un aussi bon amant que je le soupçonne, Tess pourrait aisément devenir dépendante de lui.

— Peut-être qu'il est lamentable, dans un lit, suggéra Ellie. Pas du tout à la hauteur de tes attentes.

— À la hauteur, je ne sais pas, ricana Daisy. Mais à la *longueur*, aucun doute. Avez-vous vu le renflement de son pantalon ?

— Daisy ! s'écria Tess.

— Quoi ? fit Daisy avec un haussement d'épaules. Il n'y a pas de mal à inspecter la marchandise. Les hommes le font avec nous en permanence. Pourquoi ne pourrions-nous leur rendre la pareille ? Et suis-je pour quelque chose si la mode actuelle chez les messieurs est aux pantalons moulants ? Non.

— Tu peux toujours t'interdire de lorgner leur entrejambe, la gronda Ellie.

— Uniquement quand je dors. Autant visiter le British Museum et s'empêcher de regarder les statues. Je me réjouis que nous ne vivions pas dans la Grèce antique, d'ailleurs. Certains de ces athlètes se cachent derrière des feuilles de vigne *extrêmement* petites.

Tess essaya de ramener la conversation sur le sujet.

— Je ne parlais pas de tomber amoureuse de l'aspect physique de Thornton. Ni de sa beauté. Mais si je tombe amoureuse *de lui* ? En tant qu'homme. De son caractère. Je sais déjà qu'il est intelligent et qu'il a l'esprit vif. Et s'il s'avère qu'il est aussi gentil ? S'il n'est pas le vil commerçant implacable et intraitable qu'il paraît être ?

Daisy respira un grand coup.

— Tu as raison. Imagine qu'il soit bienveillant avec les petits chiens et les orphelins ?

— Et qu'il ait le sens de l'humour ? ajouta Ellie.

— Alors c'en est fait de moi, gémit Tess. Je suis quasiment sûre et certaine de tomber amoureuse de lui. Ensuite, il me quittera sans se retourner pour aller chercher une autre femme, et moi je resterai avec mon cœur brisé à pleurer toutes les larmes de mon corps.

— Le cœur brisé, *mais* ravissante, duchesse, épanouie sexuellement, et ton avenir financier assuré, lui rappela Daisy avec ironie. Cela pourrait être pire.

Ellie éclata de rire.

— Tu dois être la première femme au monde à s'inquiéter de tomber amoureuse de son mari !

Tess laissa échapper un grognement.

— Je devrais peut-être lui dire que j'ai changé d'avis.

— Pas question !

— Et si c'est moi qui ne suis pas à la hauteur ? Je vais devoir prétendre savoir ce que je fais.

Daisy leva les yeux au ciel.

— Ce n'est pas difficile. Fais simplement ce qui te paraît agréable. Détends-toi, savoure, et tout ce qu'il te fait, fais-le-lui aussi.

Tess se mordit la lèvre.

— Ça n'a pas l'air trop compliqué. Je devrais y arriver.

— Bien sûr que oui.

— Ce soir, chez lady Greenwood, il fera semblant d'être épris de moi afin de lancer la rumeur de nos fiançailles à venir.

Ellie remit ses lunettes.

— Parfait. Car je viens d'apprendre de Reg que notre principal suspect, Richard Case, sera là également. Nous pouvons attendre qu'il s'enivre, puis nous l'interrogerons subtilement pour voir s'il sait quelque chose à propos des lettres disparues. Est-ce entendu ?

Tess et Daisy hochèrent la tête.

— La soirée s'annonce bien chargée.

14

Thornton fut la première personne que vit Tess en s'arrêtant en haut des marches menant à la salle de bal de Sylvia Greenwood, et son cœur bondit lorsque leurs yeux se croisèrent par-dessus la foule.

Miséricorde, il était sublime, en tenue de soirée…

Jouant à la perfection l'homme éperdument amoureux, il s'éloigna aussitôt du groupe avec lequel il conversait et traversa la salle pour la rejoindre. Son sourire d'admiration et la chaleur de son regard accélérèrent les battements de son cœur. Même si tout cela n'était qu'une comédie.

Elle inclina la tête tandis qu'il se penchait sur sa main.

— Je vois que vous êtes ravissante même sans porter du rouge, Votre Grâce.

Il détailla sa robe de soirée vert forêt d'un regard appréciateur.

— Tess, corrigea-t-elle.

— Scarlet, murmura-t-il à voix basse.

— Ne m'appelez pas ainsi !

Son sourire s'élargit.

— Prête pour une nouvelle aventure ?

— Si votre question est : suis-je prête à essayer de persuader tout le monde que vous me désirez follement, la réponse est oui.

Il lui tendit sa main et l'attira vers un côté de la pièce. Daisy et Ellie se frayaient déjà un chemin en direction de la salle de jeu à la recherche de leur proie.

— Cela doit fonctionner dans les deux sens, lui dit-il. Vous devez convaincre l'assemblée que vous succombez également à mon charme vénéneux.

Il la fixa et Tess se sentit soudain complètement désorientée ; elle avait l'impression de tomber en chute libre.

— Regardez-moi comme si vous songiez à m'embrasser, dit-il doucement. Comme si j'étais la seule personne que vous voyiez dans la pièce.

— Est-ce ainsi que vous me regardez ? riposta-t-elle dans un souffle.

C'était la sensation qu'elle avait, en tout cas. Ses lèvres la picotèrent dans l'attente d'un baiser. Elle vit ses yeux s'obscurcir.

— Non, Scarlet. Je vous regarde avec des pensées beaucoup plus coquines que cela. Je compte les heures qui restent jusqu'à ce que je puisse vous faire crier mon nom.

Un autre homme lui aurait fait cette promesse, elle aurait éclaté de rire. Venant de Thornton, tout en elle sembla soudain entrer en combustion.

Elle jeta un coup d'œil vers la gauche, où un groupe de chaperons surveillaient tous leurs faits et gestes.

— La machine à rumeurs s'est mise en branle, dit-elle.

Il lui tendit un bras.

— Voulez-vous danser ?

Elle acquiesça.

— À propos de rumeurs, ajouta-t-il en passant un bras dans son dos pour la première virevolte. J'en ai lancé une moi-même. Vous craigniez qu'on ne vous reproche la rapidité de nos fiançailles, aussi ai-je dit à Edward, sous le sceau du secret, que notre histoire d'amour remonte loin, mais qu'elle est clandestine.

Elle pouffa.

— Dire quoi que ce soit *sous le sceau du secret* est le plus sûr moyen que tout le monde soit au courant avant minuit. Que lui avez-vous raconté ?

Il posa les yeux sur elle.

— Que je suis tombé amoureux de vous la première fois que je vous ai vue, il y a deux ans, chez lord Ogilvy.

Elle fronça les sourcils.

— Étiez-vous là-bas ? On ne nous a jamais présentés.

Elle n'aurait pas oublié cette rencontre.

— En effet. Vous n'avez même pas remarqué mon existence. J'étais un petit commerçant campagnard bien en deçà de vous. Je savais que vous étiez destinée à un brillant mariage. Cependant je n'ai jamais cessé de penser à vous. De rêver de vous. De ce qui aurait pu être.

Seigneur, cet homme était un magicien. Ses paroles s'enroulaient autour d'elle à la façon d'un charme, la convainquaient de sa sincérité alors qu'il ne s'agissait que d'une ruse pour déguiser l'accord beaucoup moins romantique qu'ils avaient conclu.

Pendant un instant, elle se demanda ce qui se serait passé s'ils s'étaient réellement rencontrés, à l'époque. Rien de bon, sans doute. Elle s'autorisa néanmoins à jouer le jeu de cet absurde fantasme.

— Je suppose que je suis également tombée follement amoureuse de vous au bout de la première danse ?

Il sourit.

— Naturellement. Nous étions tous les deux jeunes et ridiculement impulsifs. Tels Roméo et Juliette.

— Et notre grande histoire d'amour était tragiquement maudite, poursuivit-elle en ajoutant, avec une intonation dramatique : mon père a refusé catégoriquement que j'épouse un parvenu sans le sou.

— Sans le sou, mais irrésistible. Nous avons été tentés de fuguer pour nous marier en Écosse…

— Hélas, nos projets ont été contrecarrés car mon père m'a enfermée dans ma chambre et obligée à épouser le duc.

Elle secoua la tête avec une gravité feinte, ayant fait une plaisanterie de ce qui se rapprochait horriblement de la vérité, et reprit :

— Nous avons eu le cœur brisé tous les deux. Vous, pauvre martyr éperdu d'amour, vous n'avez pas supporté de rester dans le même pays que moi. Me voir avec un autre était pire que la mort. Aussi vous êtes-vous embarqué pour des contrées inconnues...

— Le Canada, précisa-t-il, amusé. Pas tout à fait inconnu.

— ... en jurant de ne jamais plus aimer personne. Toutes les femmes que vous avez rencontrées après moi n'étaient qu'une pâle imitation, un substitut, et elles n'ont jamais pu gagner votre cœur.

— Vous êtes très douée. Avez-vous envisagé d'écrire un roman ?

Elle ravala un éclat de rire.

— Cela m'est arrivé.

— Ce qui nous ramène à la semaine dernière, dit-il. Lorsque je vous ai vue dans la salle de bal de lady Iveson, une vision en satin rouge. Contre toute attente, j'ai découvert que non seulement vous étiez célibataire, mais que la flamme de votre amour pour moi ne s'était jamais éteinte.

— Voilà qui est bien romantique, pour quelqu'un qui prétend ne pas croire à l'amour.

Le sourire qui traversa son visage était un peu amer.

— Je n'ai pas dit que je n'y croyais pas. J'ai dit que c'était stupide et irrationnel.

— Et vous espérez que les gens vont ajouter foi à ces sornettes ?

— Certains y croient déjà. Juste avant votre arrivée, deux vieilles dames m'ont félicité pour mon héritage inattendu et m'ont demandé si je pensais que j'aurais plus de chance, *cette fois-ci*.

— Êtes-vous sûr qu'elles parlaient de moi ?

— De nous, rectifia-t-il. Et la réponse est oui. La seule chose dont la haute société raffole secrètement plus que d'un scandale, c'est d'un conte de fées.

— Même s'il est factice ?

— Pourquoi croyez-vous que les loges de Drury Lane sont bondées tous les soirs ? La plupart des gens veulent rêver que c'est possible. Même si cela ne leur arrive jamais à eux.

Son cynisme était un peu rabat-joie, mais Tess refusa de le laisser gâcher sa soirée.

— Eh bien, je me réjouis à l'idée qu'on ne me considérera pas comme une conquête aussi facile.

— C'est moi que les gens vont prendre pour un imbécile romantique.

Elle haussa les épaules.

— Même cela, c'est à votre avantage. Cela pourra dissuader certaines de ces mères entremetteuses de pousser sous votre nez leur jolie progéniture.

— Cela ne m'est pas encore arrivé.

Il ne la quittait pas des yeux, et Tess ne put s'empêcher d'être réchauffée et flattée par son attention. Des hommes l'avaient déjà admirée, mais Thornton remuait quelque chose en elle, un désir de soutenir son regard, avec autant d'intensité. C'était une créature fascinante, signe annonciateur d'un inconnu séduisant et mystérieux. Elle voulait tout savoir de lui.

Il battit des paupières et Tess se rendit compte qu'elle le dévisageait. Troublée, elle chercha vivement un autre sujet de conversation.

— Dites-moi, qu'est-ce que cela vous fait d'être le duc de Wansford ?

Ses lèvres se retroussèrent.

— Cela me coûte cher. Le prince régent essaie de me convaincre d'acquérir un de ses chevaux de course, un étalon appelé Fool for Love[1].

— Allez-vous l'acheter ?

— Grands dieux, non ! Je ne m'y connais peut-être pas beaucoup en hippisme, mais je sais reconnaître un mauvais investissement. J'ai regardé courir cette créature à Newmarket, hier. Il a peut-être été bon autrefois, aujourd'hui il n'est plus de la toute première fraîcheur.

— Étant donné la rumeur que vous venez de lancer, son nom est bien trouvé. Si vous l'achetiez, cela ajouterait de l'eau au moulin. Les gens spéculeraient pendant des semaines quant à ce que cela peut signifier et penseraient peut-être que vous êtes réellement devenu fou.

— En effet.

— Vous devriez peut-être l'acquérir, ne serait-ce que pour entrer dans les bonnes grâces du prince régent ?

— Et me trouver encombré d'un animal qui serait plus à sa place chez un équarrisseur ?

— Allons, un peu de compassion. Vous pourrez laisser cette pauvre bête dans un pâturage. Ou vous en servir pour des saillies.

Elle rougit. Une dame ne parlait pas d'élevage de chevaux sur une piste de danse. Ni nulle part ailleurs. En outre, évoquer la copulation en étant dans les bras de Thornton était résolument une très mauvaise idée.

Il remarqua son embarras et rit.

— J'y réfléchirai.

Elle fut infiniment soulagée quand la danse se termina.

— Si vous voulez bien m'excuser, je dois aller m'entretenir avec quelques personnes, ce soir.

Il la libéra avec une réticence manifeste.

---

1. Fou (dans le sens d'imbécile) d'amour. Pourrait se traduire par « Bouffon de Cupidon ». *(N.d.T.)*

— Très bien. Je crois que nous en avons fait suffisamment pour semer les graines des commérages. Je vous dis à demain, alors. Quand j'annoncerai nos fiançailles surprises.

Tess hocha la tête et s'éloigna.

Elle rejoignit Daisy dans la pièce attenante à la salle de jeu et s'obligea à se concentrer au lieu de se rappeler la promesse sensuelle qu'elle lisait dans les yeux de Thornton chaque fois qu'il la regardait.

— As-tu trouvé Richard Case ?

Daisy inclina la tête vers la porte entrouverte.

— Oui. Il est là, il joue aux vingt-et-un avec lord Greenwood. Ellie et moi l'avons abreuvé de brandy, et il a le regard vitreux. Il est mûr à point pour toi, Tess.

Tess jeta un coup d'œil dans le miroir, à gauche de la porte, et se rendit compte qu'elle avait l'air encore plus rayonnante que d'habitude. Flirter avec Thornton avait allumé une étincelle dans ses yeux et rosi délicatement ses joues.

— Tu es irrésistible, lui assura Daisy avec un petit sourire ironique. Comme d'habitude. Case n'a pas une chance.

Elle fit pivoter Tess et la poussa doucement vers la salle de jeu.

— C'est le blond en redingote verte. Va lui en mettre plein la vue et lui tirer les vers du nez.

15

Richard Case n'était pas laid, mais il ne plaisait pas à Tess. Ses boucles couleur paille et sa bonne mine lui donnaient presque l'air d'un chérubin. Cependant il n'y avait rien d'infantile dans sa charpente massive. On aurait dit un fermier. Elle préférait largement l'élégance ténébreuse de Thornton.

Son état d'ébriété se voyait à sa posture avachie et à la négligence avec laquelle il lançait ses cartes. Alors que Tess s'approchait, la partie se terminait, et lord Greenwood libéra son siège. Elle prit sa place et se glissa en face de Case qui contemplait sa petite pile de gains d'un air rembruni. Lorsqu'il releva les yeux et la remarqua, son expression boudeuse se mua en un intérêt lubrique.

Tess le régala de son plus beau sourire et se pencha en avant, les coudes sur la table, afin de le laisser entrapercevoir son décolleté. La ruse était éculée mais d'une efficacité infaillible. Heureusement, la table se trouvait dans un angle de la pièce, en partie dissimulée par une grande plante verte en pot.

— Bonsoir, cher ami, ronronna-t-elle. La chance n'est pas avec vous, ce soir ?

Le sourire de Case était rempli d'assurance lorsqu'il lui répondit :

— Pas particulièrement, mais vous savez ce qu'on dit : malheureux au jeu, heureux en amour.

Tess ne s'étonna pas de la banalité de sa remarque, et prétendit que c'étaient les paroles les plus spirituelles qu'elle avait jamais entendues. Elle laissa échapper un léger rire de gorge.

— Je suis Tess.

Il posa sur elle son regard vitreux, le baissa vers sa poitrine longuement avant de revenir vers son visage.

— Je sais qui vous êtes. Vous êtes la duchesse de Wansford. Comment se fait-il que vous ne vous soyez jamais présentée à moi ?

— C'est un manquement inexcusable. J'ai entendu parler récemment de votre courage sur le champ de bataille, et j'ai eu envie d'en savoir davantage.

Elle passa lentement le doigt sur le tapis en feutrine vert en décrivant un motif en forme de huit, ce qui sembla le fasciner.

— C'est tellement éblouissant, ajouta-t-elle.

Flirter de la sorte lui donnait l'impression d'être absolument ridicule. Heureusement, Case gobait tout avec ravissement. Il ne s'aperçut même pas du moment où Ellie apparut à ses côtés et remplit son verre. Il se contenta de boire une longue gorgée tout en examinant le décolleté de Tess de ses yeux vitreux aux paupières alourdies.

Tess sentit sa peau la démanger désagréablement sous l'effet de cette inspection paresseuse.

— Je croyais que tous les hommes étaient à genoux devant vous, à Londres, dit-il d'une voix pâteuse. Y compris le nouveau duc.

Tess haussa une épaule et baissa la voix pour lui confier dans un chuchotement :

— Ma foi, entre vous et moi, le nouveau duc est assez ennuyeux. Il a passé toute sa vie le nez sur des écritures comptables dans un sinistre bureau à Bristol.

Entre deux traversées pour le Canada, ajouta-t-elle silencieusement. C'était cruel de dénigrer Thornton devant un autre homme, seulement Case était si saoul qu'il ne se rappellerait probablement pas ce qu'elle avait dit.

— Ce n'est qu'un trésorier rasoir, conclut-elle.

Elle se pencha en avant.

— J'ai toujours préféré les militaires, pour ma part. Des hommes, des vrais, qui ont vu le monde et qui savent comment on traite une femme.

Case la lorgna avec un intérêt renouvelé tout en prenant une nouvelle gorgée.

— Vous aimez bien un peu d'action, c'est ça ? Vous en avez assez de ces jolis dandys qui font des ronds de jambe ? Vous m'en direz tant...

Il plastronnait. Tess lui décocha ce qu'elle espérait ressembler à un regard furtif par-dessus son épaule, comme si elle vérifiait que personne ne faisait attention à eux.

— Vous savez ce qui est le plus appréciable, quand on est veuve ? La liberté. Je peux me passer d'un stupide chaperon qui observe tous mes faits et gestes et me suit partout. Je fais ce que je veux. Avec *qui* je veux.

Elle battit des cils.

— Tant que je reste discrète, bien entendu.

Case glissa un doigt autour de sa cravate et tira dessus ; visiblement, elle le serrait trop. C'était tout juste s'il ne bavait pas devant le ton suggestif de Tess.

— La discrétion. Bien sûr.

Il but encore une bonne rasade de brandy, peut-être pour se donner des forces.

Tess se mordilla la lèvre inférieure, et elle vit luire une perle de sueur à la base des cheveux de l'homme.

— J'en ai assez de ce bal, dit-elle. Et si nous allions chez vous pour faire mieux connaissance ? Vous pourriez me raconter toutes vos aventures avec Wellington au Portugal.

Il se redressa sur sa chaise, les joues rouges.

— Absolument. J'ai un appartement à côté du Strand. C'est à moins de cinq minutes d'ici.

— Est-il tranquille ? Vous ne le partagez avec personne, n'est-ce pas ?

— Tout à fait tranquille. Nous ne serons pas dérangés.

Elle sourit.

— Merveilleux. Laissez-moi seulement aller me rafraîchir dans le vestiaire des dames. Retrouvez-moi devant l'entrée avec votre voiture.

Le visage empourpré de Case devint encore plus écarlate.

— Ah, c'est que... je n'ai pas ma propre voiture, en ce moment. J'ai misé sur un mauvais cheval à Newmarket il y a quelque temps, et j'ai dû la vendre.

Tess feignit d'être intéressée.

— Ah oui ?

Il hocha la tête.

— L'animal s'appelait Fool for Love.

Elle s'efforça de paraître compatissante.

— Celui qui appartient au prince régent ?

Il eut l'air surpris et impressionné par son érudition hippique.

— Celui-là même ! Mon ami Croxton m'avait juré que c'était un gagnant assuré, or jamais je n'ai vu pareil canasson de toute ma vie. Un âne à trois pattes aurait pu le battre.

Il se redressa un peu sur son siège.

— Mais ne vous inquiétez pas, je viens d'avoir une rentrée d'argent inattendue. Je pourrai tout de même vous offrir de jolis colifichets et babioles.

Elle agita une main.

— Ce ne sont pas les cadeaux qui m'intéressent. Nous ne pouvons hélas pas utiliser ma calèche, elle porte l'écusson des Wansford. Nous devrons prendre un fiacre anonyme. Allez en trouver un pendant que je vais chercher ma cape.

Il se leva en chancelant, et Tess disparut.

Daisy et Ellie l'attendaient dans le salon réservé aux dames. Daisy fit mine de rajuster son chignon jusqu'à ce que la seule autre occupante, l'une des vieilles tantes Montgomery, quitte la pièce.

— Case habite à côté du Strand, dit vivement Tess. Il vient de perdre beaucoup, mais affirme qu'il a eu une rentrée d'argent récente.

— Si c'est à la suite d'un héritage, ce n'est peut-être pas notre maître chanteur, murmura Daisy.

— À moins qu'il n'ait obtenu cet argent en vendant les lettres de la princesse, répliqua Ellie.

— Cela mérite que nous menions l'enquête, déclara Tess. Malheureusement, il ne m'a pas donné l'adresse complète, je ne peux donc pas l'occuper ici pendant que vous fouillerez sa maison toutes les deux.

— Cela ne me plaît pas de te laisser partir seule avec lui.

— À moi non plus. Grâce à mon père, je connais bien les différentes étapes de l'ébriété, et Case est éméché, mais encore assez sobre pour être dangereux.

Elle montra son réticule.

— Mon petit pistolet ne me protégera guère contre un homme de son gabarit.

— Il va falloir que tu l'endormes, décréta Ellie, catégorique.

Elle ouvrit son sac, en sortit une flasque en argent et dévissa le bouchon.

Daisy renifla avec méfiance.

— Qu'est-ce que c'est ?

— Du brandy et une bonne rasade de laudanum. Mon père a jugé une affaire dans laquelle une lavandière avait drogué un maréchal-ferrant avec ce mélange pour le dévaliser pendant son sommeil. J'ai trouvé l'idée excellente.

Tess la regarda, incrédule.

— Je suis sincèrement contente que tu n'aies pas décidé de devenir une grande criminelle, El. Tu ferais tourner la police en bourrique.

Ellie sourit du compliment.

— Crois-tu vraiment que je devrais faire boire ce breuvage à Case ? demanda Tess. Et s'il en prend trop et que cela le tue ?

— Je me suis entretenue avec plusieurs médecins, et ils ont tous cité un ancien bonhomme appelé Paracelse qui a déclaré : « Seule la dose fait le poison. » Dans la mesure où Case est déjà saoul, il lui suffira de très peu pour dormir. J'ai mis dix gouttes pour la totalité de la flasque.

— Et si dix gouttes assommaient un cheval ?

Daisy secoua la tête.

— L'un des amis de mon père prend régulièrement trente gouttes dans son vin, le soir. Cela dit, c'est un poète.

— Quel rapport avec sa profession ?

— Je ne sais pas, je soupçonne que les poètes ont une grande tolérance pour les opiacés. En tout cas, c'est vrai pour Shelley. Et pour avoir lu ce nouveau poème que vient de publier Coleridge, où il parle de Xanadou, de toute évidence il était sous influence, lui aussi.

Tess contempla le flacon en fronçant les sourcils.

— Est-ce que le laudanum a un goût ?

— Aucune idée, je n'y ai jamais goûté, répondit Ellie.

— Donne-moi cela, déclara Daisy en prenant la fiole, pour y tremper les lèvres.

Elle plissa le nez.

— Eh bien, il y a un arrière-goût légèrement amer, mais on le sent à peine, mélangé au brandy. Case ne se rendra probablement compte de rien.

Tess revissa le bouchon.

— Parfait. Je vais voir si je peux lui faire avaler quelques gorgées pendant que nous serons dans la voiture, ou lorsque nous arriverons chez lui. Dans le cas contraire, je trouverai une excuse pour m'en aller.

— J'aimerais bien que nous puissions te suivre et rester dehors, au cas où tu aurais besoin d'aide, fit remarquer Daisy, désolée. Seulement mon idiot de frère est ici ce soir et il insiste pour que nous rentrions avec lui.

— Lequel de tes frères ? demanda Tess, amusée. Tu les traites d'idiots tous les trois.

— C'est vrai, reconnut Daisy. Cette fois, je parle de Dominic. Je ne sais pas où sont David et Devlin. Probablement dans une maison close à Covent Garden. Ou à un combat de coqs. On est sûr de les trouver là où ils risquent de s'attirer des ennuis.

Tess jeta sa cape sur ses épaules et rabattit la capuche.

— Bien. Souhaitez-moi bonne chance.

16

Case s'appuya contre le côté de la voiture secouée par les pavés inégaux, en regardant Tess avec une concupiscence non dissimulée tandis qu'elle faisait semblant de boire dans la petite flasque d'Ellie.

Il avait essayé de s'asseoir à côté d'elle, mais elle l'avait repoussé en lui demandant coquettement de ne pas froisser ses jupes, et il s'était affalé sur la banquette opposée avec un grognement sourd. Il empestait le brandy, et elle songea tendrement à la délicieuse odeur de santal que dégageait Thornton. Si seulement c'était avec lui qu'elle faisait un trajet en voiture !

— Une petite goutte pour la route ? proposa-t-elle en lui tendant le flacon.

— Ce n'est pas de refus.

Il en but une bonne rasade, et elle attendit en retenant son souffle qu'il dise quelque chose à propos du goût. Il avala sa gorgée en poussant un soupir de satisfaction.

Durant les quelques minutes suivantes, elle esquiva ses tentatives maladroites d'appuyer ses genoux contre les siens tandis qu'il écartait les jambes en prenant presque toute la place. Il déboutonna son gilet et desserra sa cravate délibérément, probablement pour se montrer suggestif ; cela ne fit que prouver un manque de coordination croissant.

Il but une deuxième rasade et lui rendit la flasque, qu'elle rangea dans son réticule avec un sourire mutin.

— J'ai assez bu, décréta-t-elle en feignant un délicat hoquet avant de couvrir sa bouche en pouffant. Oups, je crains d'être un peu paf.

Case pencha la tête et pendant un instant délicieux, elle crut qu'il allait s'endormir... Hélas, il se redressa en sursaut et regarda par la fenêtre alors que la voiture s'immobilisait.

— Ah, nous sommes arrivés, dit-il de sa voix pâteuse. Enfin à la maison !

Tess fut soulagée de voir une rangée de bâtisses petites mais relativement propres alignées dans une rue transversale étroite. Au moins, il ne vivait pas dans un taudis.

La capuche de sa cape rabattue pour dissimuler son visage, elle se demanda si elle devait dire au cocher de l'attendre, puis préféra ne pas éveiller les soupçons de Case. Elle trouverait un autre fiacre dès qu'elle en aurait terminé avec lui.

Elle paya la course alors que Case fouillait ses poches à la recherche de sa clé.

Elle se réjouit qu'il soit encore sur ses pieds. Il était trop gros pour qu'elle le déplace s'il tombait.

Après trois tentatives avortées pour déverrouiller la porte, il finit par l'ouvrir et lui fit signe d'entrer dans un couloir carrelé de noir et blanc.

— Avez-vous des domestiques ? demanda-t-elle.

Il secoua la tête et se stabilisa en posant une main sur le mur. Ce simple mouvement lui donnait visiblement le vertige.

— Non. Seulement une femme de ménage qui vient une fois par jour. Nous serons complètement tranquilles, ma douce, ajouta-t-il avec un petit sourire.

— Tant mieux, ronronna-t-elle.

Il se pencha maladroitement pour l'embrasser, mais elle se déroba en pouffant.

— Vous êtes bien impatient !

Il glousse et lui montra une porte entrouverte sur la droite.

— Le salon est par là. Installez-vous, je reviens dans une minute.

À son grand soulagement, il se détourna et s'éloigna dans le couloir en prenant appui sur les murs, comme s'il était sur un bateau qui tanguait. Sans doute avait-il besoin de satisfaire un besoin naturel ?

Ravie de ce répit momentané, elle entra dans le salon et regarda autour d'elle avec intérêt. Avait-elle le temps de fouiller avant son retour ? Dans quel délai le laudanum agirait-il ?

Un petit buffet à la vitrine en arc de cercle contenait quelques verres et une bouteille de vin à moitié pleine fermée par un bouchon de liège. Elle se servit un verre et vida le contenu de sa flasque dans le deuxième, pour Case.

Une succession de bruits divers suggéra qu'il s'affairait quelque part à l'étage, aussi fouilla-t-elle rapidement le bureau en acajou dans un coin de la pièce, ainsi que les tiroirs d'un guéridon. Elle ne vit rien d'utile, excepté les souches des tickets de paris de différentes courses hippiques et quelques factures, la plupart issues de marchands de vin.

En entendant un bruit dans le couloir, elle prit son verre et s'installa prestement dans l'un des fauteuils en cuir brun disposés de part et d'autre de la cheminée, dans une attitude détendue et contractée.

— Et voilà !

Elle s'efforça de ne pas pousser de cri ou d'éclater de rire.

Case se tenait sur le seuil de la pièce, les bras écartés triomphalement. Il portait une chemise ouverte et un peignoir de soie, et durant un horrible moment, elle fut assaillie par les souvenirs de sa nuit de noces.

Case était plus massif que l'ancien duc. La ceinture de son peignoir lui serrait la taille et les deux pans béaient sur une poitrine couverte d'une toison blonde.

— Je me suis dit que j'allais me mettre plus à l'aise, dit-il avec un sourire tordu. Peut-être désirez-vous aussi enlever quelques vêtements ?

La subtilité n'était pas le fort de cet homme.

— Tout à l'heure... J'ai eu un peu froid pendant le trajet, mentit-elle.

— Je vais vous réchauffer.

— Buvons encore un petit verre. Venez, asseyez-vous donc, proposa-t-elle en désignant le siège situé à côté du sien.

Case prit le verre tendu. Il chancelait, et ses paupières s'alourdissaient notablement.

— Ma foi, bonne idée, dit-il avec un hochement de tête. Vous savez, je vous vois en double. C'est deux fois plus agréable !

Il s'assit pesamment dans le fauteuil, reposa sa tête contre le dossier et tapota sa cuisse.

— Et si vous veniez vous asseoir sur mes genoux ?

Tess leva son verre.

— Je termine d'abord mon vin.

Il but une gorgée et poussa un long soupir.

— Alors, dit-elle d'une voix douce. Parlez-moi de l'armée. Un de mes amis m'a raconté que vous étiez un de ces cavaliers éblouissants.

Case bomba le torse avec fierté.

— Le dix-huitième régiment de hussards, sous les ordres du général sir Henry Murray.

— Vous êtes-vous trouvé au cœur de l'action ?

— J'ai participé à toutes les batailles entre Vitoria et Toulouse.

Tess arrondit les yeux.

— Cela a dû être très dangereux.

— Très, confirma-t-il avec un hochement de tête.

Elle feignit de boire une nouvelle gorgée de vin.

— Peut-être avez-vous connu un de mes amis ? Un certain capitaine Hesse ?

Case ricana.

— Charles Hesse ? Bien sûr. Il avait beaucoup de succès auprès de ces dames.

Ses lèvres s'ourlèrent sur un petit rictus.

Le laudanum commençait de toute évidence à faire effet. Ses paupières s'étaient affaissées et ses pupilles ressemblaient à deux têtes d'épingle. Elle fit tourner le vin dans son verre.

— J'ai entendu dire qu'il serait le fils illégitime du duc de York.

— Possible, mais je ne pourrais pas l'affirmer.

Elle se pencha en avant, l'air conspiratrice.

— On raconte aussi qu'il aurait eu une liaison secrète avec la princesse Charlotte.

— Ah, ça, je sais que c'est vrai. La princesse lui a même écrit des lettres d'amour.

Tess feignit la stupéfaction.

— Non ! Comme c'est indiscret ! Est-ce qu'il vous les a montrées ?

— Non. Il ne s'en séparait jamais. Mais je les ai lues quand même.

— Ça par exemple ! Petit coquin. Comment avez-vous fait ?

Case bâilla à s'en décrocher la mâchoire.

— Charlie les cachait dans une boîte à cigares sous son matelas.

Il plissa le nez.

— C'était plein de bêtises de filles et de bla-bla amoureux.

Tess se rapprocha.

— Que sont-elles devenues ?

— Il les a brûlées. C'est la princhesse… la princh…

Sa voix était de plus en plus pâteuse, et après avoir essayé à plusieurs reprises de prononcer correctement « princesse », il conclut :

— C'est elle qui lui a demandé de le faire.

Tess fit une moue.

— Oh, quel dommage ! J'aurais tant aimé les lire. J'adore les potins.

Le regard vitreux de Case se concentra sur sa lèvre inférieure.

— Et tout le reste de Londres aussi, ma jolie. La presse à scandale aurait payé cher pour les obtenir.

Avec un clin d'œil malin, il ajouta :

— Par chance, tout n'a pas brûlé.

Tess poussa un petit cri choqué.

— Que voulez-vous dire ? Vous en aviez dérobé ?

— Peut-être bien que oui, peut-être bien que non, répondit-il en se rengorgeant.

Zut ! Malgré son ébriété, il restait évasif. S'efforçant de ne pas montrer sa frustration, elle tendit une main et lui caressa l'avant-bras.

— J'aime bien les hommes qui font preuve d'initiative. Vous savez, nous ne sommes pas si différents, vous et moi. Je ne suis pas née avec une cuiller en argent dans la bouche. J'ai épousé l'ancien duc uniquement parce que j'ai vu là un moyen facile de devenir riche.

Case bâilla de nouveau.

— Ce n'est pas moi qui vais vous jeter la pierre. Il faut savoir étouffer ses scrupules quand on veut grimper les échelons, dans ce monde.

Il était si ensommeillé maintenant que sa tête dodelinait. D'une secousse, il redressa le menton.

— Que disiez-vous, ma belle ?

— Les lettres de la princesse. Les avez-vous ici ? J'adorerais les voir !

Il fit non de la tête.

— Je les ai vendues il y a quinze jours à un gars de Covent Garden.

Tess ravala un grognement déçu. L'intuition d'Ellie était juste.

— Comment s'appelle-t-il ?

Il referma les yeux, à peine capable de les garder ouverts. Elle lui secoua l'épaule, et il se réveilla avec un ronflement sonore.

— Venez m'embrasser, petite allumeuse…

— Quel est le nom de l'homme à qui vous avez vendu les lettres ? insista-t-elle.

Il fronça les sourcils comme s'il faisait un effort de mémoire.

— Stockton ? Je crois. Un imprimeur de Covent Garden. Il m'a donné cinquante livres, plus deux ou trois gravures grivoises. Voulez-vous les voir ?

Tess le gratifia d'un sourire radieux.

— Oh, oui, absolument.

— Elles chont là-haut, dans ma chamb…

Enfin, il succomba au sédatif. Sa tête roula en arrière et il se mit à ronfler doucement.

Triomphalement, Tess se leva et reposa son verre sur la desserte avant de se diriger vers le vestibule.

Devrait-elle repartir ? Après tout, elle avait un nom. Mais Case n'avait pas semblé sûr du patronyme, et il y avait des centaines de vendeurs de gravures et d'estampes, à Covent Garden. Dans sa confusion, il avait tout aussi bien pu lui donner le nom de son tailleur ou de son barbier.

Elle lui jeta un dernier coup d'œil et grimpa vivement l'escalier. Elle n'eut guère de mal à trouver sa chambre. À sa place, où rangerait-elle des gravures obscènes ?

Elle fouilla rapidement les tiroirs renfermant ses vêtements et chercha sous son lit. En vain. Elle inspectait l'arrière des tableaux accrochés au mur lorsqu'elle s'arrêta sur un petit secrétaire, dans le coin de la pièce.

Son père en avait possédé un analogue, et elle avait treize ans le jour où elle l'avait surpris en train de cacher quelque chose dans le tiroir secret.

Comme elle l'espérait, la partie supérieure du meuble s'ouvrait sur l'habituel assortiment de compartiments et de casiers réservés au rangement du courrier. Elle ouvrit le premier tiroir de la section basse et chercha en tâtonnant un ressort métallique sous la planche coulissante destinée à l'écriture.

Victoire !

Elle l'actionna, et un tiroir dérobé glissa de la section supérieure avec un petit déclic.

Elle regarda à l'intérieur et étouffa un cri.

Case n'avait pas menti en les qualifiant de gravures grivoises. C'était là qu'il cachait sa collection. Ses joues devinrent écarlates tandis qu'elle les feuilletait en s'émerveillant des accouplements acrobatiques – et assurément impossibles d'un point de vue anatomique ! L'une d'elles en particulier illustrait une scène mythologique représentant un beau satyre faire quelque chose d'assez choquant à une nymphe. Elle sentit son cœur battre lorsqu'elle comprit que le satyre lui faisait penser à Thornton.

Le nom inscrit en bas du feuillet confirma qu'elle avait bien fait de vérifier. L'homme s'appelait Stockdale et non Stockton.

Terriblement tentée de dérober tous les dessins, elle prit seulement celui du satyre, afin que Case ne remarque pas que la pile avait diminué. Elle le roula, le glissa dans la poche de ses jupes et redescendit silencieusement.

Case était toujours vautré dans son fauteuil, la tête pendante, et elle sourit, saisie d'un frisson d'euphorie. Le pauvre… Il lui faisait penser à un golden retriever : blanc, désireux de plaire, mais pas très malin.

Rassurée à l'idée qu'il se réveillerait avec une migraine et peu de souvenirs de leur conversation, elle enfila sa cape et ressortit dans la rue.

Une voiture peinte en noir avançait dans sa direction. Les fiacres étaient souvent des véhicules qui avaient été délaissés par la noblesse, et comme il n'y avait aucun écusson pour l'identifier sur les côtés, elle tendit un bras pour le héler.

Ce fut seulement quand le véhicule s'approcha et ralentit qu'elle comprit son erreur. Il ne s'agissait pas d'une ancienne voiture de récupération. La peinture était impeccable et l'attelage de tout premier ordre. La robe noire des chevaux luisait sous la lumière qui s'échappait de la porte entrouverte de chez Case.

Elle laissa retomber son bras et, comme elle s'y attendait, la voiture passa son chemin. Elle aperçut à l'intérieur un homme aux cheveux sombres.

Soudain elle entendit un ordre et le véhicule s'immobilisa brutalement. Avant même que les chevaux aient fini de protester, la portière s'ouvrait et une silhouette masculine bondissait sur le trottoir. L'homme se dirigea vers elle à longues foulées impatientes, et Tess fut absolument convaincue que son cœur cessa de battre.

Merde. Damnation. Bougre d'enfer.

C'était Thornton.

17

Instinctivement, Tess eut envie de retourner se cacher dans la maison de Case, mais Thornton était déjà devant elle avant qu'elle puisse se sauver. Il la saisit par les épaules et la fit pivoter vers lui pour tourner sa tête vers la lumière.

— C'est bien vous, gronda-t-il.

La crédulité brûlait dans ses prunelles tandis qu'il scrutait son visage.

— Que pouvez-vous bien faire ici, pour l'amour du ciel ?

— Je suis en droit de vous poser la même question, répliqua-t-elle en bataillant contre un très désagréable mélange de frustration et de culpabilité.

Damnation ! Quelles étaient les probabilités pour qu'il passe devant cette maison à cet instant précis ? Elle devait être maudite !

Il fronça des sourcils menaçants en jetant un coup d'œil par la porte entrouverte avant de reporter les yeux vers elle, aboutissant visiblement à la conclusion – correcte – qu'elle venait de sortir de cette maison. Il resserra les doigts autour de ses bras, mais la colère qui semblait l'avoir fait jaillir de sa voiture avait été remplacée par un calme froid encore plus intimidant.

— Qui habite ici ? demanda-t-il doucement.

Elle redressa le menton.

— Des amis.
— Un ami ou une amie ?
— Un ami, si vous voulez tout savoir, encore que cela ne vous concerne pas.
Un muscle de sa mâchoire tressaillit.
— Oh, Scarlet, nous avons conclu un marché. De sorte que cela me regarde beaucoup.
Il ne faisait aucun doute, à ses yeux, qu'elle avait retrouvé un amant. Elle eut un mouvement d'épaule et il lui lâcha le bras, mais il lui prit la main.
Il ne portait pas de gants. Le contact de sa peau lui fit l'effet d'un choc.
À sa grande inquiétude, il l'entraîna jusqu'à la porte, qu'il ouvrit en grand. Elle n'avait pas le choix.
Zut, zut et triple zut !
En trois pas, il fut devant la porte ouverte du salon et observa la scène d'un seul coup d'œil dévastateur.
Le tableau était terriblement incriminant. Deux verres d'alcool à moitié bus. Case, à demi dévêtu, sa chemise et son peignoir béants tandis qu'il somnolait dans son fauteuil dans ce qui donnait l'image d'un épuisement post-coïtal. Il ne bougea pas lorsque Thornton avança et le toisa.
— Vous m'avez dit que vous n'aviez pas d'amant, dit-il d'une voix qui ressemblait à un feulement.
— Ce n'est pas mon amant, riposta-t-elle à voix basse pour ne pas réveiller Case. Ce n'est pas ce que vous pensez.
Il la dévisagea, incrédule et cynique.
— Je trouve difficile à croire que vous avez été prise de l'impulsion charitable de le raccompagner chez lui pour le mettre au lit. Est-ce votre frère ?
— Non.
— Un parent, peut-être ?
Elle fit non de la tête.
— Dans ce cas, c'est exactement ce que je crois, Scarlet.

Il adressa un regard cinglant à Case qui cuvait innocemment et secoua la tête, ne comprenant visiblement pas ce choix.

— Vraiment ? Un ivrogne comme lui ? Il va falloir que vous m'expliquiez ce qui vous a attiré chez lui. Je suis stupéfait qu'il ait même pu être bon à quelque chose, dans cet état.

Tess dégagea sèchement sa main.

— Je m'en vais.

Il la suivit dans le couloir.

— Étiez-vous en train de rompre avec lui ? Vous avez tiré un dernier coup avant les adieux ?

Ses paroles délibérément crues la choquèrent, bien qu'elle les ait souvent entendues dans les mauvais quartiers de la ville. Elle se dirigea vers la porte ouverte.

Que répondre ? *Il est dans cet état parce que je l'ai drogué pour chercher les lettres d'amour de la princesse royale.*

Pas question. Son affaire et sa profession ne le concernaient pas. Cependant, l'injustice qu'il puisse croire qu'elle lui avait menti la mortifiait, de même que le fait qu'il la prenne pour une fille ayant la cuisse légère.

Furieuse contre elle et contre la vie en général, elle ressortit dans la rue. Comment ce succès s'était-il transformé si vite en désastre ? Derrière elle, Thornton referma la porte de la maison de Case, puis il lui emboîta le pas et la rattrapa rapidement.

— Vous avez dû bien vous amuser. Il avait l'air épuisé.

Tess s'arrêta à côté de sa voiture et le fusilla du regard. Il haussa les sourcils, ironique.

— En revanche, ma douce, vous paraissez un peu frustrée. Que se passe-t-il ? Était-il trop saoul pour vous satisfaire correctement ?

Ses moqueries étaient exaspérantes.

— Ce n'était pas pour le plaisir, riposta-t-elle d'un ton cinglant.

La gravure volée bruissa dans ses jupes, et elle sauta sur l'occasion. Les meilleurs mensonges recélaient toujours un élément de vérité, après tout. Elle s'obligea à sourire.

— Du moins, pas grâce à lui. Voici la raison de ma venue.

Elle tira le parchemin de sa poche et le lui mit sous le nez.

Il l'ouvrit, et elle s'efforça de prendre un air de défi plutôt que de paraître embarrassée tandis qu'il découvrait le scandaleux dessin. C'était à la fois grisant et terrifiant d'essayer d'être plus maligne que lui ; l'excitation faisait battre le sang dans ses oreilles.

De deux maux, mieux valait choisir le moindre. Elle préférait qu'il pense qu'elle cachait un vilain secret au lieu de le laisser insister sur ce qu'il pensait de sa présence ici.

Il écarquilla les yeux.

— Une gravure érotique ?

Elle la lui reprit vivement des mains, les joues en feu, et la remit dans sa poche.

— Eh bien oui. Je l'ai achetée à Case. Il en possède toute une collection.

Elle leva son visage vers lui, mais son expression était énigmatique, et elle n'aurait su dire s'il la croyait ou non.

Il passa un doigt le long de sa pommette, et sa bouche magnifique se retroussa, amusée.

— Vous avez un penchant pour les gravures grivoises ? Oh, Scarlet. Comme c'est délicieux !

— Et pourquoi pas ? Les hommes adorent cela. Pourquoi une femme ne les aimerait-elle pas aussi ?

— Il n'y a aucune raison, en effet. Et pour tout vous avouer, cela me plaît beaucoup que vous cherchiez votre propre plaisir.

Elle ne voyait que ses pupilles dans la pénombre, et elle s'étrangla à moitié lorsqu'il s'approcha, affolant totalement ses sens. Pendant un instant, elle crut qu'il allait l'embrasser… Hélas, il se contenta de passer une main derrière elle pour ouvrir la portière de la voiture.

— Montez. Je vais vous raccompagner.

Elle n'eut pas la force de discuter. Elle grimpa, et ne fut pas surprise par le luxe discret de l'intérieur. Contrairement au fiacre qu'elle avait pris tout à l'heure, pas de cuir abîmé ou d'odeur de renfermé, ici. Un subtil parfum masculin, entre le cèdre et le bois fumé, l'accueillit lorsqu'elle s'installa sur les coussins de velours bleu marine, et son cœur papillonna.

Elle arrangea ses jupes, s'attendant à ce que Thornton prenne place en face, mais il s'assit à côté d'elle. Leurs épaules se frôlaient et sa cuisse musclée toucha la sienne.

Il était si proche que cela faisait bourdonner tout son corps. Le danger et l'excitation planaient dans l'air… C'était un moment suspendu. Le calme avant la tempête. Elle regarda droit devant elle tandis que la voiture s'ébranlait, elle savait cependant qu'il l'observait.

— Je suis intrigué par l'estampe que vous avez choisie, murmura-t-il.

Sa voix s'enroula autour d'elle comme une volute dans la pénombre.

— La pensée d'un homme vous faisant cela vous inspire-t-elle, Scarlet ? Est-ce la raison de ce choix ? La vue de cette gravure vous embrase-t-elle ?

Oui. Oui !

Jamais elle n'avait imaginé qu'on puisse l'embrasser à cet endroit-là, entre les jambes, et maintenant que l'idée s'était formée dans son cerveau, elle était incapable de la chasser. Ses joues étaient en feu, assurément. Damnation ! Pourquoi lui avait-elle montré ce maudit dessin ?

— Cela m'amusait, réussit-elle à dire avec hauteur.

— Il y a une certaine ironie à regarder cela seul. Car cette activité particulière requiert plus d'une personne.

Son souffle chaud lui chatouillait l'oreille, et son odeur musquée délicieuse emplissait ses narines. Elle ne songeait qu'à une chose : tourner la tête et poser la bouche sur la sienne.

— Je serais tout à fait disposé à vous offrir le même service, Scarlet.

Le cœur de Tess tressauta. Quelle suggestion scandaleuse ! Elle ouvrit la bouche, mais aucun mot n'en sortit. Devant son trouble, il rit doucement.

— Je continue à avoir l'impression que je vous dois un orgasme.

Elle s'efforça de discipliner l'affolement de son cœur.

— Vous n'avez qu'à m'écrire une reconnaissance de dette, dont je réclamerai l'encaissement au jour et à l'heure de mon choix, répliqua-t-elle.

Il secoua la tête.

— Je ne crois pas que cela fera l'affaire. Voir cette gravure m'inspire toutes sortes de pensées coquines.

Il effleura du doigt son oreille en écartant une mèche de cheveux de son visage, et elle sentit sa peau la picoter.

— Nous étions convenus d'attendre notre nuit de noces, me semble-t-il ? fit-elle remarquer.

— Pour consommer le mariage à proprement parler, oui. Mais ceci ne compte pas.

Il déposa un baiser au coin de son œil avant d'ajouter :

— Laissez-moi vous donner un aperçu du plaisir que je vous procurerai.

Elle s'obligea à regarder devant elle alors qu'il traçait un sillon délicieux de petits baisers le long de sa pommette, sa mâchoire, son cou… Elle aurait pu lui dire de cesser, mais son odeur envahissait ses poumons, et tout son corps était soudain faible.

Il embrassa le petit grain de beauté au coin de sa bouche et elle retint son souffle, presque tremblante du désir de l'embrasser.

— J'ai eu envie de vous toute la soirée, Scarlet.

Une ornière secoua la voiture. Instinctivement, elle se raccrocha accidentellement à sa cuisse. Il encadra son visage de ses mains aux longs doigts, et le monde bascula lorsque leurs lèvres se rencontrèrent dans la nuit.

Elle gémit presque de soulagement. La bouche de Thornton prenait possession de la sienne avec une insistance nonchalante, exactement comme chez Careby : lentement, profondément, délicieusement. Elle lui rendit son baiser, langue pour langue, et adora cette intensité foudroyante.

Seigneur, elle aurait pu continuer ainsi pendant des jours…

Comment avait-elle pu se passer de baisers, jusqu'à ce qu'elle rencontre cet homme ?

Son sourd bourdonnement de plaisir vibrait à travers elle tandis qu'il pressait sa poitrine contre la sienne, la repoussait contre les moelleux coussins de velours. Elle ferma les yeux pendant qu'il continuait son chemin de baisers le long de sa gorge. Ses mains modelaient son corps, façonnaient ses courbes, caressaient ses côtes et ses seins avec le parfait dosage de pression.

Puis il se laissa glisser plus bas, s'écarta de la banquette, et se mit à genoux entre ses jambes. Ses mains habiles frôlèrent ses chevilles, et elle étouffa un cri lorsqu'il retroussa ses jupes au-dessus de ses genoux dans un foisonnement de soie et de jupons.

Elle saisit la lanière de cuir à côté de la fenêtre lorsque la voiture fut de nouveau secouée.

— Que faites-vous ?

Avec un petit sourire coquin, il répondit :

— Exactement ce à quoi vous pensez depuis que vous avez examiné cette gravure.

Ses lèvres chaudes se posèrent sur l'intérieur de sa cuisse, sur la peau nue juste au-dessus de la jarretière, et Tess poussa un petit cri étranglé. Sa main libre vola vers la tête de Thornton, et elle enfouit les doigts dans ses cheveux. Elle n'aurait même pas su dire si c'était pour le repousser ou pour l'attirer davantage.

Ses larges épaules prenaient tout l'espace entre ses jambes. L'air frais de la nuit lui donna la chair de poule.

Elle portait sa culotte la plus scandaleuse, achetée chez Mme Lefebvre dans Bond Street. La chaleur des paumes de Thornton traversait la soie tandis qu'il faisait remonter ses caresses, et elle retint son souffle lorsqu'il empoigna ses hanches pour la faire s'avancer jusqu'à ce que son postérieur repose au bord de la banquette.

Il déposa un baiser sur la culotte de soie, à l'intérieur de sa jambe, et le sang de Tess devint brûlant lorsque ses doigts se resserrèrent sur ses cuisses pour la maintenir en place.

— Vous ne devriez pas…

Elle lui tira les cheveux, en vain.

— Pas ici ! protesta-t-elle.

Son cœur battait si fort qu'elle avait du mal à respirer.

— Oh, si, je le devrais.

Le regard qu'il lui adressa était affamé, carnassier.

— Aucun de vos amants n'a jamais exploité correctement une voiture ? Pauvre Scarlet. Je comprends que vous soyez venue me chercher chez Careby.

Il souffla doucement sur elle, tel un dragon. La chaleur de son haleine réchauffa la soie humide entre ses jambes, l'aplatit contre sa chair palpitante et la fit se tortiller. Ses nerfs étaient à fleur de peau.

Elle avait l'impression d'avoir de la fièvre. Allait-il réellement poser sa bouche à cet endroit-là, tel le satyre de la gravure ?

Il s'approcha encore, les lèvres appuyant la soie de sa lingerie contre ses parties les plus intimes, et les yeux de Tess faillirent sortir de leur orbite. L'étoffe était si arachnéenne qu'elle ne constituait aucune barrière. Ses joues s'enflammèrent lorsqu'elle comprit qu'elle était humide.

Juste ciel, quelle sensation !

Impatiente de soulager le nœud de confusion dans son bas-ventre, elle crispa ses doigts dans les cheveux de Thornton. La voiture rebondissait sur les pavés, le poussant contre elle par petites secousses erratiques excitantes. Elle gémit lorsqu'il trouva la fente dans la soie.

Il lui donna un coup de langue lent et délicieux, et elle se cambra de plaisir sur la banquette. Puis il embrassa le bourgeon sensible à l'orée de sa toison, et un tressaillement la transperça, aussi violent que la foudre.

Son cri stupéfait se conjugua au bourdonnement de plaisir de Thornton.

— Seigneur, quel goût exquis !

C'était à peine si elle arrivait encore à penser. Son corps était liquide, invertébré, et cependant contracté par une divine tension qui croissait à mesure qu'il la taquinait de ses lèvres et de sa langue. Éblouie, elle s'adossa davantage à la banquette, à peine capable de croire qu'elle le laissait aller si loin.

De brefs moments de clarté venus des lampadaires dehors jetaient sur lui des stries de lumière et de ténèbres, et elle fut frappée par l'aspect primitif de cette scène totalement bestiale. Il prenait possession d'elle, la goûtait, avalait sa senteur.

Et c'était fabuleux !

Les vibrations les plus sublimes traversaient son corps. Elle entendit un gémissement et se rendit compte que c'était elle qui l'avait poussé.

Thornton glissa un bras sous sa cuisse pour donner un meilleur angle à ses fesses et l'écarter du siège afin de mieux s'occuper d'elle. Le velours retint ses jupes, complètement remontées à présent.

Elle se mordit la lèvre, déterminée à ne pas crier et alerter le cocher quant à ce qu'ils faisaient, mais il lui fut impossible de garder le silence. Thornton s'adaptait à ses moindres soupirs, ses moindres gémissements. Il semblait remarquer chaque fois qu'elle se tortillait pour mieux se rapprocher ou s'écarter. Il apprenait ses réactions, suçait et léchait avec une insistance remplie de douceur qui la bouleversait.

Sa tension croissante atteignait son paroxysme. Elle lui empoigna la tête des deux mains, essayant de le repousser pour mettre un terme à son tourment, et l'entendit marmonner quelque chose d'incompréhensible contre sa cuisse. Puis ses doigts rejoignirent sa bouche, son pouce glissa dans son fourreau trempé en décrivant des cercles et en passant sur cette petite boule de nerfs, alors que sa langue diabolique s'enfonçait... *à l'intérieur d'elle*.

Elle ondulait des hanches, mais il l'immobilisait fermement avec son bras. Elle était incandescente, et toute fuite était impossible.

— Jouissez pour moi, Scarlet. Maintenant.

Elle ne comprenait même pas de quoi il parlait. Tous ses muscles étaient tendus, réclamant d'être soulagés. Elle agrippa ses cheveux pour le punir tout comme il la punissait.

Il ne parut pas s'en formaliser. Elle ferma les yeux et s'offrit à sa langue, toute honte balayée, toutes sensations oubliées autres que le besoin de faire cesser ce tourment de plaisir et de douleur mêlés.

C'est alors que le monde explosa derrière ses paupières. Ses cuisses se serrèrent autour de la tête de Thornton et son ventre fut saisi de contractions tandis que des ondes de plaisir se succédaient en elle, aussi impossibles à arrêter qu'un raz-de-marée.

Elle était encore éblouie et haletante lorsqu'il se releva et rabattit sagement ses jupes sur ses genoux. D'un mouvement fluide, il s'assit sur la banquette opposée et allongea ses longues jambes.

Tess se redressa lentement contre le dossier. Ses membres semblaient faits de cire fondue. Son cœur tambourinait dans sa gorge, son corps était brûlant, et son esprit daignait recommencer peu à peu à fonctionner.

Dieu tout-puissant ! C'était donc cela, un orgasme ? Rien d'étonnant à ce que Daisy affirme qu'on pouvait devenir dépendant de ce plaisir. Comment ne pas vouloir vivre encore et encore cette éblouissante sensation de bien-être ?

Malheureusement, le ravissement fut rapidement suivi d'une immense gêne. Trop mortifiée pour regarder Thornton, elle fixa la vitre, sans rien voir. Les silhouettes sombres des édifices défilaient, puis ce furent les grilles familières de Hyde Park.

Comment avait-elle pu ? Ils étaient presque à Portman Square ! Elle s'était laissée voluptueusement débaucher pendant que la moitié de la population londonienne poursuivait innocemment sa vie.

Elle hasarda un coup d'œil vers Thornton, et le découvrit qui l'observait avec cette intensité brûlante qui transformait ses membres en flanelle.

À quoi pensait-il ? Avait-il deviné que jamais personne ne lui avait fait cela ?

Il esquissa un sourire.

— Vous êtes délicieusement échevelée, mon cœur.

Tess porta une main à sa coiffure et découvrit qu'elle avait perdu plusieurs épingles à cheveux. Des mèches folles tombaient en cascade sur ses épaules, mais sans miroir, elle ne pouvait évaluer les dégâts. Elle s'éclaircit la voix et lui jeta un coup d'œil espiègle.

— Vous aussi.

C'était la vérité. Ses cheveux étaient ébouriffés comme s'il s'était bagarré, et elle rougit en comprenant que c'était elle qui les lui avait profusément emmêlés. Elle serra les poings dans ses jupes.

Il se massa le menton et la mâchoire.

— J'espère que vous avez été satisfaite ?

Elle faillit glousser de cet euphémisme.

— Cela ne se voyait pas ?

Il haussa les épaules.

— Vous aviez l'air d'apprécier. Cela dit, les femmes peuvent simuler le plaisir bien mieux que les hommes. Après tout, vous n'avez pas crié mon prénom.

— Peut-être l'ai-je oublié ?

Elle ne put s'empêcher de lancer cette petite pique. L'assurance de Thornton méritait d'être un brin douchée.

— À moins que je n'aie décidé de ne jamais crier aucun nom, pour le cas où je me tromperais.

Un coin des lèvres de son compagnon tressaillit.

— Vous avez tant d'amants que vous craignez de les confondre ?

Elle lui adressa un sourire malicieux et refusa de se laisser entraîner sur ce chemin. Qu'il pense que la concurrence était féroce.

— Je m'appelle Justin, lui rappela-t-il doucement. Et vous le direz, mon nom, faites-moi confiance.

Son arrogance était ahurissante, mais elle ne pouvait nier le frisson d'anticipation que lui procura sa promesse.

— Nous verrons.

— Je peaufinerai ma technique.

Elle s'efforça d'afficher une totale indifférence, bien qu'elle brûle intérieurement. Doux Jésus, si sa technique s'améliorait un tant soit peu, son cœur lâcherait.

Il lui fut épargné de répondre car le véhicule s'engageait dans Portman Square, où il s'arrêta devant Wansford House. Elle descendit vivement, mais ne put résister à l'envie de jeter un coup d'œil à Thornton à travers la portière ouverte.

Sa beauté ténébreuse lui coupait le souffle. Comment avait-elle pu s'attacher ainsi à un tel homme ? Elle avait complètement perdu pied... Toutefois, il n'était pas question qu'elle se noie.

Thornton se pencha en avant.

— Je compte toujours annoncer nos fiançailles demain, mais durant les deux ou trois jours qui viennent, j'ai quelques affaires à régler qui réclameront toute mon attention. Vous allez devoir affronter les inévitables spéculations de la haute société sans moi, je le crains.

Elle haussa les épaules.

— J'ai l'habitude. Êtes-vous certain que vous parviendrez à obtenir une licence spéciale ?

— Absolument. Charles Manners-Sutton, l'archevêque de Canterbury, était un bon ami de mon père. C'est d'ailleurs mon parrain.

— C'est tellement commode, murmura-t-elle faiblement.

— Tout à fait. Aussi, la prochaine fois que je vous verrai, ce sera probablement lors de notre cérémonie de mariage samedi. N'oubliez pas de signer les documents du contrat que je vous ferai parvenir. Et dépensez tout ce que vous voudrez pour la noce. Faites-moi envoyer les factures.

Elle hocha la tête.

— Vous aviez raison, dit-il soudain.

— À quel sujet ?

— L'attente. Elle ne fait qu'accroître le désir.

Il l'enveloppa d'un regard incendiaire et caressant, puis il tapa sur le toit de la voiture pour signifier au cocher de repartir.

— Bonne nuit, Scarlet.

— Je m'appelle Tess, répliqua-t-elle. Et moi aussi, je vous ferai crier mon nom.

L'humour revint dans son regard, et elle ressentit une bouffée de plaisir absurde à l'idée qu'elle était capable de faire sourire cet homme sévère. Malgré sa position enviable et ses succès dans la vie, elle avait l'impression qu'il ne souriait pas assez.

— Je relève le défi, répondit-il.

Justin se renfonça dans son siège en poussant un profond soupir tandis que la voiture s'ébranlait.

Il résista à l'envie de regarder Tess par la fenêtre tandis qu'elle se retournait pour grimper le perron de Wansford House. Il s'interdit difficilement d'arrêter la voiture, de bondir sur ses talons, de la soulever de terre et de l'emmener jusqu'à un lit pour lui faire l'amour jusqu'à ce qu'ils sombrent, en sueur et à bout de souffle.

Seigneur, il était possédé. Il la voyait encore sur la banquette devant lui, ses cheveux ébouriffés, ses lèvres roses et gonflées de ses baisers. C'était gravé au fer rouge dans sa mémoire.

Son sexe palpitait avec insistance et il le rajusta dans son pantalon sans grand espoir de le voir se recroqueviller avant bien longtemps. Le parfum de Tess était partout sur ses doigts, sur la manche de la chemise où il s'était essuyé le visage après l'avoir comblée. Oh cette odeur… Il avait l'impression qu'il ne pourrait plus jamais s'en passer.

Se passer de cette femme.

Il tira une satisfaction perverse du fait qu'il lui avait donné du plaisir sans assouvir le sien. Elle s'était occupée de lui chez Careby, et ce soir il lui avait rendu la pareille. Ils étaient quittes. Cependant, il aurait été bien en peine d'expliquer précisément pourquoi c'était important pour lui, sinon peut-être pour apaiser son goût inné pour l'ordre.

Il était content de l'avoir comblée.

Cependant, en la taquinant, il avait eu la sensation qu'ils jouaient au plus délicieux des jeux, chacun essayant de prendre le dessus sur l'autre. L'épisode de ce soir s'était probablement soldé par un match nul, et il avait hâte de disputer la prochaine manche.

Si tout se déroulait bien, elle serait sa duchesse avant la fin de la semaine, et il pourrait se consacrer à les satisfaire tous les deux de son mieux.

Il se serait bien passé de ces quelques jours sans la revoir. Aucune femme n'avait jamais rempli ses pensées à ce point, et il se demanda brièvement s'il devait s'inquiéter. Il avait déjà eu des jolies femmes, mais il y avait chez Tess Townsend quelque chose qui l'attirait pour d'autres raisons, plus inexplicables. Malgré son expérience avec les hommes, elle gardait un air d'innocence, de douceur, qui réveillait son instinct protecteur et son désir de possession. Et au-delà de sa beauté, elle avait de l'esprit et un sens de l'humour narquois et subversif parfaitement assortis aux siens.

Il n'avait pas menti en lui disant qu'il la respectait. C'était un compliment qu'il faisait rarement à qui que ce soit, homme ou femme, mais dans son cas c'était la vérité. Elle n'était pas qu'un joli minois, et malheureusement, la plupart des gens de la bonne société étaient si superficiels qu'ils étaient incapables d'imaginer sa profondeur cachée.

Qu'elle soit disposée à lui tenir tête, et qu'elle ait de toute évidence des secrets intrigants de son côté – par exemple, un penchant pour les dessins érotiques – l'excitait au-delà de toute raison.

18

Ellie et Daisy attendaient Tess lorsqu'elle franchit le seuil de King & Co. le lendemain, en fin de matinée.

Ellie donna une tape sur le journal ouvert devant elle.

— Tess, tu es dans le *Times* ! Thornton a fait paraître une annonce de vos fiançailles. Affreusement brève. Elle dit seulement : « Justin Thornton, neuvième duc de Wansford, épousera Tess, née Townsend, veuve de feu sir Archibald Thornton, huitième duc de Wansford, ce samedi à Wansford House, Portman Square, par licence spéciale. »

Tess soupira et se laissa tomber sur son siège.

— Veuve ! Ça me donne l'impression d'être une vieille duchesse douairière ! Un personnage préhistorique.

— Et on parle également de toi dans le *Courier*, ajouta Daisy. Et *La Belle Assemblée*. Bien que dans le dernier cas il s'agisse plutôt d'un article concernant ce que tu porteras. Apparemment, la couleur argent fait fureur, cette saison.

— En voilà un qui n'aime pas perdre de temps, pouffa Ellie. Il a l'air drôlement pressé que tu deviennes sa femme.

Tess sentit ses joues devenir brûlantes, et Daisy s'exclama :

— Tess Townsend, tu rougis !

Il était impossible de cacher quoi que ce soit à Daisy, néanmoins Tess essaya de détourner la conversation.

— Hier soir, il m'a dit qu'il ne me reverrait pas avant le mariage parce qu'il a du travail. Ce n'est pas l'image d'un homme si pressé.

— L'absence attise la passion, fit remarquer Ellie.

Daisy éclata d'un rire moqueur.

— Ha ! En l'occurrence, l'absence attise l'érection.

— Daisy Hamilton ! gronda Tess, partagée entre l'envie de rire et de s'offusquer. Qui pourrait croire que tu es la fille d'un duc ? Mlle Burnett va te laver la bouche à l'eau et au savon !

Daisy gloussa, sans honte. Ellie remit ses lunettes et déclara :

— Apparemment, nous t'avons lancée sur une fausse piste avec Richard Case, hier soir. Pardon.

Tess fronça les sourcils.

— Pourquoi dis-tu cela ?

— Parce qu'après ton départ de chez lady Greenwood avec Case, le vrai maître chanteur a essayé d'aborder Daisy.

— J'ai feint de ne rien comprendre, comme nous en étions convenus, dit l'intéressée. De sorte qu'il a cru s'être mépris.

— À quoi ressemble-t-il ? L'as-tu reconnu ?

Daisy secoua la tête.

— Hélas, je ne l'avais jamais vu de ma vie. Il n'est pas très grand, brun.

— Nous n'avons donc aucun moyen de savoir qui c'est, grommela Ellie. Nous avons essayé de le suivre, mais nous avons perdu sa piste dans la foule.

— Nous devrons attendre qu'il fasse une nouvelle demande, je suppose, soupira Daisy.

— Pas forcément, intervint Tess avec un sourire énigmatique.

— Comment cela ?

— Richard Case n'était peut-être pas notre homme, mais c'est bien lui qui a dérobé les lettres à Charles Hesse.

Daisy haussa les sourcils.

— C'est lui qui te l'a dit ? s'étonna Ellie. Tess, tu es impressionnante. Tu pourrais faire avouer un meurtre à une mère supérieure.

— Je pense que c'est le laudanum et le brandy qui lui ont délié la langue, mais merci.

Tess sortit de sa sacoche la gravure qu'elle avait dérobée à Case. Elle l'aplatit sur le bureau en essayant de ne pas rougir à la pensée de la manière dont elle s'était froissée. Le papier était soigneusement roulé lorsqu'elle avait quitté la maison de Case. Il s'était écrasé dans ses jupes quand Thornton lui avait fait ces choses honteuses et débauchées dans la voiture.

Ellie poussa un petit cri choqué, tandis que Daisy inclinait la tête pour mieux voir.

— Eh bien, on dirait que c'est loin de déplaire à madame.

Ellie grimaça.

— Cela n'a pas l'air très agréable.

Daisy poussa un petit soupir langoureux.

— Oh, détrompe-toi, ça l'est. Tom m'a fait cela une fois, à l'écurie. J'ai cru que j'étais morte et que je m'étais envolée au paradis.

Ellie ne parut pas convaincue, et Tess fit des vœux pour que les autres interprètent ses joues roses comme une gêne et non de la culpabilité.

En temps normal, elle leur aurait raconté exactement ce qui s'était passé après son départ de chez Case, mais curieusement, elle n'avait pas envie d'en parler. C'était son secret, un petit trésor qu'elle voulait garder pour elle.

— Pourquoi nous montres-tu ceci ?

Tess désigna du doigt le bas de la gravure.

— Vous voyez ceci ? Joseph Stockdale. C'est lui notre maître chanteur. Probablement l'homme que vous avez vu hier soir. Case lui a vendu les lettres pour cinquante livres il y a deux semaines.

— C'est un marchand de gravures ? demanda Daisy.

— Oui. Et si la reine ne paie pas la rançon, je suis convaincue qu'il publiera lui-même les lettres. D'après Case, il a une imprimerie à Covent Garden.

Daisy se pencha sur le bureau.

— Serait-ce si épouvantable qu'elles soient publiées ? Si Leopold est aussi entiché de Charlotte que tout le monde le dit, il ne va pas annuler le mariage simplement à cause d'une vieille indiscrétion.

Elle fronça le nez.

— Franchement, il y a toujours deux poids deux mesures, c'est exaspérant. Personne ne s'attend à ce que *lui* ait une réputation irréprochable.

— Il en a toujours été ainsi, grommela Ellie. Les femmes ne sont pas jugées avec la même équité.

— C'est ce que je déteste, dans la haute société, déclara Daisy. Personne ne croit sincèrement que la princesse est vierge, du reste tout le monde s'en fiche, seulement on aime bien faire semblant qu'elle l'est. C'est une véritable conspiration.

— Exactement. Ils fermeront les yeux sur des erreurs de jeunesse en l'absence de preuves convaincantes, seulement si des passages explicites des lettres sont publiés, il sera très difficile de faire passer cet écart de conduite pour de la malveillance.

— Qu'allons-nous faire ? Rendre une petite visite à ce Stockdale à Covent Garden ? Ou attendre qu'il nous fasse une nouvelle demande ?

Tess pinça les lèvres.

— Ni l'un ni l'autre. Nous devrions inverser la situation et lui faire, *nous*, une demande. Cela le mettra sur la défensive. Il comprendra que nous connaissons son identité, et le fait que nous ne l'ayons pas encore fait arrêter lui donnera à penser que nous sommes disposées à continuer à négocier discrètement avec lui. Il croira qu'il a encore une chance de toucher l'argent.

— Excellent plan.

Tess sortit une plume, du papier et de l'encre et se mit à écrire.

Monsieur,

Vous n'avez pas réussi à me contacter chez lady Greenwood hier soir, mais comme vous pouvez le voir, j'ai deviné votre identité.

Ma cliente exige la preuve que vous possédez bel et bien les lettres que vous prétendez détenir. Faites-en expédier une chez King & Co., numéro 7 Lincoln's Inn Fields, en signe de bonne volonté. Si nous confirmons leur authenticité, nous organiserons une rencontre pour l'échange du reste.

— Devrions-nous signer ? demanda Daisy. Il sait peut-être déjà qui tu es, Tess, s'il nous a vues ensemble hier soir.

— En effet, répondit Tess en souriant. D'ailleurs, pour le cas où il l'ignorerait, je vais simplement signer « Scarlet ».

19

Le lendemain, Tess, Daisy et Ellie se rendirent à Covent Garden et trouvèrent la boutique de Stockdale.

De la rue, on ne voyait pas l'intérieur : les deux vitrines étaient couvertes d'estampes scabreuses, encore qu'aucune ne soit aussi scandaleusement érotique que celle dérobée par Tess à Case.

Elles pouffaient devant des portraits peu flatteurs du prince régent et du duc de York lorsque Daisy s'exclama soudain :

— Mon Dieu, Tess, c'est toi !

— Quoi ?

— Regarde, dit Daisy en tendant le doigt.

Tess écarquilla les yeux et resta bouche bée en reconnaissant une silhouette qui était indiscutablement elle, représentée dans une robe rouge au décolleté scandaleux. Elle dansait avec un homme qui ne pouvait être que Thornton. Il la dévorait du regard, l'air totalement énamouré. Même caricaturé, il était beau comme un dieu.

Dans le plus odieux mauvais goût, un cercueil fermé dont le couvercle portait une plaque sur laquelle était gravé « Numéro 8 » était appuyé contre le mur de la salle de bal derrière elle, en référence à l'ancien duc. Et derrière Thornton se tenait une longue file d'autres ducs, parmi lesquels Wellington et le duc de Clarence, qui attendaient tous apparemment leur tour.

Sous la gravure, le titre disait : « Sa Grâce la duchesse de W. espère que le deuxième duc sera le bon. » Et en sous-titre : « Heureux qui persévère… »

— C'est terriblement grossier ! fulmina Tess, mi-amusée, mi-offusquée.

— C'est remarquablement ressemblant, observa Daisy. Il t'a mis des melons en guise de décolleté, au lieu de simples oranges.

— J'imagine que les melons sont plus vendeurs, marmonna Tess en fronçant les sourcils. Au moins, la robe n'est pas transparente.

Elle observa la signature de l'illustrateur dans l'angle en bas de la page, et naturellement, elle lut « Stockdale ».

— Je m'en tire à bon compte, cela aurait pu être pire.

Daisy redressa sa capeline.

— Je vais entrer vérifier que c'est bien l'homme qui nous a abordées chez lady Greenwood.

Tess et Ellie restèrent dans la rue, et quelques instants plus tard, Daisy ressortit, un parchemin à la main.

— Affirmatif, déclara-t-elle. C'est un employé qui s'est occupé de moi, mais je l'ai aperçu dans l'arrière-boutique.

Elle donna le papier enroulé à Tess.

— Tiens, j'ai acheté un exemplaire de ta gravure. Tu devrais l'offrir à Thornton en cadeau de mariage. Je suis sûre qu'il appréciera.

— Daisy ! Je ne peux pas croire que tu aies donné ne serait-ce qu'un penny à ce voyou. Tu l'encourages !

— Je dirais même plus, tu es complice, déclara Ellie en hochant solennellement la tête.

Daisy éclata de rire.

— Combien d'autres femmes peuvent se vanter d'avoir été immortalisées sur une gravure ? C'est comme si un poète parlait de toi dans un sonnet. C'est un honneur.

— Un honneur douteux. Cela revient ni plus ni moins à proclamer que je suis une aguicheuse superficielle ne songeant qu'à avoir de l'argent et un titre de noblesse. Ce qui est exactement ce que Thornton pense de moi.

— C'est parce qu'il ne te connaît pas, décréta Daisy, catégoriquement.

Ellie la serra brièvement dans ses bras.

— Nous, nous savons que c'est faux, et c'est tout ce qui compte. De toute façon, pourquoi te soucies-tu de son opinion ?

— Cela m'est égal, protesta Tess, tout en sachant très bien qu'elle mentait.

Elle rêvait du respect de Thornton, de son admiration. Ce qui était idiot. Elle avait accepté une union fondée sur la logique et le plaisir physique. Il n'y avait aucune place pour les sentiments, ni pour aucune autre émotion que le désir. Ce qu'il pensait d'elle aurait dû lui être indifférent.

Or ce n'était pas le cas.

Elle écarta le sujet, et lorsqu'elles retournèrent toutes les trois à Wansford House, elles découvrirent un épais document dans le plateau en argent du vestibule.

Tess l'emporta dans son bureau, celui-là même dans lequel Thornton et elle avaient discuté de son projet scandaleux, et se mit à lire.

Comme promis, chacune des conditions qu'elle avait réclamées figurait dans le contrat. Ellie et Daisy l'examinèrent attentivement pour s'assurer qu'il n'y avait pas de surprise entre les lignes.

— Mille livres par an ? s'écria Daisy. Bon sang, Tess !

Elle haussa les épaules et concéda :

— On ne peut pas le nier, il est généreux.

— Ou plus exactement, il est prêt à tout pour obtenir ce qu'il veut.

— C'est vrai également.

La main de Tess ne tremblait que légèrement lorsqu'elle signa de son nom le bas de la dernière feuille, juste à côté de celui de Thornton. Sa signature était aussi ferme et assurée que l'homme, et son ventre tressaillit à la perspective de leurs prochaines confrontations. Leurs joutes verbales constituaient un défi merveilleux.

— C'est tellement plus agréable d'accepter mes propres conditions, au lieu de simplement lire le contrat que mon père avait arrangé pour moi.

Et si quelque chose se passait mal, elle ne pourrait s'en prendre qu'à elle.

Elle pressa le buvard sur l'encre, puis replia les feuillets et appela Gustav pour qu'il les renvoie à Thornton.

Ellie s'enfonça dans un fauteuil de cuir confortable.

— Bon, et maintenant que c'est fait, il faut que nous discutions de lingerie.

— Est-ce obligatoire ? demanda Tess en plissant le nez.

— De tes sous-vêtements, plus exactement. Pour ton premier mariage, tu n'as même pas eu droit à une nouvelle garde-robe. Cette fois-ci, il te faut résolument un trousseau. Et en particulier, des dessous dignes d'une femme facile aimant le plaisir.

— Elle a raison, approuva Daisy d'un hochement de tête. À l'exception de cette culotte en soie de chez Mme Lefebvre que je t'ai offerte à Noël dernier…

Celle-là même que, Dieu merci, elle portait la nuit où Thornton l'avait débauchée dans la voiture, songea Tess.

— Tu n'as que des culottes en coton fonctionnelles et déprimantes. Je connais des ermites dans des grottes dont les sous-vêtements sont plus affriolants que les tiens.

— Il te faut de la dentelle frivole. Des rubans délicats. De la soie et du satin si arachnéens que tu auras l'impression de ne rien porter du tout.

— Alors à quoi cela sert-il ? riposta Tess.

— Un seul mot d'ordre : séduction, décréta Ellie. Il s'agit de réduire un homme adulte à l'état de loque bredouillante, qu'il n'ait plus d'autre volonté que de t'obéir au doigt et à l'œil. Avec les dessous qu'il faut, sa reddition sera absolue.

— Juste ciel ! s'esclaffa Tess. C'est ma nuit de noces, pas un champ de bataille.

— Ce sont les deux à la fois, déclara sévèrement Daisy. Et tu peux prendre l'avantage dès le début en jouant bien ton rôle, même si tu ne sais absolument pas quoi faire. La distraction constitue une tactique extrêmement efficace. Les hommes sont pervers, et ce sont des créatures très visuelles. Une femme à demi nue est presque plus excitante à leurs yeux qu'une femme complètement nue. Ne me demande pas pourquoi.

Ellie acquiesça vigoureusement.

— S'il te voit en petite tenue sensuelle, Thornton sera tellement ébloui qu'il ne remarquera peut-être même pas que tu es vierge.

— C'est fort peu probable, ironisa Tess. Car lui est loin d'être puceau. Et il a déjà vu quantité de femmes nues et à demi nues.

— Mais aucune aussi belle que toi, affirma Ellie loyalement. D'ailleurs, il n'a jamais demandé personne en mariage, pas vrai ?

— Tu as peut-être raison.

— Alors c'est décidé ! s'exclama Daisy en tapant des mains avec excitation. Nous allons faire des courses. Et trouver les articles les plus sulfureux, les moins fonctionnels, les plus époustouflants possible. Si Thornton est disposé à te donner mille livres par an pour que tu t'habilles bien, la moindre des choses est que tu t'exécutes.

Tess leva les mains en signe de défaite et sourit.

— D'accord. C'est vrai que je pourrais m'acheter une nouvelle robe pour le mariage.

— Ah, voilà l'esprit !

Tess n'entendit plus parler de Thornton jusqu'à la fin de la semaine, et Stockdale n'essaya pas de les faire chanter avec les lettres de la princesse.

Le vendredi, veille du mariage, un paquet contenant un coffret en cuir plat fut livré à Wansford House, portant l'illustre nom de Rundell, Bridge & Rundell, l'un des bijoutiers préférés du prince régent.

Tess lut d'abord le message qui l'accompagnait, et les battements de son cœur s'accélèrent lorsqu'elle se rendit compte qu'il venait de Thornton.

Scarlet,

Dans l'attente de notre mariage demain, veuillez accepter ce modeste gage de mon estime.

J.

Le paquet renfermait le collier de perles le plus ravissant qu'ait jamais vu Tess : à trois rangs de perles graduées, chacun un peu plus long que le précédent, s'ajoutait un pendentif constitué d'un gros solitaire assorti d'une délicate rangée de diamants plus petits et d'une immense perle en forme de goutte, accroché au centre de la rangée inférieure.

Lorsqu'elle le montra à ses amies, Daisy poussa un petit cri.

— Mon Dieu, Tess, c'est magnifique ! Cela a dû coûter au moins cinq cents livres.

— Mais pourquoi t'appelle-t-il « Scarlet » ? s'étonna Ellie en lisant la carte par-dessus son épaule.

Tess essaya de ne pas rougir tandis qu'elle caressait du doigt les petites boules lisses et nacrées.

— Bah, c'est une plaisanterie idiote. Un surnom qu'il m'a donné à cause de la robe rouge que je portais la première fois que nous nous sommes vus.

— Oh que c'est mignon…

Tess hocha la tête, sans trop savoir que penser du cadeau. Cela lui donnait l'impression d'être achetée, mais peut-être était-ce injuste. Après tout, Thornton était si riche que, pour lui, dépenser cinq cents livres équivalait à cinquante pour un autre. C'était néanmoins une délicate attention, même s'il pensait probablement qu'elle considérait ce genre de cadeau comme son dû.

Était-ce lui qui l'avait choisi ou avait-il simplement envoyé l'un de ses domestiques prendre un bijou quelconque pour elle ? Dans les deux cas, c'était adorable. Peut-être devrait-elle lui dire que le huitième duc ne lui avait même pas fait le moindre cadeau pour son mariage, excepté le titre de duchesse. C'était son père qui avait empoché les deux mille livres.

Un frisson d'excitation, ou peut-être d'appréhension, la traversa lorsqu'elle imagina Thornton accrocher lui-même le collier autour de son cou. Ses longs doigts effleureraient sa nuque tandis que les perles se réchaufferaient au contact de sa peau… Peut-être déposerait-il un baiser sur son épaule ?

La pensée qu'il l'embrasserait encore – partout – affola son pouls. Peut-être redoutait-elle la nuit de noces, mais elle ne pouvait nier que même cela, elle était impatiente de le vivre.

Sa réponse fut tout aussi brève.

J.,

Je vous remercie pour le cadeau. Il est magnifique.

Bien à vous,
Tess

Elle refusait de signer « Scarlet ». Si tentant que ce soit d'avancer vers sa nuit de noces protégée par cette cuirasse, il serait trop facile de se dissimuler derrière ce sobriquet. Or elle n'était pas lâche. Elle se présenterait à lui sans masque.

Même si elle avait beaucoup de choses à cacher.

20

Elle n'invita au mariage qu'Ellie et Daisy.

Thornton n'avait également convié que deux de ses vieux amis qui lui servaient de témoins : le cousin d'Ellie, Edward, et Thomas Careby. Tess supposait que Careby méritait une invitation dans la mesure où c'était sa soirée qui avait précipité cet improbable concours de circonstances.

Ils se trouvaient tous les six dans le salon bleu pastel de Wansford House, l'un des préférés de Tess, qui l'avait elle-même redécoré à son goût. Charles Manners-Sutton en personne, l'archevêque de Canterbury, célébrait la cérémonie.

Le commun des mortels comme la majorité des membres de la haute société semblaient estimer qu'assister au mariage d'un duc était pour eux un droit légitime, mais Tess était extrêmement reconnaissante à Thornton de n'avoir pas voulu d'un mariage public en grand à l'église Saint-Georges de Hanover Square. Elle n'avait aucune envie qu'on la dévisage. Les commères s'en donneraient déjà suffisamment à cœur joie.

Son premier mariage s'était également déroulé dans l'intimité ; uniquement parce que le huitième duc était trop pingre pour dépenser de l'argent. Il n'y avait même pas eu de repas de noces. Au moins, cette fois-ci, son père n'était pas à ses côtés, à la toiser d'un air rembruni tandis qu'elle bafouillait ou jetait des regards désespérés vers la porte.

Aujourd'hui, elle ne voulait pas s'enfuir. Si irréfléchie et condamnable qu'ait pu être sa décision, au moins c'était elle et elle seule qui l'avait prise. À ses côtés, Thornton était vertigineusement beau dans sa redingote bleu marine si sombre qu'elle paraissait presque noire. Une épingle ornée de diamants étincelait au creux des plis parfaits de sa cravate blanche.

Il était magnifique de profil, si différent du vieux duc poudré et ridé. Sa voix, au moment où il prononça ses vœux, était grave et sûre d'elle, et sa main, lorsqu'il prit la sienne, chaude et ferme.

« Dans la joie comme dans la peine, pour le meilleur et pour le pire, malades ou bien portants… »

Tess s'arrêta brièvement avant de prononcer : « Je promets de t'aimer et de te chérir… ». Aucun éclair divin ne venant l'interrompre, elle termina précipitamment : « … Jusqu'à ce que la mort nous sépare. »

Tout se passa très vite, presque comme dans un rêve. Peu après, Thornton glissait un simple anneau d'or à son annulaire, et ils furent déclarés unis par les liens du mariage.

Lorsqu'il se tourna enfin vers elle, Tess sentit au creux de son ventre un petit pincement devant la satisfaction torride de son regard et la façon irrésistible dont ses lèvres se retroussaient tandis qu'il lui souriait.

Il porta une de ses mains à ses lèvres et la fixa en disant :

— Ma duchesse.

Puis il se redressa et déposa un chaste baiser sur sa joue. Elle étouffa une déception ridicule en regrettant qu'il n'ait pas jeté l'étiquette aux orties pour l'embrasser sur les lèvres.

Leurs amis les entourèrent pour les féliciter. Les hommes se serrèrent la main, et Daisy et Ellie l'étreignirent, en prenant soin de ne pas froisser la délicieuse robe ivoire et argent qu'elle avait achetée à grands frais chez Mme Lefebvre.

Impatiente de goûter le gâteau, Daisy les emmena tous vers le repas qui avait été préparé dans la salle à manger, mais Tess était trop nerveuse pour faire autre chose que grignoter.

— Vous ne portez pas le collier que je vous ai fait envoyer ?

La voix douce de Thornton à son épaule la fit sursauter.

— Ce n'est pas le genre de bijoux qu'on porte à 11 heures du matin, protesta-t-elle. Mais soyez certain que je le mettrai lors du prochain dîner ou du prochain bal auquel nous nous rendrons.

Cela lui fit un drôle d'effet de dire « nous » au lieu de « je ».

Thornton hocha la tête.

— Si vous n'avez pas faim, nous pourrions partir sans trop attendre à Wansford Hall. Le temps est clément, mais il nous faudra plusieurs heures de route, et j'aimerais arriver avant la nuit. J'ai déjà envoyé là-bas mon majordome, Simms, afin qu'il prépare notre arrivée avec le personnel sur place.

Tess acquiesça et alla faire ses adieux.

— Veux-tu que nous te suivions jusqu'à Wansford Hall et prétendions que le manoir douairier est en flammes ? plaisanta Daisy à voix basse. C'est possible, tu sais.

— Pas cette fois-ci, répondit Tess en riant. De toute façon, j'ai mis mon pistolet dans mes bagages, en cas de véritable urgence.

Ellie la serra une nouvelle fois contre elle.

— Si tu as besoin de nous à n'importe quelle heure, tu n'as qu'à nous faire prévenir.

— Et ne t'inquiète pas pour cette nuit, chuchota Daisy. Contente-toi de t'amuser. Ce sera merveilleux.

— Nous t'écrirons si nous avons des nouvelles de Stockdale, ajouta Ellie.

Daisy lui donna un petit coup de coude dans les côtes.

— Arrête donc de parler affaires ! C'est le jour de son mariage, tout de même !

— Pardon. Mais avec un peu de chance, nous n'entendrons pas parler de lui jusqu'à ton retour la semaine prochaine. Ce serait dommage d'écourter ta lune de miel.

— Très dommage, renchérit Daisy en souriant. Et ne t'inquiète pas pour nous. Je vais dire deux mots à ce pauvre gâteau solitaire, en ton absence.

Elle mordit une nouvelle énorme bouchée de la tranche qu'elle avait à la main.

Tess les prit une dernière fois dans ses bras toutes les deux et sortit vers la voiture. Ses joues s'enflammèrent lorsqu'elle se rendit compte que c'était celle dans laquelle roulait Thornton le soir où il l'avait découverte près de chez Case.

De toute évidence, cet homme préférait la discrétion au luxe clinquant. Compte tenu du nombre alarmant de véhicules qui se faisaient dévaliser par des bandits de grand chemin à Hampstead Heath, il était probablement judicieux de ne pas voyager avec des armoiries sur la portière.

Tess avait pensé qu'il ferait le trajet avec elle, et elle fut un peu déçue de voir un valet tenir par les rênes un bel étalon noir.

Thornton la fit monter dans la voiture.

— Vous ne voyagez pas avec moi ? demanda-t-elle.

— Je préfère y aller à cheval et éviter la tentation. Quelqu'un m'a dit un jour que l'attente était bénéfique.

Il lui sourit avec humour, et elle ne put s'empêcher d'éclater de rire.

— Je suppose que je l'ai mérité.

— Absolument.

Il désigna un panier en osier sur le sol entre les sièges.

— Il y a une brique chaude pour vos pieds, des couvertures si vous avez froid, et de quoi manger si vous avez faim.

— Vous avez pensé à tout.

— Oh non, ce n'est pas moi. C'est Simms. Je dois reconnaître qu'au cours de cette dernière semaine, j'ai pensé à bien d'autres choses qu'un pique-nique et des briques chaudes.

Tess haussa les sourcils, et fut saisie par une plaisante bouffée de ravissement. Sa remarque suggérait qu'il avait pensé à elle. Tout comme elle avait pensé à lui.

— Vos affaires ? s'enquit-elle tout de même.

— Non.

Il posa les yeux sur sa bouche et les y attarda.

— J'ai été distrait par tout ce que nous ferons lorsque nous arriverons à Wansford Hall.

Son ventre tressauta, mais elle lui adressa un sourire espiègle.

— Vous voulez dire rencontrer les métayers, explorer la maison, ce genre de choses ?

Avec un grondement sourd, il répondit :

— Entre autres.

Puis il referma la portière et enfourcha lestement son cheval. Le cocher fit claquer son fouet et Tess adressa des signes à Ellie et Daisy qui lui disaient au revoir depuis le perron.

Ils quittèrent rapidement Londres, puis empruntèrent la grande route du Nord, un trajet qu'avait effectué bien des fois Tess au cours de l'année écoulée. Elle passa le temps en lisant l'un de ses romans préférés, *Orgueil et Préjugés*, apercevant à l'occasion Thornton par la vitre lorsqu'il chevauchait à côté de la voiture. Il était tout aussi séduisant à cheval que dans un salon, et plus ils se rapprochaient de leur destination, plus sa nervosité croissait.

Ce soir, ils partageraient un lit, et que ce soit seulement pour une nuit ou le commencement d'une succession de nuits, cela ne tenait qu'à sa prestation.

Ils s'arrêtèrent une fois dans un relais pour reposer les chevaux, et Tess poussa un soupir de soulagement lorsque la pierre couleur de miel de Wansford Hall apparut enfin à travers la vitre.

Malgré sa première nuit de noces désastreuse avec l'ancien duc, elle ne gardait pas de mauvais souvenirs de cet endroit. Elle se sentait plus chez elle ici que dans la maison qu'elle avait partagée avec son père, et elle s'était beaucoup attachée au personnel et aux métayers. Pendant ses longs mois de deuil, elle s'était occupée en se familiarisant avec la gestion du domaine, et en redécorant un bon nombre de pièces complètement démodées et qui sentaient le moisi.

Elle se rendit soudain compte que Thornton serait la première personne à séjourner dans la chambre de maître récemment rénovée, qui partageait un salon adjacent avec sa propre chambre à coucher.

Viendrait-il la rejoindre ? Ou était-ce à elle de le faire ?

Le personnel s'était aligné devant le perron pour les accueillir lorsque la voiture atteignit l'extrémité de la longue allée, et Tess sourit en présentant Thornton à tout le monde.

— Bienvenue, Votre Grâce, dit Mme Jennings, la gouvernante, avec une révérence courtoise à l'intention de Thornton.

Puis elle se tourna vers Tess avec un grand sourire.

— Et nous sommes heureux de vous revoir, Madame la duchesse. Le personnel tient à vous féliciter chaleureusement pour votre mariage.

— Merci, madame Jennings.

La cuisinière, Mme Ward, avança à son tour.

— Le voyage a dû vous fatiguer, mais j'espère que vous goûterez au dîner que nous vous avons préparé à tous les deux.

— Bien sûr, dit aimablement Thornton. Je meurs de faim. J'ai hâte de goûter votre cuisine.

Tess s'émerveilla de voir la cuisinière sexagénaire rougir ainsi qu'une écolière sous la chaleur de son regard.

— Mme Ward et Mme Jennings sont sœurs, expliqua-t-elle.

Pendant que Thornton allait saluer les valets et les palefreniers, Mme Ward lui adressa un subtil clin d'œil de félicitations.

— Excellent choix, Votre Grâce. S'il est aussi aimable que beau, vous aurez bien de la chance, ma foi !

La seule personne que Tess ne reconnut pas était un grand homme soigné que Thornton présenta comme Simms, son valet personnel, et elle ravala un sourire en voyant le regard irrité de Withers, le majordome de Wansford Hall, devant cet intrus.

Mais Withers préférait largement les ravissements de Londres au calme rural du Cambridgeshire ; sans doute verrait-il bientôt dans l'arrivée de ces nouveaux venus l'occasion d'une distraction agréable.

Thornton l'attendait en haut du perron et Tess supposa que c'était par simple politesse.

— Voulez-vous que je vous fasse visiter la maison ? demanda-t-elle.

Il lui adressa un petit sourire en coin.

— Un instant. J'ai d'abord une petite formalité à accomplir.

Sans lui laisser le temps de s'interroger, il se pencha, glissa un bras autour de sa taille, passa l'autre derrière ses genoux, et il la souleva de terre.

— Que faites-vous ? s'écria-t-elle.

— Je vous porte pour franchir le seuil, déclara-t-il avec un grand sourire. Il me semble que c'est la coutume, dans ce genre de circonstances.

21

Tous les gens de maison poussèrent des exclamations enthousiastes lorsque Tess fut emmenée dans un tourbillon, ses jupes collées aux jambes de Thornton, sa tête nichée contre son épaule musclée. Pendant une fraction de seconde, elle s'émerveilla de sa force tandis qu'il la portait avec aisance d'une foulée allongée, puis elle se rappela qu'elle n'était pas dans un conte de fées.

Elle lui donna une tape sur le bras.

— Reposez-moi.

Il pénétra dans le vestibule au plafond voûté et obéit, mais lorsque les pieds de Tess touchèrent le marbre, il garda un bras autour de sa taille. Elle était plaquée contre lui sur toute sa hauteur, un peu essoufflée. De son côté, il ne paraissait avoir gaspillé aucune énergie. Il ne soufflait même pas.

— Vous avez l'air troublée, mon cœur.

Il lui sourit, plus insouciant qu'elle ne l'avait jamais vu.

— Je présume que le duc précédent n'a pas respecté la tradition ?

Bien sûr que non. Le vieux duc avait été si décrépit que ses jambes se seraient dérobées s'il avait essayé de la porter où que ce soit, mais cela aurait été manquer de respect que de le lui dire. À la place, elle adressa à Thornton un regard sévère, consciente du personnel qui était entré derrière eux et les observait avec beaucoup d'intérêt.

— En effet, répondit-elle simplement.

Indubitablement, Thornton venait de décupler son prestige devant de nombreux témoins. Les femmes trouveraient son geste symbolique d'un romantisme échevelé, et les hommes le féliciteraient d'avoir pris virilement l'initiative vis-à-vis de sa jeune épouse.

Tess recula, s'éloignant de l'abri des bras de Thornton. Tout son corps était chaud et agité.

— La visite ne peut-elle pas attendre un peu ? suggéra-t-il avec aisance. J'aimerais prendre un bain et me changer, après ce long trajet en selle.

— Bien sûr.

Son valet, Simms, avança.

— J'ai fait préparer des vêtements propres pour vous dans la suite de maître, Votre Grâce.

Hannah, la soubrette qui avait adressé à Tess des regards si compatissants avant sa première nuit de noces – et qui était désormais sa femme de chambre personnelle – fit une révérence.

— Et j'ai fait la même chose pour vous, Madame la duchesse.

Tess jeta un coup d'œil vers leur public toujours souriant.

— Très bien. Disons que nous dînerons dans une heure, alors, madame Ward ? Et j'aimerais un bain chaud pour Sa Grâce, et un autre pour moi, dans quinze minutes.

— Oui, Votre Grâce.

Les domestiques s'éparpillèrent, et Tess emmena Thornton vers le grand escalier menant aux étages supérieurs. Le cliquetis régulier de ses bottes résonnait à côté d'elle tandis qu'ils se dirigeaient vers l'aile ouest.

— Alors, vos premières impressions sont-elles favorables ?

Elle était sincèrement curieuse de connaître son opinion.

— Extrêmement. Vous ne pouvez imaginer comme je suis soulagé de découvrir que cet endroit n'a pas sombré dans la décrépitude.

— Pardon ? Et pour quelle mystérieuse raison redoutiez-vous une chose pareille ? s'offusqua-t-elle.

Il haussa les épaules.

— Mettez cela sur le compte de mon cynisme naturel. Je supposais que la maison serait aussi vétuste et décrépite que son précédent propriétaire.

— Vous avez connu le huitième duc ?

— Je l'ai vu quelquefois à Londres, avant de partir pour le Canada. Mon père me disait toujours que nous étions vaguement parents, ce qui ne m'avait jamais vraiment interpellé.

— Eh bien, je me réjouis que nous ayons dépassé vos attentes, répliqua Tess avec ironie. Si basses aient-elles été.

Le sourire qu'il lui décocha était carnassier.

— Oh, vous avez indubitablement dépassé mes attentes. J'espère seulement pouvoir vous rendre la pareille ce soir.

Elle rougit et ouvrit vivement la porte de la chambre de maître.

— Voici votre chambre à coucher. La porte sur la gauche donne sur un salon partagé avec ma chambre, qui se trouve de l'autre côté. Cette porte-ci, à droite, est celle de votre salle de bains privée.

Il hocha la tête.

— Alors à tout à l'heure pour le dîner.

Tess entra dans sa suite, soulagée de se trouver dans un endroit à la familiarité rassurante. Avec l'aide d'Hannah, elle se baigna rapidement et se recoiffa avant d'enfiler l'une des nombreuses robes que Daisy et Ellie avaient tenu à lui faire acheter. Le magnifique satin couleur ambre bruissait tandis qu'elle descendait l'escalier et se dirigeait vers la salle à manger.

Thornton était déjà là, un verre de brandy à la main, et son cœur bondit devant l'intimité de la scène. Au lieu de les installer aux extrémités opposées de l'immense table pour dix-huit, deux couverts avaient été dressés à une extrémité, l'un en face de l'autre, un joli candélabre et un petit bouquet créant un tête-à-tête romantique.

Thornton leva son verre et la salua avec un sourire.

— Bonsoir. Vous êtes ravissante, comme toujours.

— Merci.

Il tira une chaise pour la faire asseoir avant de prendre place en face d'elle, et Tess sourit lorsque Withers lui servit un verre de vin. Elle avait bien besoin d'un peu de courage artificiel pour apaiser ses nerfs. Toutes les femmes étaient-elles aussi nerveuses avant leur nuit de noces ? Elle avait assurément davantage de raisons d'être sur des charbons ardents que la plupart des autres.

Mme Ward entra, accompagnée par deux autres valets qui posèrent une série de plats couverts sur la table, avant de retirer les dômes en argent d'un grand geste théâtral.

— Qu'avons-nous là, madame Ward ? s'enquit Thornton.

Tess ravala son sourire en voyant la vieille cuisinière rougir de plaisir parce qu'il s'était rappelé son nom.

— Eh bien, Votre Grâce, il y a des asperges avec une sauce au beurre, des carottes et des panais rôtis, une tourte au faisan et à la bécasse, des pommes de terre au four et des petits pois. Et en dessert, des amandes, du gingembre confit et du *gooseberry fool*[1]. Sans oublier du fromage et des copeaux de truffe.

1. Dessert traditionnel anglais servi dans un verre, à base de compote de groseilles à maquereau, crème fouettée et zestes de citron. *(N.d.T.)*

Tess sourit.

— Tout cela a l'air merveilleux.

Les domestiques se retirèrent, et dès qu'ils furent éloignés, Thornton désigna les plats en disant :

— Votre personnel semble content de notre mariage.

— Comment cela ?

Il sourit malicieusement.

— Des asperges. Des panais. Du gingembre. Autant d'aliments jugés bénéfiques pour l'appareil circulatoire masculin.

Tess fronça les sourcils.

— Que voulez-vous dire ?

— Ce sont tous des aphrodisiaques. Je m'étonne qu'ils ne nous aient pas servi également des huîtres. Et des fraises.

Tess étouffa un petit cri.

— Vous avez raison ! Oh les coquins !

Mortifiée, elle porta les mains à ses joues brûlantes.

— Cela prouve qu'ils tiennent à vous.

Il sourit de toutes ses dents, apparemment pas offusqué par cette ingérence bien intentionnée.

— Et de toute évidence, ils ne me détestent pas non plus, ce qui est un soulagement, ajouta-t-il. Ils me serviraient probablement une boisson additionnée de laudanum ou de je ne sais quel terrible laxatif, s'ils voulaient que je vous laisse tranquille pour notre nuit de noces.

Tess s'empourpra en se rappelant qu'elle avait arrosé de laudanum le brandy du pauvre Case. Elle s'était elle-même abaissée à cette tactique déloyale.

L'attitude du personnel vis-à-vis d'elle avait assurément changé depuis sa première nuit de noces. À l'époque, ils l'avaient tous prise pour une grue ne songeant qu'à l'argent, et il lui avait fallu dix-huit mois pour leur prouver qu'elle n'était pas une simple aristocrate écervelée et cupide. C'était plutôt agréable de découvrir qu'elle était autant appréciée.

Malheureusement, l'homme assis en face d'elle continuait à la prendre pour une séductrice aguerrie. Elle avait hâte de lui faire changer d'avis.

Elle avait si peu mangé ce matin-là que la faim l'emporta sur sa nervosité. Thornton entretint une conversation facile à propos des affaires qui l'avaient retenu à Londres cette semaine-là – des problèmes avec un fournisseur, et la frayeur qu'il avait eue à cause d'une charrette chargée de fûts de bière qui avait failli le renverser – et bientôt, Tess se détendit.

Quand le plat principal eut été débarrassé, il se pencha et inspecta les fines lamelles de truffe ressemblant à des copeaux de bois sombre sur le fromage.

— Figurez-vous que je n'ai jamais goûté une truffe.

Ce fut au tour de Tess de hausser les sourcils.

— Vraiment ? C'est particulier, mais on y prend vite goût. Certaines personnes adorent, d'autres ne supportent pas. Ces truffes-là ont été récoltées ici, au domaine.

— Ah oui ?

— Oui. Les gens du coin ont recours à des chiens spécialement entraînés pour trouver des truffes, depuis des générations. Il y a dix ans, l'ancien duc leur a refusé l'accès à ses terres sous prétexte qu'ils dérangeaient le gibier qu'il aimait chasser. Après avoir discuté avec certains des métayers, j'ai accepté de leur rouvrir les bois, et à présent le domaine perçoit cinquante pour cent des bénéfices de chaque truffe trouvée. C'est une jolie source de revenus pour tout le monde.

— Voilà qui témoigne d'un bel esprit d'entreprise.

Son approbation procura à Tess une douce bouffée de satisfaction. Il n'avait pas été horrifié à la pensée qu'une femme s'intéresse activement à la gestion du domaine, ce qui était bon signe. Peut-être accepterait-il également qu'elle travaille pour King & Co. Il était néanmoins trop tôt pour aborder ce sujet.

— Si vous le souhaitez, nous irons à la chasse aux truffes un jour, cette semaine, suggéra-t-elle timidement. Il est un peu tard dans la saison, mais qui sait, peut-être aurons-nous de la chance.

Il l'examina, les yeux brillants.

— J'aimerais beaucoup cela.

Elle piqua de sa fourchette un petit morceau de truffe. Elle avait fini par beaucoup apprécier leur goût âcre et musqué. L'odeur lui rappelait celle des promenades avec Ellie et Daisy dans les sous-bois en automne, ou des feux de bois.

Ou quand elle avait enfoui son nez dans la veste de Thornton et inhalé son eau de Cologne...

À cette pensée, son estomac se noua.

Lorsqu'il en prit un morceau, accompagné d'une bouchée de fromage, elle guetta sa réaction.

— Le goût n'est pas si prononcé, c'est plutôt l'odeur, en général, que les gens apprécient, dit-elle.

Il goûta une bouchée, et déclara :

— C'est bon, cela a presque un goût de viande. C'est un excellent accompagnement pour le fromage. C'est de la famille des champignons, n'est-ce pas ?

— Exactement. Elles poussent au pied de certains arbres.

Une fois le dessert savouré, elle finit son vin. Thornton vida son verre, posa sa serviette sur la table et se leva. Le cœur battant, elle le regarda contourner la table et prendre sa main pour l'aider à se lever. Le contact de sa peau la fit sursauter.

— La journée a été longue, et je suis sûr que vous êtes prête à vous retirer.

Il garda sa main dans la sienne tandis qu'ils montaient le large escalier. La nervosité de Tess croissait à chaque pas. Lorsqu'ils atteignirent la porte de sa chambre à coucher, elle s'obligea à parler.

— Viendrez-vous dans ma chambre un peu plus tard ?

Il sourit et lui lâcha la main.

— Pas si tard que cela. Je crois que nous avons suffisamment attendu, non ?

La gorge sèche, Tess hocha la tête sans un mot.

— Allez. Je vous rejoins dans quelques minutes.

22

Hannah attendait dans la chambre, et elle sourit à Tess pour l'aider à retirer sa robe et enfiler la chemise de nuit en soie scandaleusement translucide, ainsi que le déshabillé également arachnéen qu'elles avaient choisi chez Mme Lefebvre.

Rouge, bien sûr.

Tess resserra la ceinture autour de sa taille en espérant que les vêtements lui donneraient un peu de courage bien nécessaire. *Habille-toi comme une séductrice, conduis-toi en séductrice.*

Hannah surprit son regard dans le miroir pendant qu'elle lui brossait les cheveux. La jeune fille frémissait littéralement d'excitation.

— Oh, Madame ! Si vous saviez ce que je suis contente de vous voir avec un nouveau mari aussi beau, après tout ce que vous avez fait pour nous ici...

Tess rougit, touchée par sa sincérité.

— Merci, Hannah.

La bonne lui adressa un sourire mutin.

— Et puisque je suis une femme mariée moi aussi maintenant, je peux vous souhaiter la nuit de noces la plus merveilleuse, cette fois ! J'espère que vous ne fermerez pas l'œil.

Tess rit de son humour polisson et la fit sortir.

— Je m'occupe du reste, merci beaucoup.

Avec un clin d'œil, Hannah déclara :

— Je vais demander à Mme Ward de préparer un petit déjeuner consistant pour demain matin. Vous aurez besoin de reprendre des forces.

Quand la porte fut refermée, Tess ordonna à son cœur de se calmer. Ellie ou Daisy l'auraient distraite avec une petite blague idiote ou quelque détail juridique obscur, mais ses amies n'étaient pas là. C'était sa montagne à gravir, à elle et à elle seule.

La porte du salon mitoyen s'ouvrit, et elle se tendit en entendant les pas de Thornton traverser la pièce et s'arrêter devant sa porte.

Quand commencerait-elle à penser à lui comme « Justin », et non « Thornton » ? L'intimité physique précipiterait-elle le changement ?

Elle prit une inspiration, et déjà il entrait dans sa chambre, d'une beauté toujours aussi renversante.

Lorsqu'elle était loin de lui, elle parvenait presque à se convaincre qu'il n'était pas aussi séduisant qu'elle se le rappelait, mais dès qu'il apparaissait, il lui donnait tort.

Elle pria le ciel pour exercer sur lui le même effet.

Il avait retiré sa veste, sa cravate et ses chaussures, mais contrairement au vieux duc, il ne portait pas un hideux peignoir. Sa chemise blanche s'ouvrait en un V profond sur un bout de torse bronzé séduisant, et son pantalon en daim épousait à la perfection les muscles de ses cuisses.

Daisy avait raison : il était impossible de ne pas admirer les renflements masculins si parfaitement mis en valeur par le tissu doux et souple. Tess leva un verre imaginaire en hommage aux tailleurs de Bond Street, et à l'individu inspiré ayant décrété que les pantalons moulants devaient incarner l'élégance masculine. La mode avait parfois du bon.

La lumière à côté de son lit réchauffait les angles de son visage tandis qu'il s'approchait lentement, et le regard intense avec lequel il observait sa tenue suggérait qu'il aimait ce qu'il voyait.

Un muscle tressaillit sur sa mâchoire tandis qu'il s'arrêtait juste devant elle.

— Du rouge.

Sa voix était rauque, presque un croassement, comme s'il mourait de soif, mais ses lèvres s'ourlaient sur ce petit sourire d'autodérision.

— J'aurais dû m'en douter. Je commence à comprendre pourquoi le dernier duc n'a pas survécu à sa nuit de noces.

Il effleura la soie sur son épaule, et suivit le décolleté en dentelle d'une exquise finesse jusqu'à la naissance de ses seins.

— Essayez-vous de me tuer, Scarlet ? Car vous êtes à couper le souffle.

Elle secoua la tête. Sa proximité l'étourdissait. Elle était presque tremblante de désir. Comment pouvait-elle désirer une chose aussi violemment, tout en la redoutant ?

— Je dois vous avouer une chose, dit-elle rapidement avant de perdre son courage.

Elle avait conçu ce stratagème pendant le trajet, dans la voiture.

— Je vous écoute.

— Mon expérience avec le premier duc était... n'était pas des plus plaisantes.

— Je suis navré de l'entendre. Et guère surpris. Cet homme était assez vieux pour être votre grand-père. Croyez-moi quand je dis que je ferai tout ce qui est en mon pouvoir pour vous rendre agréable les moments que nous allons vivre.

Il encadra son visage et passa un pouce sur sa pommette.

— Je suis sûr que vous avez eu des amants bien plus agréables depuis, mais je reconnais que j'ai l'esprit de compétition. J'aime être bon dans tout ce que j'entreprends.

Des papillons avaient définitivement élu domicile dans le ventre de Tess, toutefois elle réussit à lui adresser un sourire taquin.

— J'ai une requête, dit-elle. Enfin, il s'agit davantage d'une suggestion. Que diriez-vous de jouer à un petit jeu ?

Il haussa les sourcils, mais elle n'aurait su dire si c'était par intérêt ou par soupçon.

— De quel genre ?

— Une sorte de divertissement où on fait semblant. Comme une pièce de théâtre, en quelque sorte.

Son pouce continuait à lui caresser la joue, sa paume réchauffait sa peau, et elle dut s'obliger à se concentrer.

— Puisque je préférerais oublier jusqu'à l'existence de mon premier mariage, si nous... nous prétendions qu'il s'agit là de ma première nuit de noces ? suggéra-t-elle.

— Que vous êtes vierge, voulez-vous dire ?

Elle acquiesça, en redoutant son refus.

Il fronça les sourcils.

— Avez-vous fait cela, avec vos autres amants ? Car pour tout vous dire, je n'ai jamais particulièrement tenu à être le premier. Ce qui m'intéresse plutôt, c'est d'être le meilleur.

— Non, je ne l'ai jamais fait.

Il soutint son regard.

— Si c'est ce que vous souhaitez, je jouerai le jeu.

Elle faillit s'effondrer tant était grand son soulagement. Au vu de son expression, il trouvait qu'il s'agissait là d'une étrange technique de séduction, mais au moins il avait accepté.

Il était convaincu qu'elle n'était pas vierge, mais qu'il cède à ce qu'il devait prendre pour un caprice la lui faisait respecter encore plus.

Il sourit.

— Dites-moi tout : en quoi consiste exactement ce fantasme ?

— Imaginons que je n'ai aucune idée de ce que je dois faire. Que mon éducation s'est strictement limitée à cette seule gravure coquine que j'ai achetée l'autre soir.

— Fâcheuse omission, affirma-t-il avec une solennité moqueuse. Votre mère aurait dû vous préparer au devoir conjugal.

— Ma mère est morte quand j'étais petite. Ma gouvernante devenait écarlate en entendant prononcer le mot copulation, et aucune de mes proches amies n'est mariée.

— Je comprends.

Elle faillit rire de son besoin de logique alors même qu'il était convaincu qu'ils jouaient une situation imaginaire.

— De sorte que vous devrez me dire exactement ce que vous faites, poursuivit-elle, afin que je ne sois pas nerveuse.

— Très bien.

— Et... il faudra aussi me dire ce que vous voulez que je fasse. À vous.

— Entendu.

Ses yeux étincelèrent et il ajouta :

— Dans ce cas, permettez-moi de vous informer avec un préavis suffisant que je m'apprête à vous embrasser.

Il effleura du pouce le coin de sa lèvre, et des frissons brûlants et glacés la parcoururent. Il se pencha jusqu'à ce qu'elle sente la caresse de son souffle.

— Ce grain de beauté est la chose la plus provocante que j'aie jamais vue. Il est là, provocant, à réclamer un baiser.

Elle sourit.

— Vous savez, historiquement, une mouche positionnée par une dame à cet endroit s'appelait « *la coquette* », en français.

— C'est parfaitement approprié.

Il l'embrassa, et elle prit une inspiration saccadée. Il déposa ensuite un sillon de baisers très doux le long de sa pommette, jusqu'à la tache de rousseur qu'elle avait au coin de l'œil.

— Et celle-ci ?

— Celle-ci s'appelle « *la passionnée* », je crois.

Elle était à peine capable d'aligner deux pensées cohérentes. La nervosité et l'excitation la faisaient presque frissonner.

— Intéressant. Et maintenant, préparez-vous, car je vais vous embrasser encore. Plus ardemment.

Elle ferma les yeux, et ses lèvres se joignirent aux siennes en un baiser qui débuta doucement mais dégénéra presque aussitôt en quelque chose de plus torride et de plus mystérieux. Sa langue caressait la sienne, possessive, et la goûtait lentement. Elle se pressa contre lui, adorant la sensation de leurs corps lovés l'un contre l'autre.

Oui ! Elle en rêvait depuis l'épisode chez Careby !

Son déshabillé était si fin que la chaleur de Thornton se communiquait à elle, et la pointe de ses seins durcit tandis qu'elle les frottait contre son torse ferme. Sa chemise en coton lui procurait une délicieuse friction.

Elle lui rendit son baiser avec une égale ferveur et glissa les bras autour de sa taille. Il lui empoigna les hanches et la plaqua contre lui, puis fit remonter ses paumes le long de ses côtes pour englober ses seins.

Elle poussa un petit soupir d'aise contre sa bouche.

Enhardie, elle passa les mains sous sa chemise et explora sa peau lisse et chaude, et les muscles solides qui ceignaient sa colonne vertébrale. Il poussa un grognement de plaisir sourd, et lorsqu'elle pétrit les rondeurs fermes de son postérieur, il sourit contre ses lèvres.

— Diablesse ! Grimpez sur ce lit.

Ses paroles la tirèrent brutalement de son halo de sensualité et elle s'écarta, mais Thornton remarqua ses yeux agrandis et lâcha un petit rire amusé.

— Ah oui, c'est vrai. Vierge.

Il semblait se rappeler à l'ordre, et son sourire joueur gonfla d'affection le cœur de Tess.

— Reprenons, dit-il.

Il déposa un baiser délicat sur ses lèvres, puis lui caressa les bras jusqu'à ce que leurs doigts s'enlacent.

— Si séduisant que soit ce déshabillé, j'ai très envie de le retirer. Serait-ce acceptable ?

Elle hocha la tête.

— Oui. Uniquement si je peux retirer votre chemise.

— Pour une pucelle, je vous trouve bien curieuse, la taquina-t-il.

— On peut être curieuse tout en étant inexpérimentée, n'est-ce pas ?

— Absolument. J'espère seulement que votre vulnérabilité virginale supportera un tel excès de stimulation.

Elle éclata de rire.

— Je suis disposée à courir ce risque.

23

Il défit la ceinture autour de sa taille et écarta le vêtement de ses épaules. Le déshabillé tomba sur le sol dans un bruissement soyeux. Déterminée à rester sur un pied d'égalité, Tess tira sur sa manche.

— Allons, ôtez cela.

Il passa sa chemise par-dessus sa tête, la jeta négligemment, et tous les sens de Tess s'affolèrent devant la soudaine étendue de son torse, si proche. Il était tellement beau que cela l'étourdissait. On aurait dit un des athlètes grecs qu'elle avait vus sculptés dans du plâtre chez son voisin, sir John Soane.

— Comment vous sentez-vous, petite vierge ? Un peu désarmée ?

Son ton amusé lui montrait qu'il aimait bien ce jeu, et dans ses yeux elle ne vit que de l'admiration.

— Cela peut aider de respirer, vous savez, fit-il remarquer.

Elle se rendit compte qu'elle retenait sa respiration, et elle relâcha un souffle tremblant.

— Puisque tout cela est nouveau pour vous, dit-il d'un ton mutin, sachez que vous avez le droit de me toucher.

Il écarta les bras.

— Partout où vous le souhaitez. Explorez-moi, je suis à votre disposition.

Tess n'eut pas besoin de se le faire dire deux fois. Fascinée, elle posa les mains sur le plat de sa poitrine, étonnamment dure sous ses paumes. Sa peau était chaude, presque brûlante, et un sillon de poils descendait de son nombril jusqu'à la taille de son pantalon.

L'odeur de sa peau faisait frétiller son ventre, et elle effleura du bout des doigts les renflements de ses côtes, avant d'encercler ses mamelons brun foncé. Il laissa échapper un grognement sourd, et elle s'immobilisa.

— C'est douloureux ?

— Pas du tout. C'est agréable. Êtes-vous prête pour l'étape suivante ?

Il joua avec le ruban de sa chemise de nuit, sur son épaule.

— Oui.

Il tira sur le petit nœud qui commença à se dénouer.

— Cela vous choquera peut-être, mais l'étape suivante nécessite l'élimination de cette chemise de nuit fort peu virginale.

— Aurais-je dû garder ma grossière chemise de coton blanc ? Le taquina-t-elle, se délectant de la façon dont ses yeux s'assombrissaient tandis qu'il caressait son épaule.

— En aucun cas.

Il libéra d'abord un ruban, puis l'autre, et la soie glissa le long du corps de Tess pour tomber en corolle à ses pieds. Des sensations de froid et de brûlure lui parcoururent la peau et firent se dresser ses mamelons tandis qu'il la dévisageait en silence. Instinctivement, elle voulut cacher sa nudité, mais il secoua la tête.

— Non, murmura-t-il. Vous êtes belle ! Si belle... Mon Dieu, mon imagination ne vous rendait pas justice.

Il n'y avait aucune moquerie dans son propos, et son expression était presque révérencieuse. Cela lui donna une flambée de confiance bienvenue.

— Et maintenant ?

Il secoua la tête, comme pour s'éclaircir les idées.

— Maintenant, je vais vous caresser. Et vous embrasser. Partout.

— Ne devriez-vous pas être nu également ?

— Pas si vous voulez que cela dure plus de cinq minutes, répondit-il avec ironie. Vous rappelez-vous la dernière fois que vous m'avez touchée ? Chez Careby ? J'étais tel un puceau moi-même !

Elle se mordit la lèvre, amusée par son autocritique. La plupart des hommes mettaient un point d'honneur à laisser entendre qu'ils étaient inépuisables au lit. Thornton était suffisamment sûr de lui pour plaisanter en affirmant l'inverse.

— Peu m'importe combien de temps vous durez, dit-elle en toute franchise. Je veux seulement que vous me touchiez.

— Vos désirs sont des ordres. Et si quelque chose ne vous plaît pas, dites-le-moi et je cesserai. Entendu ?

— Entendu.

À peine avait-elle prononcé le mot qu'il passait une main derrière sa nuque, emmêlait les doigts dans ses cheveux et l'attirait à lui pour l'embrasser. Les seins de Tess s'écrasèrent contre son torse et elle grogna sous l'extraordinaire sensation de sa peau contre la sienne. Ses orteils nus se recroquevillèrent sur le tapis d'Aubusson.

Chaque parcelle de son corps était sensible à son toucher tandis qu'il frôlait de sa main libre le creux de sa taille, puis la courbe de ses fesses. Elle se mit sur la pointe des pieds pour mieux se rapprocher, et lui caressa le dos et les épaules.

Elle sentit derrière ses jambes le bord du matelas, et se rendit compte vaguement qu'il les avait fait tous les deux se retourner. Et soudain, il s'abaissa au-dessus d'elle, sur le couvre-lit frais et lisse, recouvrant de son grand corps le sien.

Elle se tortilla contre lui, agréablement surprise que son poids soit excitant et non menaçant. Il était indubitablement plus fort qu'elle, mais malgré l'ardeur de sa passion, de toute évidence il se réfrénait.

Pour s'en assurer, elle s'exclama en haletant :

— Attendez !

Il se figea aussitôt et se hissa sur les avant-bras au-dessus d'elle, de sorte qu'elle se trouvait sous lui comme dans une cage. Elle avait l'impression d'être un festin étalé sur le lit pour sa délectation.

— Quoi ?

Il avait le souffle un peu court, ce qui était certainement bon signe. Il aurait été injuste qu'elle soit la seule à être essoufflée.

— Rien. Je vérifiais seulement que vous étiez sincère en disant que vous cesseriez si je vous le demandais.

— Vous n'aimez pas ce que je fais ?

— Si. Beaucoup. Continuez.

— Dieu merci !

Il se laissa retomber et l'embrassa de nouveau, sa poitrine nue plaquée contre la sienne, ses cuisses logées entre ses jambes. Elle glissa un doigt sous la taille de son pantalon, et adora sentir les muscles de son ventre se contracter à son contact. Puis elle le caressa plus bas, sentit son renflement dur à travers l'étoffe de son pantalon, et il se frotta contre sa main.

— Petite coquine. Oui…

Elle se mordit la lèvre, enchantée. Elle aurait aimé l'explorer davantage, mais quand elle voulut glisser la main à l'intérieur de son pantalon, il s'écarta.

— Tss… la vierge que vous êtes n'est pas encore prête pour la vue d'une verge en érection.

— Je crois que si.

Il secoua la tête.

— Il va falloir freiner votre curiosité de jeune fille encore un peu. Je n'en ai pas fini avec vous.

Il laissa folâtrer sa bouche au-dessus de sa poitrine et le jeu taquin de son souffle lui donna la chair de poule.

— Soyez prévenue : je vais vous embrasser ici.

Il lui donna un coup de langue, puis aspira son mamelon dans sa bouche. Elle ravala un gémissement de plaisir. Son sang battait dans ses veines, épais comme de la mélasse, et un désir douloureux lui étreignit les entrailles.

Il lui adressa un sourire en coin.

— Cela vous plaît-il, ma petite pucelle ?

Elle ne put que hocher la tête.

— Puisque vous possédez une gravure érotique, vous allez peut-être deviner où je vais vous embrasser, maintenant.

Il lui caressa la taille et se laissa glisser plus bas. Ses épaules se calèrent entre ses genoux, et Tess fut saisie d'une vague de gêne. Dans la voiture, il faisait sombre, mais ici les lumières jouaient sur son corps, éclairaient les courbes de son ventre, ses seins, ses cuisses. Impossible de se cacher dans les ombres.

— Votre peau est merveilleusement douce, murmura-t-il. Satinée… comme une pêche. J'ai envie de vous manger toute crue !

Il déposa un baiser sur son ventre, et tous les muscles de Tess tressaillirent. Il laissa filer sa main sur l'intérieur de sa cuisse, et lorsque ses doigts agiles glissèrent entre ses replis intimes, elle enfonça la tête dans les couvertures, au désespoir.

Seigneur que c'était agréable !

Depuis qu'il lui avait donné tant de plaisir dans la voiture, elle rêvait de cette béatitude, et lorsque sa langue rejoignit ses doigts, elle fut incapable de retenir une brusque expiration d'extase.

— Au cas où vous vous poseriez la question, dit-il doucement, son souffle chatouillant l'intérieur de sa cuisse, cette humidité, c'est votre corps qui se prépare au mien.

Son doigt décrivait des cercles, massait et glissait, horriblement frustrant.

Elle grinça des dents.

— Cessez ce supplice !

Il pouffa.

— Vous êtes bien exigeante ! Mais puisque c'est votre première fois, il faut bien que je vous explique tout.

Il avait pris un ton de martyr supérieur et patient et elle ravala un éclat de rire. Comment pouvait-il la faire sourire alors qu'il mettait son corps sur le fil du rasoir ?

— Ma queue – que vous n'avez pas encore vue – se logera là parfaitement.

Il enfonça la pointe de son doigt en elle, et elle poussa un petit cri. C'était une sensation extraordinaire. Une sorte de lourdeur presque douloureuse, tel un battement de cœur, palpitait à l'endroit où il la touchait.

— Je sais que cela paraît peu probable, poursuivit-il sur le ton de la conversation, mais vous allez devoir me faire confiance. C'est moi qui suis expérimenté en la matière.

Il enfonça le doigt un peu plus loin, et elle se cambra, enfonçant les talons dans les draps tandis que le plaisir rendait sa peau ultra-sensible.

Puis une bouffée de panique la fit tressaillir. Il allait assurément rencontrer la preuve physique de sa virginité !

Elle retint son souffle, s'attendant à être démasquée, mais il se contentait de faire glisser doucement son doigt en elle, puis de le ressortir, lui procurant le même plaisir insensé que dans la voiture. Aucune douleur, aucune sensation de déchirure.

L'hymen ne se briserait-il que lorsqu'il la pénétrerait ? Seigneur, comme elle détestait son ignorance ! Elle aurait dû poser beaucoup plus de questions à Daisy.

Quand elle s'était représentée sa première fois avec Thornton, elle avait imaginé quelques mouvements flous et rapides, un accouplement frénétique dans le noir. Elle aurait dû se douter que cet homme n'aimerait pas précipiter les choses. Loin d'une étreinte turbulente et sommaire, sa lente séduction était un glissement tranquille vers le plaisir.

Alors que la tension entre ses jambes devenait presque insupportable, il recula, et elle eut envie de le frapper tant sa frustration était grande.

Il rit.

— Oh, non. Pas sans moi. Cette fois-ci, nous allons le faire ensemble.

24

Il s'écarta souplement d'elle tout en ouvrant prestement les boutons de son pantalon. Elle agrandit les yeux lorsqu'il souleva les hanches et le fit descendre le long de ses cuisses, libérant un membre viril dressé, impressionnant.

Elle dut émettre un son, car il tourna la tête et lui adressa un sourire impertinent.

— Je vous avais avertie. Au moins, si vous vous évanouissez, vous êtes déjà allongée.

Elle était incapable de détourner les yeux. Son corps était long et mince et magnifiquement musclé, d'une souplesse parfaite. Son sexe dressé remontait vers son ventre, et ses jambes étaient couvertes d'une fine toison noire.

— Comment se porte votre cœur ? s'enquit-il d'un ton narquois. Vous supportez la tension ?

Elle posa une main sur sa poitrine et sentit des battements précipités. Sa peau était brûlante, luisante, comme si elle abritait un four.

— À présent, je vais me loger en vous, dit-il. Et je vais vous faire crier mon prénom.

Elle sentit son ventre tressaillir devant son assurance, mais répliqua vaillamment :

— Comment vous appelez-vous, déjà ?

Il se plaça au-dessus d'elle, la recouvrant de sa chaleur et de ses muscles merveilleux.

— Petite coquine, la gronda-t-il en riant.

L'extrémité de son sexe glissa dans le creux entre ses jambes, et elle se tortilla, en proie à une impatience mêlée d'excitation.

— Josiah ! suggéra-t-elle, davantage pour se distraire que pour le taquiner.

Il se pressa en avant. Elle sentit une tension en elle, mais sa chair céda avec à peine une résistance.

— Non, gronda-t-il. Essayez encore.

Il s'enfonça un peu plus loin. Elle sentit une pression en elle, une étrange sensation nouvelle de plénitude, mais pas la moindre douleur. Cependant, elle s'attendit à ce qu'il s'écarte, surpris, choqué et mécontent, et la traite de menteuse. En vain. Il ondula simplement des hanches, et elle faillit pousser un cri de soulagement lorsqu'elle n'éprouva que du plaisir.

— John ?

Elle avait du mal à dissimuler le ravissement dans sa voix.

Daisy avait raison ! Son secret n'était pas dévoilé !

Il se retira avant de s'enfoncer de nouveau, et ce fut la punition la plus délicieuse imaginable.

— Cherchez mieux.

— Jeremy.

— Non.

Il s'enfouit entièrement en elle cette fois et laissa échapper un grognement sourd.

Le plaisir ondoya à travers les veines de Tess tandis qu'elle absorbait cette sensation stupéfiante.

— Joseph, dit-elle en haletant. Cette fois j'en suis sûre.

Il lui mordilla délicatement l'oreille et elle frissonna. Chaque nouvelle parcelle de son corps était une combinaison parfaite de frictions, et elle souleva les hanches pour essayer d'amplifier, de magnifier ce besoin palpitant et bourdonnant qui croissait dans son bas-ventre.

— Allons, Scarlet, gronda-t-il. Dites-le.

Elle avait de plus en plus de mal à trouver des prénoms commençant par J, mais l'exaltation lui donnait l'impression que son cœur n'avait jamais été aussi léger.

— Jonah ?

Il enfouit les doigts dans ses cheveux et l'embrassa avec ferveur, sa langue explorant sa bouche à la même cadence insoutenable que celle avec laquelle il plaquait ses hanches contre les siennes. Elle ferma les yeux et captura à son tour sa tête pour l'attirer en elle, se noyer dans le plaisir.

Voilà la passion qu'elle avait tant attendue, le délire frénétique, torride et moite.

Il arracha sa bouche à la sienne.

— Qui est votre mari, Scarlet ? Dites mon nom.

— Tess, corrigea-t-elle dans un souffle avec obstination.

Elle était presque au summum du plaisir, elle le sentait, mais elle était déterminée à ne pas céder.

— Je m'appelle Tess. Pas Scarlet.

Chaque coup de reins touchait un endroit en elle qui l'emportait plus vite, plus haut, plus loin.

— Dites-le.

C'était un ordre, un juron.

Si proche. Si proche du gouffre qu'elle arrivait à peine à penser.

— S'il vous plaît, grogna-t-il.

Elle bascula dans l'extase. Ses muscles se contractèrent tandis que le plaisir l'assaillait, tambourinait dans ses veines, flagellait l'intérieur de sa peau tel un million d'ailes de papillons, et elle lui donna enfin ce qu'il lui demandait.

— Justin !

Son orgasme sembla déclencher le sien. Le corps de Thornton se raidit et des tressaillements sporadiques le secouèrent alors même qu'il poussait contre son cou un cri de plaisir étouffé.

Il devint soudain plus lourd alors qu'il se détendait complètement, l'enfonçant davantage dans le lit, et elle ressentit un étrange élan d'affection devant cette vulnérabilité. Elle doutait qu'il baisse ainsi la garde très souvent. Elle contempla le plafond, en proie à un mélange d'émerveillement et de soulagement.

Elle n'était plus vierge ! Et il n'avait pas eu l'air de s'en rendre compte. Dieu merci...

Il était encore enfoui en elle, mais lorsqu'elle leva une main pour caresser son épaule, il parut revenir à la vie.

— Mon Dieu, c'était parfait, murmura-t-il.

Il s'écarta et roula sur le côté, et elle tressaillit en sentant une sensibilité entre ses jambes qui ne lui était pas familière... et l'humidité.

Elle tourna la tête pour le contempler. Il avait les yeux fermés, ses joues étaient rosies, et le cœur de Tess fit un drôle de petit sursaut.

Elle avait l'impression que ses membres étaient en plomb. Elle aurait voulu s'enfoncer dans le lit et dormir pendant une semaine, mais l'air frais commençait à lui donner le frisson.

La rejoindrait-il sous les couvertures ? Passerait-il toute la nuit avec elle ?

Elle se tourna vers lui. Il ouvrit les paupières et la regarda d'un œil endormi. Il sourit.

— Et maintenant ? chuchota-t-elle.

Son soupir d'aise souleva sa poitrine.

— Maintenant, nous allons dormir. Un peu.

— Allez-vous rester ici ? Avec moi ?

Il se tourna vers elle à son tour, et elle essaya de ne pas rougir en songeant qu'ils étaient nus tous les deux. Il écarta doucement une mèche de cheveux de sa tempe.

— Je sais qu'il est inhabituel pour un couple marié de partager la même chambre, et je ne compte pas venir vous trouver tous les soirs, néanmoins j'aimerais beaucoup rester cette nuit.

Elle hocha la tête en s'efforçant de paraître parfaitement au fait de l'étiquette postcoïtale. Était-elle censée quitter le lit et se laver ? Elle avait besoin d'utiliser le pot de chambre. Gênée, elle rougit. Comment suggérer... ?

— Je vous laisse un moment pour faire un brin de toilette, puis je viendrai vous rejoindre, dit-il.

Il se leva et elle faillit l'embrasser tant elle était soulagée de voir ses besoins comblés.

— Merci.

Il ne prit pas la peine d'enfiler sa chemise pour regagner la porte de communication et elle ne put qu'admirer la musculature de ses fesses et de son dos. Ses doigts la démangeaient de le toucher.

Il avait dû passer du temps dehors torse nu – peut-être à bord d'un bateau – parce qu'il y avait une démarcation distincte entre la peau hâlée de son buste et le niveau correspondant à la taille de son pantalon. Curieusement, cela la fit sourire. Cela le rendait plus humain, plus abordable.

Moins parfait.

Elle se soulagea rapidement dans le pot de chambre et utilisa un mouchoir pour essuyer l'évidence du plaisir qu'avait pris son mari. Elle s'attendait tout de même à voir des traces de sang sur le linge de coton blanc. Heureusement, rien ne trahissait son secret, et son cœur se dilata.

Ce devait être ce que ressentaient les voleurs et les criminels après un haut fait réussi : cette sensation enivrante de ravissement, parce qu'ils sortaient indemnes d'une situation périlleuse improbable. Pour un peu, elle aurait ri comme une folle.

À la décharge de Thornton, s'il avait deviné son secret, il n'aurait peut-être pas réagi aussi mal que la majorité des hommes. Il avait lui-même un instinct de survie très pragmatique. Il aurait peut-être compris ses motivations. Cependant, elle se réjouissait de ne pas avoir eu à en apporter la preuve.

Elle ramassa sa chemise de nuit en soie et l'enfila, ce qui était probablement inutile puisqu'il allait certainement la lui retirer encore, mais autant l'amortir. Elle était déjà retournée sous les couvertures depuis quelques instants quand il revint dans la chambre.

Il était encore nu et elle l'étudia avec curiosité, sans honte. De son côté, il semblait parfaitement à l'aise avec sa nudité. Du reste, il n'aurait eu aucune raison d'être embarrassé. Il était magnifique.

Il s'arrêta à côté du lit, et comme elle était déjà allongée, ses parties intimes étaient presque à la hauteur de ses yeux. Elle rougit en prenant conscience qu'il recommençait déjà à être excité, et elle se mordit la lèvre pour ne pas sourire en se rappelant la plainte de Daisy à propos des statues grecques et des feuilles de vigne miniatures. Thornton n'entrait résolument pas dans cette catégorie.

— Avez-vous étudié tout votre content, Votre Grâce ?

Elle remonta les couvertures sous son menton et essaya de paraître blasée et sophistiquée.

— Vous ferez l'affaire, je suppose.

Il écarta les couvertures et elle poussa un petit cri lorsqu'il se glissa à côté d'elle.

— Petite gourgandine effrontée. Venez là.

Il passa un bras autour de sa taille pour l'attirer dans son étreinte, et elle frissonna de plaisir lorsque leurs corps s'imbriquèrent. Son odeur musquée, ajoutée à la sienne, emplissait ses narines et fit tressaillir son ventre.

Elle posa une main à plat sur son torse et lui sourit.

— Qu'y a-t-il ? demanda-t-il en haussant un sourcil.

— Ceux qui disent que vous n'avez pas de cœur se trompent.

Elle se pencha et déposa un baiser sur sa peau chaude.

— Je le sens qui bat juste là. Pour moi.

Justin plongea les yeux dans ceux de sa femme et eut l'impression de sombrer dans l'océan. Ou de tomber d'une falaise. En tout cas, c'était une sensation plutôt inconfortable. Qui lui compressait les poumons et la poitrine.

En général, après avoir couché avec une femme, il n'éprouvait qu'un épuisement béat. Le désir de rouler sur le côté et de s'endormir. Mais avec Tess, il n'avait pas envie de gaspiller une seule minute.

Son cœur battait bel et bien à proximité d'elle, à son contact, et il s'émerveillait de l'inexplicable méli-mélo d'émotions qui tourbillonnaient dans sa poitrine alors même qu'il essayait de les identifier : triomphe ? Oui. Satisfaction ? Absolument.

Passion ?

C'était tout à fait plausible.

Il arrivait à peine à croire que tout ceci était réel, qu'elle était là, chaude et nue dans son lit. Il avait imaginé cette situation si souvent que son cerveau refusait presque d'admettre qu'il ne rêvait pas.

Pourtant sa peau était douce et lisse sous la sienne, sa bouche merveilleuse, toute proche, prête à être embrassée. Il passa le pouce sur sa lèvre inférieure avec émerveillement.

Cela l'avait amusée de faire semblant d'être vierge, or c'était lui qui avait eu l'impression de découvrir le plaisir sexuel pour la première fois.

Il avait été dépucelé par une fille de ferme peu farouche à l'âge de dix-sept ans, et ses maîtresses, par la suite, avaient toutes été des femmes d'égale expérience. Il aurait dû trouver la pseudo-innocence de Tess agaçante, une façon toute féminine pour susciter son intérêt, mais il y avait chez elle quelque chose de si rafraîchissant, un côté joueur et curieux qui le rendait étonnamment léger. Il s'était laissé entraîner dans son illusion de bonne grâce.

Faire l'amour avec elle une seule fois était loin de lui suffire. Il avait hâte de découvrir tous ses secrets, de la connaître comme aucun homme ne la connaissait. Il voulait savoir de quelle manière elle aimait être caressée, avec quelle ardeur elle aimait être embrassée. Ce qui faisait papillonner ses paupières et battre son pouls à sa gorge. Voir sa respiration changer quand elle rêvait.

Il voulait tout d'elle.

Et cette première nuit n'était que le commencement.

25

Lorsqu'elle se réveilla, Tess était seule, mais les draps à côté d'elle étaient encore chauds ; Thornton venait de partir, sans doute. Elle était nue, et sa peau se réchauffa alors qu'elle se rappelait tout ce qui s'était passé pendant la nuit.

La deuxième fois qu'il lui avait fait l'amour, il s'y était pris plus lentement, plus méthodiquement. Comme s'il avait été déterminé à l'emmener à la lisière de la folie. Il avait embrassé chaque parcelle de son corps, d'abord à travers la chemise de nuit en soie si douce, puis sans. Il avait passé les doigts sur ses courbes, s'était attardé sur les endroits qui la faisaient frémir, se cambrer et soupirer.

Elle avait plaisanté en disant que s'il prêtait à ses registres comptables la même attention scrupuleuse, elle comprenait son succès dans les affaires. Le sourire qu'il lui avait adressé alors avait gonflé son cœur.

Il avait soufflé la bougie à côté du lit, et elle s'était assoupie dans ses bras en savourant un rêve à demi éveillé de chaleur et de caresses paresseuses.

L'aube commençait à peine à éclairer le bord des rideaux, la dernière fois qu'il l'avait réveillée. Elle dormait à moitié, mais sa voix rocailleuse dans son oreille l'avait complètement tirée du sommeil. Il était derrière elle, tout contre son dos, et ses mains englobaient paresseusement ses seins. Son sexe dur était pressé contre son postérieur.

Elle aurait dû être choquée, mais cela paraissait si naturel, si parfaitement normal d'être là avec lui qu'elle avait été incapable de s'offusquer. Son corps était exactement au diapason de son étreinte.

— Êtes-vous endolorie ? avait-il chuchoté.

Sa main effleurait sa hanche, et un frisson d'excitation lui hérissa l'échine.

— Un peu, avait-elle avoué.

Cependant, lorsqu'il avait fait mine de se retirer, elle lui avait pris le bras.

— Mais pas au point de vous prier d'arrêter.

Dans un grondement sourd, il avait répondu :

— Excellente épouse.

Il avait déposé un tendre baiser sur sa tempe pendant que son sexe se glissait entre ses cuisses à la recherche du sien.

Elle avait laissé échapper un petit cri surpris.

— De cette façon ?

Il avait souri contre son cou.

— Jouez-vous encore à la vierge effarouchée ? Ou ne l'avez-vous jamais fait ainsi avec un autre ?

Elle s'était mordu la lèvre.

— Jamais.

Elle n'aurait même pas imaginé que des gens pouvaient faire l'amour dans cette position. Elle aurait vraiment dû voler davantage de dessins érotiques, chez Case.

Son train de pensées s'était évaporé tandis qu'il se glissait en elle.

— Mon Dieu, vous êtes si douce. Si étroite.

Son grognement passionné avait fait se contracter son corps autour de lui et elle s'était cambrée, cherchant instinctivement un meilleur angle. Il avait empoigné sa hanche et s'était enfoui.

— Je ne veux pas vous faire mal.

— N'ayez crainte.
— Dites-moi d'arrêter si...
— Montrez-moi.

Il semblait avoir perdu la faculté de s'exprimer avec éloquence, et elle avait souri. Elle adorait que l'homme d'affaires toujours maître de lui se soit dissous dans ce mâle primitif et inintelligible. Peut-être avait-elle réellement la capacité de le sidérer, finalement. Avec ou sans négligé de soie. Il n'avait toujours pas dit son prénom, le vrai, mais les occasions ne manqueraient pas de les mettre à égalité.

Le bruit d'une conversation assourdie dans la pièce voisine la tira de ses souvenirs. Thornton était là avec son valet, Simms. Tess s'habilla sans attendre l'aide d'Hannah. Elle avait un peu le trac lorsqu'elle descendit l'escalier pour prendre le petit déjeuner.

Thornton se présenta dans la salle à manger quelques minutes plus tard, aussi strict et parfaitement soigné qu'à l'accoutumée, et elle fut saisie de l'envie déconcertante de lui ébouriffer les cheveux. Le décoiffer, dénouer sa cravate, tirer un peu sur son gilet pour qu'il soit de travers, pour qu'il ressemble davantage à l'amant qui l'avait ravie au lit et moins à l'industriel immaculé qu'il incarnait ce matin.

Toutefois son allure imposante s'adoucit lorsqu'il esquissa un sourire, et elle remarqua la chaleur dans ses yeux. Le sang lui monta au visage quand elle se rendit compte qu'une quantité étonnante de domestiques s'affairaient autour d'eux. De toute évidence, tout le monde voulait savoir comment s'était déroulée la nuit de noces.

— Bonjour, Votre Grâce, dit Thornton avec un sourire qui ne s'adressait qu'à elle.

— Bonjour.

Elle fit une révérence si furtive que c'était de toute évidence pour se moquer.

N'était-ce pas ridicule d'être aussi cérémonieux alors qu'il avait été en elle quelques heures plus tôt seulement ? Néanmoins, telle était la comédie attendue d'un duc et d'une duchesse.

Ils prirent place autour de la table. Withers servit du thé, et Thornton demanda du café.

Mme Ward arriva avec une assiette recouverte et la posa en grande cérémonie entre eux sur la table. Elle fit une petite courbette et dit à Thornton :

— J'ai préparé le petit déjeuner que vous m'avez demandé, Votre Grâce.

Tess le considéra avec un haussement de sourcils interrogateur.

— J'ai demandé l'un de mes plats préférés, expliqua-t-il en souriant. Au Canada, on appelle cela du pain perdu. Il s'agit de pain trempé dans du lait et des œufs, puis frit avec un peu de sucre.

Mme Ward hocha la tête et souleva le couvercle. Tess trouva l'arôme délicieux.

— Cela sent merveilleusement bon, madame Ward. Je meurs de faim.

La cuisinière lui adressa un clin d'œil amusé pour la féliciter.

— Je l'espère bien, Madame.

Une fois les domestiques sortis, Thornton montra une petite carafe en terre cuite sur la table.

— J'ai un autre cadeau pour vous. Une nouvelle expérience. Une chose à laquelle vous n'avez probablement jamais goûté.

Tess réprima un sourire. Elle avait vécu quantité de nouvelles expériences, au cours des douze dernières heures.

— Qu'est-ce que c'est ? demanda-t-elle en retirant le bouchon de liège et en reniflant le flacon.

— C'est un sirop qui vient du Canada. Il provient de la sève d'une certaine sorte d'érable. Là-bas, on le produit depuis des siècles, et je dois avouer que j'en suis devenu très friand. C'est sucré comme du miel, mais avec un goût tout à fait unique.

Intriguée, Tess en versa une petite flaque sur son assiette. Elle se demandait comment y goûter lorsque Thornton se leva et vint se tenir à côté d'elle. Il passa un doigt dans le liquide ambré et le tendit devant sa bouche.

— Goûtez.

Les yeux pétillants, il s'amusait visiblement de ce petit défi. Le ventre de Tess se noua. Elle était censée lécher son doigt.

Le fixant toujours, elle se pencha et toucha son index de la pointe de la langue. Son cœur se mit à battre avec ravissement.

— Alors ? Quel est votre verdict ? demanda-t-il d'une voix plus enrouée que d'habitude.

— Hmm. C'est très sucré. On dirait presque du caramel, ou du sucre brûlé. Cela a un goût plus prononcé que le miel.

Elle le lécha de nouveau, et un muscle tressaillit sur la mâchoire de Thornton.

— Le sirop est bouilli pour augmenter le parfum. C'est merveilleusement complexe.

« Comme vous », songea Tess. Complexe. Fort, presque écrasant. Et délicieusement addictif aussi.

C'était si coquin de le *goûter* ainsi en plein jour. N'importe quel domestique pouvait entrer à tout moment.

Saisie par une impulsion espiègle, elle prit son doigt dans sa bouche et le suça en faisant tourner sa langue pour récupérer les derniers vestiges de sirop.

Aussitôt, la tension crépita entre eux, tel un éclair une nuit d'été. Les yeux de Thornton s'assombrirent et il laissa échapper un gémissement qui réchauffa tout le corps de Tess.

— Vous aimez ? murmura-t-il d'une voix rocailleuse.

Elle libéra son doigt et leva les yeux vers lui.

— Beaucoup.

Il fixait ses lèvres, et elle les lécha, par pure perversion, en se réjouissant de voir sa bouche s'entrouvrir. Elle jeta un coup d'œil vers son pantalon et fut gratifiée de constater le renflement qu'il ne pouvait dissimuler. Elle reporta son regard sur lui avec un sourire.

— Je crois que vous aimez aussi.

— Beaucoup.

Il plongea le doigt dans le sirop, mais lorsqu'elle voulut le goûter de nouveau, il secoua la tête et en enduisit sa lèvre inférieure, comme si le liquide sirupeux était un baume.

Puis il se pencha pour l'embrasser. Sa langue lécha la mélasse poisseuse, puis se faufila dans sa bouche, et le goût fumé du sirop se mêla à celui entêtant de Thornton. La tête de Tess se mit à tourner.

Elle lui rendit son baiser malgré l'angle inconfortable de sa position assise, et ce fut seulement le fracas discordant de sa fourchette en argent tombant par terre qui les sépara.

Thornton recula et elle maudit son coude maladroit lorsqu'il reprit sa place comme s'il ne s'était rien passé. De toute évidence, il avait davantage de volonté qu'elle.

Il s'éclaircit la voix.

— Je suis heureux que cela vous plaise.

Elle réussit à hocher la tête. Ses lèvres la picotaient encore.

— C'est délicieux, merci.

Elle sonda son cerveau à la recherche de nouveaux sujets de conversation. Elle aurait adoré retourner au lit, mais ils ne pouvaient pas faire l'amour toute la journée. Elle était déterminée à prouver qu'il pouvait y avoir davantage que de la passion entre eux. Pour cela, il fallait qu'ils passent du temps ensemble. Qu'ils deviennent amis. En supposant que c'était possible, avec un homme tel que lui qui protégeait ses émotions si farouchement qu'il pensait probablement que l'accélération d'un battement de cœur était une source d'inquiétude et non de satisfaction.

— Avez-vous quelque activité de prévue, aujourd'hui ? demanda-t-elle.

Il leva les yeux de son assiette.

— J'aimerais consacrer une heure ou deux à vérifier les registres comptables, afin de mieux comprendre le fonctionnement de la propriété.

« Les affaires avant le plaisir », songea-t-elle.

— Vous constaterez que tout est en ordre, dit-elle. J'ai travaillé avec M. Arden, le régisseur, afin d'assurer la bonne gestion du domaine. Serez-vous libre, cet après-midi ?

— Oui.

— Dans ce cas, c'est moi qui vous réserverai une surprise.

26

La matinée de Justin, enfermé dans le bureau avec Arden, le régisseur, se révéla fort instructive. L'intendant avait chanté les louanges de Tess, et s'il était clair que malgré son âge mûr, l'homme n'était pas insensible à sa beauté, c'était son bon sens des affaires qui valait à Tess sa dévotion éternelle.

— Si je peux me permettre, je croyais que c'était une petite écervelée, quand je l'ai vue arriver, fit remarquer le vieil homme en souriant. Elle m'a vite détrompé. L'ancien duc était à peine refroidi dans sa tombe qu'elle est descendue ici pour demander à consulter les registres, exactement comme vous, Votre Grâce. Elle les a inspectés du début à la fin. Puis elle a demandé ce qu'elle pouvait lire d'autre pour devenir une meilleure propriétaire terrienne.

Justin haussa les sourcils.

Arden lui montra les rangées de volumes reliés de cuir derrière eux, sur les étagères.

— Elle a tout lu. Ensuite, elle a fait venir de Londres encore toute une nouvelle caisse de dossiers, qu'elle a lus aussi. Et alors seulement, elle est venue me trouver avec une liste de propositions pour améliorer le domaine.

— Les avez-vous mises en œuvre ?

— Oui. Pour tout vous avouer, ce fut un soulagement que quelqu'un s'intéresse à cet endroit, pour une fois. L'ancien duc ne nous prêtait quasiment aucune attention, du moment que les métayers payaient leur loyer et que les récoltes rentraient, mais jamais il ne m'avait autorisé à apporter le moindre changement, ni n'avait accepté un seul investissement.

— Quel genre de changements la duchesse a-t-elle effectué ?

— Eh bien, pour commencer, elle a dit que c'était une honte qu'il n'existe pas d'école au village. La dernière avait fermé quand la vieille Mlle Evans était morte, voyez-vous, et le duc n'avait jamais désigné de remplaçante. Sa Grâce a fait repeindre l'ancienne école et a engagé de nouveaux tuteurs pour enseigner aux enfants. Elle disait qu'ils s'assureraient un meilleur avenir s'ils savaient lire et écrire.

Justin hocha la tête.

— Quoi d'autre ?

— Sa Grâce a trouvé un ingénieur civil pour changer la conception à aubes du moulin, qui était désuète : elle a fait installer un système à roue hydraulique, qui s'est révélé deux fois plus efficace, et nous avons ajouté une deuxième paire de meules en pierre, de sorte que nous pouvons moudre de l'avoine en plus du maïs.

— Excellente décision.

— Elle a aussi suggéré que nous modifiions les rotations de cultures afin d'améliorer les rendements, alors maintenant nous plantons du blé, de l'orge, des navets et du trèfle par années successives, et nous n'avons plus besoin de laisser les terres en jachère.

Justin hocha la tête. Il ne s'y connaissait pas davantage en matière de récoltes et de métayers que Tess lorsqu'elle était arrivée, mais il était capable de juger un registre en un coup d'œil. Son succès était indéniable.

Il tapota le livre qui se trouvait au-dessus de la pile et déclara :

— Les améliorations ont presque doublé la rentabilité du domaine en deux ans.

— Exactement, répondit Arden avec un grand sourire. Et les métayers sont drôlement heureux. Il n'y a quasiment aucun braconnage, maintenant que les gens ont de quoi manger à leur faim. Ajoutez à cela le fait que Sa Grâce a réautorisé la chasse aux truffes. Vous aurez du mal à trouver quelqu'un qui n'aime pas Mme la duchesse. Vous avez bien de la chance d'avoir une femme comme elle à vos côtés. Bien de la chance en vérité.

Justin sourit sans vouloir gâcher le romantisme du régisseur en lui révélant la nature de son arrangement avec Tess. Elle n'était à ses côtés qu'à cause de leur contrat. Et ils se sépareraient à la fin de l'été.

Pour la première fois, cela ne lui fit pas l'effet du salut qu'il avait envisagé. Non pas en raison de son sens des affaires évident, mais parce qu'il commençait à apprécier de l'avoir dans son entourage.

Il secoua la tête pour déloger cette pensée inacceptable.

— Merci, Arden. Ce sera tout.

L'homme se leva et épousseta sa casquette.

— Bonne journée, Votre Grâce.

— Êtes-vous prêt pour votre surprise ?

Tess ne put s'empêcher de sourire lorsqu'elle croisa Justin dans le couloir. Elle ne l'avait pas vu de la matinée, et elle avait hâte de le retrouver. Il enfila son pardessus.

— Tout à fait. Vous m'avez dit de mettre une tenue de promenade, et me voici. Où allons-nous ?

— Chercher des truffes. J'ai organisé un rendez-vous avec M. Collins, le garde-chasse, qui se trouve être également l'un des meilleurs chasseurs de truffes du comté. Nous allons le rejoindre dans les bois situés derrière le manoir douairier.

Ils descendirent les marches du perron et traversèrent les pelouses bien entretenues.

La foulée de Justin était plus allongée que la sienne, mais il la raccourcit pour ne pas marcher trop vite. Elle jeta un coup d'œil vers le ciel bleu sans nuage.

— C'est une journée idéale.

Ils contournèrent les parterres fleuris, traversèrent le verger, et elle sourit lorsque le manoir apparut. Fait de la même pierre tendre et dorée que le bâtiment principal, il n'était pas du tout aussi imposant. C'était un petit manoir confortable, dont le portillon était agrémenté d'une ravissante arche couverte de roses pendant une bonne partie de l'année. Un filet de fumée flottait de la cheminée.

— Je serais très heureuse de vivre ici, si vous changez d'avis et décidez d'occuper la grande maison, dit-elle.

Justin désigna la fumée d'un geste du menton.

— N'est-ce pas déjà occupé ?

— Elle est louée à l'une des nouvelles maîtresses d'école pour le moment, mais elle emménagera chez sa sœur dans le village d'ici à quelques mois pour l'aider à s'occuper de son bébé.

— Je ne compte pas vivre dans la grande maison. J'en ai une parfaitement agréable à Bristol, qui me convient, et l'hôtel particulier de Curzon Street lorsque je me rends à Londres pour affaires.

Tess fut dépitée, mais elle s'efforça de ne pas le montrer. Elle ne verrait sans doute jamais sa maison de Bristol. Il semblait déterminé à bien cloisonner les différentes parties de son existence.

Un aboiement joyeux interrompit ses pensées et une petite boule de poils clairs jaillit des arbres et bondit vers elle.

Sans se soucier de l'ordre sèchement intimé par son propriétaire, le chien sauta sur Tess, appuyant ses pattes pleines de terre sur sa cape et ses jupes.

Elle se pencha pour caresser l'exubérante petite créature avec un éclat de rire.

— Bonjour, bonjour ! Tu dois être la nouvelle recrue de M. Collins.

Le garde-chasse émergea des arbres en compagnie d'un autre chien un peu plus grand qui trottait docilement à ses pieds. Il secoua la tête en voyant le chiot bondir.

— Toutes mes excuses, Votre Grâce. Voici Oliver. Il est ici pour suivre le modèle de Nell, mais je n'ai jamais éduqué un chiot qui me donne autant de fil à retordre. Il passe son temps à se perdre, à chasser les écureuils et à mordiller des brindilles.

La petite bête délaissa Tess pour aller renifler Justin.

— Il est encore jeune, ajouta l'homme.

— Je me demande si c'est parce que c'est un mâle, s'esclaffa Tess. Difficultés d'attention, facilement distrait…

Thornton fit mine de se rembrunir devant son espièglerie.

— Il lui manque seulement un peu de surveillance et de discipline, fit-il remarquer. Il apprendra.

Le petit chien était adorable, on aurait dit un caniche avec son poil frisé et ses taches brunes et blanches. Lorsque Justin se pencha pour le caresser, Oliver leva la patte et urina sur ses bottes en cuir immaculées.

M. Collins arrondit les yeux, horrifié, et Tess se figea en guettant la réaction de Thornton. Son père aurait saisi le chien par la peau du cou et l'aurait secoué avec colère. Justin, lui, se contenta de froncer les sourcils. Puis il sourit, amusé.

— Hoby utilise du cirage additionné de champagne pour lustrer mes bottes, Oliver. Je ne suis pas sûr que cela ait la même efficacité.

Tess éclata d'un rire soulagé, tandis qu'Oliver s'asseyait sur son petit postérieur et contemplait Justin avec une adoration flagrante, attendant visiblement qu'on le félicite pour sa prouesse.

— Petit coquin, dit Justin en souriant. La prochaine fois, trouve-toi un arbre.

Le chiot continuait à le dévisager avec ses grands yeux noirs et sa langue pendante.

— Je vous présente M. Collins, notre garde-chasse, dit vivement Tess. Il habite près de Hollyfield avec sa femme et leurs six enfants.

Justin adressa un signe de tête à l'homme qui portait une main au bord de son chapeau en signe de respect.

— Et voici Nell, ajouta-t-elle en montrant le deuxième chien.

— De quelle race sont-ils ? demanda Justin tandis qu'ils s'engageaient dans le sous-bois.

— C'est un croisement de caniches originaires d'Italie, Votre Grâce, répondit Collins. Ma famille les élève depuis des années.

— Les chasseurs de truffes français et italiens utilisent fréquemment des cochons, ajouta Tess. Toutefois, les cochons aiment tellement les truffes qu'ils ont tendance à les manger dès qu'ils en trouvent, tandis que les chiens peuvent être éduqués à laisser la truffe en échange d'une autre gourmandise.

— C'est la raison pour laquelle je ne sors jamais sans une provision de fromage pour Nell et Oliver, déclara Collins en tapotant la poche de son manteau.

C'était un magnifique après-midi. Des rayons de soleil obliques traversaient les feuillages et des particules de poussière dansaient dans les rayons. Les deux chiens trottaient sur leurs talons, et une bouffée d'euphorie envahit Tess. Elle adorait s'immerger dans cet environnement naturel paisible.

— Dites-moi, qu'est-ce qui fait que ce lieu est propice à la croissance des truffes ? s'enquit Justin.

— C'est une forêt de hêtres, et le sol est calcaire, expliqua Collins. Ce sont les conditions idéales pour les truffes.

— Cependant, il n'est pas garanti que nous en trouvions aujourd'hui, l'avertit Tess. L'automne et l'hiver sont les meilleures périodes, lorsqu'il fait plus humide.

Collins acquiesça de la tête.

— Nous verrons. Vous semblez toujours nous porter chance, Votre Grâce.

Il jeta un coup d'œil vers le chien et ordonna :

— Nell, va chercher !

La chienne plaqua sa truffe au sol et s'élança en reniflant. Oliver bondit derrière elle, appréciant visiblement l'activité même s'il n'était pas précisément sûr de ce qu'il était censé faire. Il remuait la queue avec excitation.

— Comment savez-vous qu'elle a trouvé une truffe ?

— Elle s'arrêtera et commencera à gratter la terre, puis elle regardera ma poche pour avoir sa récompense, répondit Collins en souriant. Elle est intelligente, cette bête. Et d'ici à la fin de la journée, si elle en a trouvé une douzaine, elle ne mange même plus le fromage, mais elle s'attend tout de même à ce que je le lui donne.

Tandis qu'ils cheminaient, Tess s'attarda pour admirer les larges épaules et les longues jambes de Thornton. Avec une vue pareille, peu lui importait s'ils ne trouvaient pas de truffes. Il était aussi irrésistible ici qu'en tenue de soirée dans une salle de bal londonienne, et c'était agréable de le voir se détendre. Son intensité s'était comme émoussée.

— Regardez, elle creuse !

Ils accoururent tous les trois vers l'endroit où la chienne grattait le sol avec ses pattes avant. Collins sortit son outil, un bâton en bois muni d'une pointe en fer dont l'extrémité rappelait plus ou moins une lance, et commença à creuser à son tour. Il dut écarter le museau curieux d'Oliver à plusieurs reprises, puis à quelques centimètres sous la surface, il découvrit une petite boule granuleuse de la taille d'une grosse noix.

— C'en est une belle ! s'écria-t-il, rayonnant. Bien joué, Nell !

Les deux chiens reçurent un morceau de fromage pendant que Justin inspectait la truffe. On aurait dit une bille de charbon grumeleuse à la texture ressemblant à celle d'un chou-fleur.

Tess s'efforça de se concentrer sur la truffe et non sur les mains de Thornton. Les souvenirs de ses doigts sur sa peau produisirent une sensation de flottement dans son ventre...

— Ce sont ce qu'on appelle des truffes d'été, expliqua-t-elle, troublée. Elles ressemblent beaucoup aux truffes noires qu'on trouve en France, et elles ne poussent que dans de rares endroits en Angleterre.

Thornton la porta à son nez et renifla.

— Combien se vendrait celle-ci ?

— On en tire un demi-souverain par livre, à Covent Garden, répondit M. Collins. Les bons jours, on peut en trouver plus de dix livres. Et d'autres fois, aucune. C'est au petit bonheur la chance.

— La plus grosse qui ait jamais été trouvée pesait presque une livre, précisa Tess avec un grand sourire fier. Elle faisait la taille de mon poing.

Collins prit la truffe, l'enveloppa dans un mouchoir rouge et la mit dans la poche de son manteau qui ne contenait pas le fromage destiné aux chiens.

— J'enverrai Harry à Londres demain matin.

Tess hocha la tête.

— Parfait.

Elle jeta un coup d'œil à Thornton.

— Et si nous retournions à la maison ? Je sais que Mme Ward a prévu quelque chose de bon pour le dîner.

— Bien sûr.

Il tendit la main à Collins, que l'homme serra en souriant.

— Merci, monsieur Collins, ce fut très instructif.

Le garde-chasse et ses chiens disparurent pour continuer leurs recherches, et Tess poussa un soupir satisfait.

— C'est une incroyable trouvaille, pour votre premier jour de chasse ! Vous devez être l'un des hommes les plus vernis de toute l'Angleterre.

— On m'a déjà fait cette remarque, et pour la première fois, j'ai l'impression que c'est peut-être bien vrai.

27

Surprise par son aveu, Tess l'observa un instant, et son cœur manqua un battement devant l'ardeur brûlante de son expression. C'était ainsi qu'il la regardait quand il s'apprêtait à l'embrasser.

Elle recula tandis qu'il avançait lentement vers elle, tel un chasseur après du gibier, et lorsqu'elle se heurta au tronc d'un large hêtre, elle n'essaya pas de s'enfuir. Pourquoi refuser un baiser alors qu'elle en rêvait ?

— Vous avez les joues roses, la taquina-t-il en refermant la distance qui les séparait. Avez-vous trop chaud ?

— J'ai dû prendre un coup de soleil.

— Nous sommes restés à l'ombre tout l'après-midi.

— Alors c'est à cause du vent.

Il haussa les sourcils, moqueur, et inclina la tête en écoutant la brise. Malheureusement, pas une seule feuille ne frémissait autour d'eux. Même la forêt semblait retenir son souffle.

— Je voudrais vous remercier, murmura-t-il.

— Pour quelle raison ?

Elle était certaine d'entendre son propre cœur battre contre sa cage thoracique.

— Pour vous être si bien occupée de Wansford Hall.

Elle lui lança un regard narquois.

— Pour vous l'avoir rendu plus rentable, vous voulez dire.

— Non, pour avoir amélioré les conditions d'existence des gens qui vivent ici. Vous êtes une femme extraordinaire.

Les jours de Tess s'empourprèrent davantage.

— Il reste encore tant à faire. M. Collins voudrait que vous demandiez au Parlement de faire abroger la taxe sur les chiens d'utilité, et...

— Tess.

Son ton calme et amusé interrompit son bafouillage.

— Oui ?

Il n'avait jamais prononcé son prénom. S'était-il même rendu compte qu'il venait de le faire ?

— Vous me raconterez tout ce qu'il faut savoir à propos de la taxe sur les chiens une autre fois. Pour le moment, je vais vous embrasser.

Elle essaya de s'exprimer sans trahir la moindre excitation.

— Oh. Bien. Alors, entendu. Faites ce que vous avez à faire.

Il posa les mains de part et d'autre de sa tête, la piégeant contre le tronc. Quand il se pencha et s'appuya contre elle, un délicieux frisson la parcourut.

Cet homme ! Comment pouvait-il l'affecter à ce point ? C'était injuste.

Les lèvres de Thornton frémirent.

— Oh, j'en ai bien l'intention.

Elle ferma les yeux, mais cette canaille s'immobilisa juste avant que ses lèvres touchent les siennes.

— Notre premier baiser s'est passé ainsi, debout. Chez Careby. Vous le rappelez-vous ?

— Oui, répondit-elle dans un souffle contre ses lèvres. Je vous prenais pour un joueur professionnel.

Il laissa échapper un petit rire de dérision.

— Je laisse le jeu aux imbéciles. C'est la façon la plus sûre et la plus rapide de dilapider sa fortune. Je ne fais jamais de paris, à moins que les probabilités ne penchent largement en ma faveur.

Ses lèvres effleurèrent les siennes, aussi douces qu'un pétale de fleur.

— Et moi je croyais que vous étiez une prostituée.

Elle mordilla sa lèvre inférieure et il laissa échapper un grognement de plaisir.

— Je sais.

— Eh bien nous nous trompions tous les deux.

— Oui.

Elle ouvrit la bouche et il s'y enfonça pour qu'ils ne fassent plus qu'un. L'écorce de l'arbre était rugueuse contre son dos mais cela lui était égal. Elle enroula les bras autour de la taille de Thornton et l'embrassa avec une ferveur qui ne laissait aucun doute sur son désir.

La passion de cet homme était presque intimidante. Elle avait besoin de lui comme d'une drogue, elle avait besoin de l'afflux de joie intense et éclatante que lui seul pouvait lui procurer.

À cet instant, une détonation assourdissante déchira le silence.

Tess poussa un cri, tressaillit et se baissa instinctivement.

— Bon Dieu !

Avant qu'elle comprenne ce qui se passait, elle se trouva écrasée sur le sol, le visage enfoncé dans des feuilles humides, le corps lourd de Justin étalé au-dessus d'elle.

— Ne bougez pas, dit-il contre son oreille d'une voix rauque et impérieuse. Un salopard nous tire dessus.

Un autre coup de feu retentit à travers les arbres, et une pluie d'éclats de bois tomba tandis que les plombs crépitaient dans la branche qui se trouvait au-dessus d'eux.

Elle arrivait à peine à respirer. Justin comprimait l'air de ses poumons. Elle essaya de relever la tête mais il la plaqua de nouveau brutalement.

Ils restèrent tous deux immobiles à l'affût du moindre craquement. Un bruit de course faiblissant indiqua que le tireur s'enfuyait.

Après une minute de silence, Justin s'écarta et Tess put enfin respirer.

— Restez là, chuchota-t-il, si doucement qu'elle l'entendit à peine. C'est peut-être un piège pour nous attirer.

Elle hocha la tête, arrivant difficilement à croire ce qui venait de se produire.

Il rampa à plat ventre et jeta un coup d'œil autour de l'arbre pour examiner la zone les entourant. Rien d'autre ne bougeant, il se redressa lentement et lui tendit la main pour l'aider à se lever.

— Êtes-vous blessée ?

— Un peu secouée, c'est tout.

Elle relâcha son souffle et épousseta les brindilles de ses jupes. Ses mains tremblaient et elle avait vaguement la nausée. Elle aurait voulu que Justin la prenne dans ses bras, mais il ne bougeait pas.

— Je ne sais pas ce que c'était. Cela dit il est impossible que quelqu'un ait voulu nous tirer dessus, affirma-t-elle. Sans doute était-ce un braconnier qui nous aura pris pour du gibier.

Les yeux plissés de Thornton suggéraient qu'il ne partageait pas son avis.

— Ne croyez-vous pas ? insista-t-elle.

— Disons qu'une bonne dose de scepticisme m'a permis de rester en vie jusqu'à présent.

— C'est forcément un accident. Pourquoi quelqu'un nous tirerait dessus délibérément ?

Il haussa les épaules.

— Pour un certain nombre de raisons. Avez-vous des métayers mécontents, des voisins rancuniers pour je ne sais quelle brouille ?

— Non ! Les métayers m'aiment bien et me respectent tous. Le voisin le plus proche est le père de Daisy, à Hollyfield, et il n'est presque jamais là. Il passe le plus clair de son temps à Londres. Et je suis en excellents termes avec tous les autres.

— Arden m'a dit que le braconnage était presque inexistant sur le domaine.

— C'est vrai, mais je suppose qu'il peut y avoir des ouvriers itinérants qui traversent les environs.

Puisque de toute évidence Thornton n'allait pas la serrer dans ses bras, et qu'elle avait suffisamment d'amour-propre pour ne pas se jeter à son cou, elle repartit lentement vers la lisière du bois.

Il lui emboîta le pas.

— Vous avez probablement raison, dit-il d'un ton qui ne cachait pas ses doutes. Il n'empêche que je vais demander à Simms de se renseigner discrètement. L'un des villageois a pu remarquer quelque chose de suspect.

Il tira de son gilet sa montre de gousset et vérifia l'heure. Avec un regard en coin, elle lui dit :

— Je vous trouve remarquablement calme. Est-ce la première fois qu'on vous tire dessus ?

— Seigneur, non. Je n'ai peut-être pas participé aux actions militaires contre Bonaparte, mais j'ai vécu quantité de mésaventures avec des trappeurs rivaux du côté de la baie d'Hudson. Sans oublier un différend avec un marchand de soieries à Venise il y a deux ans, qui m'a convaincu de la nécessité d'apprendre la boxe et le tir.

Tess haussa les sourcils.

— Eh bien pour moi, c'était une expérience nouvelle. J'ai besoin d'une bonne tasse de thé.

Le visage de Thornton s'éclaira enfin.

— Je crois que cela réclame quelque chose d'un peu plus fort que du thé, ne trouvez-vous pas ?

Ils se séparèrent en arrivant à la maison. Justin partit à la recherche de Simms, tandis que Tess regagnait sa chambre.

Entre les pattes pleines de terre d'Oliver et la rencontre rapprochée avec l'humus de la forêt, sa robe de coton était complètement fichue. Elle la retira et enfila son peignoir, puis elle s'assit à son bureau pour réfléchir.

Malgré ce qu'elle avait dit à Justin, il aurait fallu être idiot pour éliminer l'éventualité qu'elle ait réellement été prise pour cible.

Qui pourrait donc souhaiter sa mort ? Elle avait assurément fait quelques mécontents dans le cadre de ses missions pour King & Co., mais personne n'était susceptible d'être en mesure de la menacer de quelque façon que ce soit. Le mufle qui avait essayé de kidnapper sa propre cousine pour sa fortune était derrière les barreaux de Newgate et n'avait pas les moyens de s'offrir les services d'un tueur à gages. La femme qui avait voulu faire chanter une comtesse s'était exilée en France.

Elle fronça les sourcils. Se pouvait-il qu'il s'agisse de Stockdale ? Avait-il découvert son identité en tant qu'émissaire de la reine ? Quand bien même, ce n'était pas une raison pour vouloir l'assassiner ! Il n'obtiendrait jamais l'argent qu'il voulait en échange des lettres de la princesse s'il tuait la messagère.

Elle sortit un papier et une plume de son bureau et rédigea une brève note à l'attention de « Charles King, Esquire ». Ellie et Daisy la recevraient chez King & Co. le lendemain matin. Elle leur conseilla de se tenir sur leurs gardes et leur demanda de lui communiquer des nouvelles de Stockdale dès qu'elles en auraient.

Puis elle s'habilla pour le dîner et choisit une des robes neuves que Daisy avait absolument voulu lui faire acheter. C'était un magnifique ensemble en soie vert forêt dont le bustier mettait parfaitement en valeur son décolleté. Elle mit le collier de perles que Justin lui avait offert.

Lorsqu'elle franchit le seuil de la salle à manger une demi-heure plus tard, elle trouva Justin plus beau que jamais dans sa redingote bleu marine, sa chemise blanche et un pantalon en daim. Elle vit ses yeux s'attarder avec admiration sur sa gorge.

— Je savais que ce collier vous irait à merveille.

Elle effleura les perles du bout des doigts.

— Il est ravissant. Vous avez un goût exquis.

— Je suis heureux qu'il vous plaise. Je l'ai fait faire tout spécialement pour vous.

Avec un sourire en coin, il précisa :

— Pour le modèle, je me suis inspiré d'un collier que possédait la reine Marie-Antoinette.

Tess haussa les sourcils avec surprise. Elle qui s'était imaginé qu'il avait dépêché un laquais en lui demandant de chercher quelque chose de joli...

Il inclina la tête.

— Au début, j'avais pensé à des rubis. Cela aurait parfaitement convenu à Scarlet. Quelque chose de massif et de merveilleusement vulgaire.

Sa voix la caressait tout autant que ses mots la séduisaient.

— Mais Tess ? poursuivit-il. C'est une femme plus subtile. D'une élégance classique et sobre. D'où les diamants et les perles.

Ils prirent place à table. Tess but une gorgée de vin, momentanément muette à la pensée qu'il avait mis tant de soin et de réflexion à ce cadeau. Le fait qu'il ait distingué la Scarlet de fiction et la vraie Tess était plus révélateur qu'elle n'aurait su le dire.

Que dirait-il si elle lui avouait la raison pour laquelle elle avait joué ce rôle ? Approuverait-il son travail pour King & Co. ou essaierait-il de s'en mêler ? Il était encore trop tôt pour le savoir.

— J'ai amassé ma fortune en faisant le commerce de marchandises de valeur, dit-il doucement. En procurant aux gens des choses qu'ils désirent, dont la plupart tirent leur valeur de leur utilité. Parce qu'elles sont dures, ou solides, ou qu'elles ont bon goût.

— Comme les truffes.

Il hocha la tête en l'étudiant.

— Certains objets ont de la valeur simplement parce qu'ils sont beaux. Les gens ont besoin de beauté de même qu'ils ont besoin d'air. Les perles, par exemple, sont essentiellement décoratives, mais également rarissimes. Elles voient le jour accidentellement, à partir d'un minuscule débris à l'intérieur d'une coquille, qui avec le temps se transforme en une chose extraordinaire, couche après couche.

Son regard s'attarda sur le collier et sur la pulsation qui battait au creux de sa gorge et il reprit :

— Cependant les choses les meilleures ont de la valeur parce qu'elles combinent la beauté à d'autres qualités. Les horlogers utilisent pour fabriquer leurs pendules des rubis qui servent de roulement aux pivots, afin de réduire la friction. Les diamants ne se contentent pas de briller : ils sont solides, et tellement durs qu'on s'en sert pour graver le cuivre et le verre.

Tess avait chaud et se sentait étrangement exposée. Parlait-il seulement du collier ou ses paroles recélaient-elles un double sens ? La trouvait-il solide et rare, ainsi que belle ? À moins qu'elle ne se fasse des idées ?

Elle leva son verre.

— Je porte un toast. À toutes les choses qu'on ne peut pas acheter.

28

Justin ne vint pas dans sa chambre après le dîner. Une fois les plats débarrassés, il demanda à Withers de lui servir un verre de brandy et se tourna vers elle.

— La journée a été longue, et comme nous n'avons ni l'un ni l'autre beaucoup dormi la nuit dernière...

Elle rougit et cela le fit sourire.

— Je vous dis à demain matin, conclut-il.

Elle fut à la fois soulagée par sa considération et vaguement déçue qu'il ne semble pas la trouver si irrésistible.

Cependant, elle s'en tiendrait à son plan de devenir son amie, en plus de sa maîtresse. S'ils devaient vraiment se séparer dans quelques mois, elle souhaitait que cela se fasse en bons termes. S'il ne tombait pas follement amoureux d'elle, au moins il n'y aurait aucune raison pour qu'il ne l'apprécie pas.

En consultant le *Debrett's*, le bottin mondain répertoriant les pairs du royaume et leur contexte familial, Daisy avait découvert que la mère de Justin était morte de la scarlatine lorsqu'il avait seize ans, et que son père était également décédé. Il n'avait pas de frères et sœurs ni aucun parent proche, ce qui leur faisait des points communs, à tous les deux, avait-elle songé alors.

Qui étaient ses compagnons les plus fidèles ? Il était de toute évidence très proche d'Edward, le cousin d'Ellie, ainsi que de Tom Careby, mais Tess voulait devenir une personne sur laquelle il pouvait aussi compter. Elle voulait être précieuse pour lui. Pas à titre d'amante provisoire, ni d'ornement social utile, non. En tant que véritable amie. Une personne en qui il pouvait avoir confiance.

— J'ai promis de rendre visite à l'école du village demain matin, dit-elle. Si vous êtes libre l'après-midi, peut-être voudriez-vous de nouveau faire une promenade avec moi ?

Il hocha la tête en souriant.

— Espérons qu'elle sera moins mouvementée que l'excursion d'aujourd'hui.

— Êtes-vous certaine de vous rappeler où vous allez ? Nous devons être presque à mi-chemin de Hollyfield, maintenant.

Tess s'interdit de sourire devant les grommellements impatients de Justin.

— Mais oui. C'est juste derrière cette éminence. Et techniquement, nous sommes pile à la lisière entre nos terres et la propriété du père de Daisy. La rivière sert de démarcation.

Elle continua à avancer, l'entraînant à travers les arbres, ses jupes tournoyant autour de ses jambes. C'était la journée idéale pour ce qu'elle avait prévu : il faisait magnifiquement chaud et il n'y avait pas un nuage dans le ciel. Justin avait conduit le cabriolet en suivant ses instructions, et ils avaient abandonné le véhicule et son attelage un peu plus loin pour poursuivre à pied.

— Ah, nous y sommes ! s'exclama-t-elle en s'arrêtant et en pointant triomphalement un endroit devant elle.

— Un bassin.

La voix de Justin ne trahissant rien, elle se tourna vers lui, radieuse, espérant de tout son cœur qu'il partagerait son plaisir.

— Je suis sûre que vous avez vu des endroits bien plus charmants pour se baigner durant vos voyages, mais c'est l'un des lieux que je préfère, expliqua-t-elle. Vous n'imaginez pas le nombre d'après-midi où Daisy, Ellie et moi y sommes venues nous amuser quand nous étions plus jeunes. C'est ici que j'ai appris à nager.

Elle avait toujours considéré le vallon comme un endroit magique, une clairière féerique encerclée de fougères, abritée du reste du monde par les rives en pente du ruisseau. Un coude naturel de la rivière et quelques gros rochers avaient créé une piscine parfaite. Assez profonde pour qu'on y plonge, et assez large pour y nager.

Elle montra une corde accrochée à une branche d'arbre au-dessus de l'eau.

— Ce n'est pas la corde d'origine, bien sûr. Elle a été remplacée plusieurs fois au fil des années. Nous nous balancions le plus loin possible avant de lâcher.

Il esquissa un sourire en coin.

— Et moi qui croyais que les jeunes filles de bonne famille passaient leurs journées à faire du point de croix et à arranger des bouquets de fleurs ! Vous étiez de vrais petits diables, en réalité.

Elle éclata de rire.

— Oh, oui ! Cela dit je dois avouer que cela ne me déplaisait pas de broder aussi. On s'amuse à vilipender la broderie à tort. Pour ma part, je trouve cela très apaisant.

Elle sourit en pensant au modèle qu'elle avait offert à Daisy au Noël dernier. Elle avait brodé : *La vie est souvent une saucisse mal farcie*. Daisy l'avait accroché au mur de son bureau chez King & Co., et la plupart des visiteurs supposaient qu'il s'agissait d'un message au sens profond et non d'un clin d'œil humoristique à de décevantes parties génitales masculines.

— Comptez-vous vous baigner ? demanda Thornton, interrompant ses rêveries.

— Grands dieux, non ! L'eau est glaciale, même en plein été. Elle arrive tout droit des montagnes. Mais elle est merveilleusement limpide.

Elle étendit la couverture qu'elle avait calée sous son bras.

— Je me suis dit que nous pourrions pique-niquer.

Elle tapota la place à côté d'elle, et il posa le panier qu'elle lui avait fait porter depuis qu'ils avaient laissé le cabriolet. Elle déballa son contenu et s'amusa de constater que Mme Ward n'avait pas renoncé à choisir des mets propres à créer une atmosphère romantique. Une bouteille de champagne, des fraises et une miche de pain s'ajoutaient à un pot de miel, un bon morceau de fromage local et deux parts de tourte à la viande enveloppées d'un torchon.

— Combien de personnes lui avez-vous dit avoir invitées ? s'esclaffa Justin. Vous pourriez nourrir la moitié de l'armée de Wellington avec ça. J'ai traversé l'Atlantique avec moins de provisions.

Tess rit et lui tendit deux verres. Il déboucha le champagne et elle en but une petite gorgée, plissant le nez lorsque les bulles lui chatouillèrent la gorge.

Ils se restaurèrent en bavardant de divers sujets, et elle en était à sa deuxième fraise quand elle sentit que Justin l'observait. Elle tourna la tête, et son cœur tressauta lorsqu'il lui adressa ce sourire coquin qu'elle reconnaissait, maintenant, et qui annonçait les plus délicieux ennuis.

Il lui enleva la fraise des doigts.

— Permettez-moi.

Il prit une bouchée du fruit avant de le lui offrir, et ses pupilles se dilatèrent au moment où elle entrouvrit les lèvres pour mordre dedans.

— Votre bouche est une invitation au péché, dit-il en se penchant pour recueillir le jus de fraise sur ses lèvres. J'en ai rêvé. De grâce, dites-moi que votre collection de gravures coquines inclut la représentation d'une femme donnant du plaisir à un homme avec sa bouche.

Le cœur de Tess se mit à battre, et elle se garda bien de trahir son ignorance. Elle avait précisément aperçu ce genre de caresse dans la collection de Case, et cela avait considérablement piqué sa curiosité.

Daisy avait affirmé que ce qui était agréable pour Tess le serait également pour son partenaire, et étant donné le plaisir qu'elle avait pris aux baisers de Justin à cet endroit-là, si intime, il semblait logique qu'il puisse désirer la même satisfaction.

Elle s'enhardit à le pousser doucement ; il se laissa tomber sur le dos sans opposer la moindre résistance. Elle se pencha au-dessus de lui sans cesser de l'embrasser, et il grogna quand elle s'allongea sur lui, plaquant sa poitrine contre la sienne.

Il avait le goût du champagne.

Enchantée qu'il la laisse prendre l'initiative, elle l'embrassa, de la joue au menton, laissant filer ses mains sur les renflements de son torse et de son ventre, jusqu'à ce qu'elle atteigne son pantalon. Elle encercla son sexe à travers l'étoffe, excitée de le sentir si dur, si prêt pour elle.

Il poussa un soupir laborieux, presque un rire.

— Ô ma duchesse, vilaine et parfaite...

Les doigts tremblants, elle déboutonna son pantalon et il relâcha son souffle alors qu'elle s'empara de sa peau nue.

— Mon Dieu, oui !

Elle réprima un sourire. Elle l'avait tenu dans sa main de cette façon chez Careby, dans les ténèbres, mais à présent elle pouvait l'explorer tranquillement en plein jour. Il enfouit les doigts dans ses cheveux et elle glissa le long de son corps jusqu'à positionner sa tête entre ses cuisses.

Lorsqu'elle l'embrassa, il relâcha brutalement une expiration sifflante et ondula des hanches. D'abord hésitante, elle lui offrit des baisers plus appuyés sur sa chair chaude, adorant le contraste entre la peau si douce et le muscle si dur. Elle donna un petit coup de langue timide sur l'extrémité.

— Bon Dieu ! Que c'est bon !

Le sang battait dans les tempes de Tess et tout son corps était chaud, comme si le plaisir de Thornton se transférait à elle. Une sensation de puissance victorieuse lui monta à la tête. Il adorait ce qu'elle lui faisait !

Encouragée par sa réaction, elle ouvrit les lèvres et le prit dans sa bouche tandis qu'il empoignait ses cheveux en étouffant un gémissement de plaisir. Elle baissa les paupières en se rappelant comment il l'avait taquinée avec le sirop d'érable, et elle fit tourner sa langue.

Elle releva la tête pour demander :

— Dites mon nom.

Son grognement de frustration résonna à travers les arbres.

— Aguicheuse !

Elle lui sourit, coquine et libertine.

— L'avez-vous oublié ?

Elle le lécha de nouveau, adorant son goût salé, et il s'offrit avec force à sa main.

— Je vous donne un indice : ce n'est pas Scarlet.

Vif comme l'éclair, il les fit rouler tous les deux sur l'herbe et elle poussa un petit cri de surprise devant cette embuscade. Impossible de s'échapper. Déjà, il passait les mains sous ses jupes et elle se tortillait... mais uniquement pour mieux l'aider, aussi impatiente qu'il l'était.

Il ne retira pas sa culotte. Il trouva simplement la fente dans le tissu et se glissa en elle d'un mouvement souple et rapide qui leur coupa le souffle à tous les deux.

Pendant quelques secondes, il resta immobile, savourant l'instant, puis il lui prit la cuisse pour lui faire remonter la jambe autour de ses hanches. La perfection de leur union, la façon dont son corps épousait le sien, chaque courbe, chaque renflement, lui fit se mordre la lèvre, émerveillée.

Il se hissa sur les avant-bras, toujours profondément enfoui en elle, et passa un pouce sur ses lèvres. Ses yeux gris se rivèrent aux siens.

— Tess.

Elle fut inondée de bonheur. Entendre son nom sur ses lèvres lui fit l'effet d'une légitimation, la consécration d'un désir profond. Comme s'il la voyait, la voyait *vraiment*, pour la première fois.

Elle l'attira pour l'embrasser alors même qu'il pressait ses hanches contre elle et envoyait un tressaillement de plaisir à travers tout son corps.

Il n'essaya pas de faire durer leur étreinte. Il la chevaucha vivement, presque brutalement, et elle adora voir qu'elle entamait sa maîtrise de lui. Elle enroula les jambes autour de lui et enfonça les talons dans l'arrière de ses cuisses.

Son orgasme prit possession d'elle dans une précipitation effrénée, et juste avant qu'il atteigne sa propre jouissance, il se retira. Elle lui adressa un regard confus et interrogateur, craignant de lui avoir déplu sans le savoir, mais il guida simplement la main de Tess entre ses jambes.

— Je ne veux pas vous salir, pas ici, dit-il dans un souffle.

Sa prévenance la prit de court. Elle avait été si absorbée par la recherche de leur plaisir qu'elle n'avait pas pensé à la suite.

Soulagée qu'il ne se soit pas interrompu parce qu'il ne voulait plus d'elle, elle entreprit de le satisfaire. Elle adorait voir son grand corps se cambrer et tressaillir sous ses caresses. Elle continuait à s'émerveiller qu'une telle force de la nature puisse être maîtrisée par une pression si douce ; un taureau guidé par un anneau dans les narines.

Lorsqu'il jouit, il cria son nom dans un grognement, et elle sourit avec ravissement. S'il se le rappelait alors qu'il était en plein dans les tourbillons de la passion, c'était un excellent progrès.

Il utilisa l'une des serviettes en coton pour se nettoyer puis, au lieu de rajuster ses vêtements, il retira sa chemise en la passant par-dessus sa tête et se débarrassa de ses bottes et de ses bas.

— Je vais piquer une tête.

— Vous ne retirez pas votre pantalon ?

— Non. Les effets de rétractation exercés par l'eau froide sont bien connus. Je refuse de vous procurer autre chose que d'excellents souvenirs de mon sexe.

Elle éclata de rire, mais l'implication douce-amère de ses paroles lui serra le cœur. Il les imaginait encore partir chacun de leur côté.

Il lui adressa un regard interrogateur, les sourcils haussés.

— Vous me rejoignez ? la défia-t-il.

Elle rit encore, refusant de céder à la tristesse.

— Pour rien au monde. Mais je vous en prie, je vais vous surveiller. Vous aurez peut-être besoin d'être secouru.

29

Tess regarda Justin éprouver la résistance de la corde avec une méfiance évidente. Jugeant apparemment qu'elle supporterait son poids, il poussa un grand cri et s'élança au-dessus de l'eau. Il se lâcha au moment parfait et tomba dans le bassin dans une gerbe d'eau si haute qu'elle éclaboussa jusqu'à la berge.

Il refit surface en poussant un nouveau cri, et cette fois Tess ne cacha pas son hilarité devant son expression indignée.

— Bon Dieu, c'est aussi glacé que les rivières du Canada !

— Je vous avais prévenu ! Daisy disait toujours que c'était plus froid qu'une boucle de ceinture à la Foire Hivernale… quoi que cela puisse signifier. En tout cas, c'est revigorant, assurément.

Il traversa le bassin en crawlant et elle observa avec bonheur ses bras musclés et ses épaules athlétiques fendre l'eau. Lorsqu'il atteignit la rive opposée, il avait pied et lui offrit la vue délicieuse de son large dos, sa taille fine et ses hanches. Son pantalon le moulait comme une seconde peau, et elle l'applaudit avec enthousiasme.

— Bravo !

Il se retourna en repoussant ses cheveux mouillés de son visage. C'était réellement l'homme le plus beau qu'elle avait jamais vu.

— Vous êtes certaine de ne pas vouloir me rejoindre ?

— Absolument. Je préfère admirer la vue.

Il nagea jusqu'à un tronc d'arbre à moitié immergé qui dépassait dans l'eau et grimpa dessus avec une agilité étonnante pour sa taille. Il tendit les bras sur les côtés.

— Au Canada, c'est ainsi qu'on transporte le bois, expliqua-t-il. On coupe les arbres et on les fait flotter sur les rivières jusqu'à ce qu'ils atteignent les scieries. Ceux qui dirigent les troncs sont appelés « draveurs », et ils se mettent en équilibre de cette manière en sautant d'un tronc à l'autre pour s'assurer que ceux-ci ne restent pas coincés.

— Cela a l'air incroyablement dangereux.

— Vous avez raison. C'est pourquoi je n'en ai pas fait ma vocation. Le transport maritime garantit de bien meilleures chances de survie.

Un rayon de soleil oblique traversa les branches et éclaira les gouttelettes sur ses hautes pommettes. Il scintillait, tel un prince tout droit sorti d'un conte de fées.

Il lui sourit, d'un sourire sincère et joyeux, et le cœur de Tess fit un petit bond. Elle lui rendit son sourire. Son bonheur était contagieux.

— Vous devriez sourire davantage. Vous êtes très beau quand vous souriez.

Elle avait parlé doucement, mais il l'entendit. Il haussa les sourcils et esquissa une moue sarcastique.

— Je croyais que les demoiselles aimaient les héros ténébreux et renfrognés ?

Elle haussa les épaules.

— Un beau ténébreux taciturne, c'est très bien sur le principe. Au quotidien, je pense que cela doit devenir lassant. Aucune femme n'a envie qu'on lui fasse la tête toute la journée. Nous voulons un homme qui peut trouver de l'humour dans les situations les plus sombres. Qui peut nous faire rire et pas nous faire pleurer.

— C'est noté.

Il sauta du tronc, provoquant une gerbe d'eau, et pataugea dans le bassin jusqu'à ce qu'il n'ait plus pied et doive nager. Il était en plein milieu lorsqu'un aboiement frénétique et un bruit de course retentirent dans le sous-bois, derrière lui. Il se retourna juste à temps pour voir un gros écureuil bondir des fougères et s'élancer dans l'un des arbres aux branches pendantes, où il grimpa et disparut.

Oliver jaillit des broussailles, petit boulet de canon poilu, lancé à sa poursuite. Malheureusement, il n'avait pas prévu l'étendue d'eau.

Entraîné par son élan, il fut précipité vers le bord du bassin. Il dérapa sur ses quatre pattes en essayant vainement de s'arrêter, avant de tomber à l'eau.

Tess poussa un cri, mais la tête du chiot remonta un instant plus tard, et elle aurait pu jurer que sa petite frimousse exprimait l'exacte expression d'indignation et de choc qu'avait eu Thornton un peu plus tôt.

Il poussa un glapissement perçant, puis il remua les pattes, apparemment stupéfait de se découvrir capable de nager.

Il se dirigea vers la rive opposée en s'agitant frénétiquement, mais Justin l'attrapa par la peau du cou et le prit dans ses bras, au mépris des griffes pointues qui écorchaient sa poitrine nue.

Comprenant qu'il était sauvé, le chiot se calma, et ils arrivèrent à la hauteur de Tess au moment où elle ramassait la couverture de pique-nique.

— Pauvre petite chose ! s'exclama-t-elle en riant à moitié. Ce vilain écureuil t'a joué un sale tour, n'est-ce pas ?

Elle prit le petit chien remuant des bras de Justin et le serra dans la couverture pour le frictionner du mieux qu'elle le pouvait.

Oliver poussa un long cri pitoyable. Son pelage était tout aplati, on aurait dit un rat noyé. Elle serra contre sa poitrine le petit corps secoué de frissons.

Justin s'essuya le torse avec sa chemise avant de l'enfiler, puis il remit sa veste et son pardessus.

— Donnez-le-moi, je vais le réchauffer.

Il prit le chiot qui faisait peine à voir et le mit à l'intérieur de sa chemise, à même sa peau, avant d'envelopper sa veste autour d'eux. En voyant dépasser la petite tête misérable de l'animal, Tess se sentit fondre.

Elle se détourna vivement et s'affaira à remballer les restes du pique-nique dans le panier pendant que Justin câlinait Oliver.

Il lui murmura des paroles à l'oreille, comme un amant à sa maîtresse, tandis qu'ils revenaient en hâte vers le cabriolet, et elle essaya de rester insensible à la dangereuse tendresse qu'elle ressentait dans la région du cœur.

Elle prit les rênes tandis que Justin s'asseyait sur la banquette, le petit chien tout contre sa gorge.

— M. Collins habite là derrière, dit-elle en montrant le chemin. Oliver a dû s'échapper du jardin. Ramenons-le chez lui.

Lorsqu'ils s'approchèrent du bout du chemin, ils entendirent Collins et sa femme Anne appeler le chiot. Collins secoua la tête avec consternation en voyant la petite créature blottie dans les vêtements de Justin, mais ce dernier écarta d'un éclat de rire ses excuses confuses et sa proposition d'une chemise sèche.

— C'est inutile, monsieur Collins. Oliver a simplement décidé de me tenir compagnie pendant que je me baignais.

Il tendit le petit chien trempé à Mme Collins qui rougit à la vue de sa chemise mouillée et de son torse nu. Tess dissimula un sourire. Même une mère de six enfants n'était pas insensible à son charme.

— Vous feriez mieux de rentrer, Votre Grâce, le gronda-t-elle gentiment comme s'il était l'un de ses fils. Vous allez attraper la mort. Prenez un bain bien chaud et demandez à Mme Ward un bon remontant brûlant additionné de brandy et de citron.

Justin hocha la tête consciencieusement et Tess le fit remonter dans le cabriolet.

L'après-midi tirait à sa fin et le froid commençait à se faire sentir. Justin devait être gelé, aussi lança-t-elle le cheval au trot.

Ils n'étaient pas très loin de Wansford Hall lorsqu'ils roulèrent dans une ornière et qu'un craquement menaçant retentit du côté de la roue droite. Avant que Tess puisse ne serait-ce que crier, toute la roue céda dans une secousse terrible, et le siège bascula sur le côté, à un angle alarmant.

Le cheval hennit. Tess tira sur les rênes tout en commençant à glisser de la banquette sur le côté.

— Tess !

Justin empoigna ses jupes et l'empêcha *in extremis* de tomber du cabriolet qui oscillait dangereusement. Il attrapa les rênes de l'autre main, ajoutant sa force à la sienne, et ils parvinrent tous les deux à immobiliser le véhicule.

Justin bondit à terre et alla calmer leur monture pendant que Tess descendait et se pliait en deux, haletante et tremblant de tous ses membres.

Dieu tout-puissant, ils l'avaient échappé belle. Ils auraient pu l'un ou l'autre tomber et se casser la jambe. Ou être écrasés par le véhicule.

Justin détacha le cheval et lui caressa l'encolure. Il l'attacha à un arbre et retourna inspecter la roue.

— C'était moins une, dit-il, la mine sombre. Que s'est-il passé ?

Tess contempla le bois fendu.

— Je n'ai jamais vu trois rayons craquer en même temps. Jones, le charron, a dû utiliser une pièce de bois défectueuse.

Il passa la main sur la roue, et son expression s'assombrit.

— Nous avons eu une chance incroyable, dit-il avec colère. Ce n'était même pas une ornière très profonde. Si nous avions roulé plus vite, ou si le cheval s'était cabré, vous auriez pu être renversée et mourir.

Cette pensée donna un haut-le-cœur à Tess.

— Ou vous, murmura-t-elle.

Le véhicule étant inutilisable, ils le laissèrent là où il était et ramenèrent le cheval vers la maison. Tess avait les pieds endoloris au moment où ils parvinrent enfin à l'écurie, et elle était certaine que Justin ne se sentait pas mieux. Son pantalon étant encore mouillé, il devait être frigorifié.

Il tendit le cheval au palefrenier en chef et lui expliqua ce qui s'était passé avant d'envoyer deux garçons d'écurie rechercher le cabriolet. Puis il accompagna Tess à l'intérieur.

Elle toucha son bras.

— Il faut absolument vous réchauffer. Je vais vous faire préparer un bain chaud tout de suite.

Il hocha la tête, visiblement distrait, et elle essaya de ne pas s'offusquer lorsqu'il la remercia brièvement avant de s'éloigner.

30

Justin fulminait en silence en attendant que Simms s'occupe de lui dans ses appartements. Son sang battait dans ses veines et il avait les nerfs en pelote tandis qu'il se rejouait l'accident de voiture.

Bon Dieu ! C'était un miracle que ni Tess ni lui n'aient été grièvement blessés, voire tués. Tess avait paru sincèrement surprise par ce qu'elle avait pris pour un accident malheureux, mais il n'était pas d'une nature aussi candide. La probabilité que trois rayons craquent naturellement était extraordinairement faible. La probabilité qu'on les ait endommagés volontairement l'était beaucoup moins.

Il retira ses vêtements mouillés et les jeta sur le lit. S'il ne se trompait pas, et que quelqu'un avait voulu provoquer un accident, qui était la cible ? Tess ou lui ?

Il semblait peu vraisemblable qu'on ait visé Tess. Il avait vu le respect et l'affection qu'elle inspirait. Tout le monde, du jeune mitron au prince régent, était amoureux d'elle.

De son côté, en revanche... Mais était-ce à cause de ses affaires, ou en raison de son rang de nouveau duc ?

Simms frappa à la porte et il interrompit ses allées et venues.

— Vous m'avez fait demander, Votre Grâce ?

— Oui. Je voulais savoir si vous aviez pu découvrir qui nous avait tiré dessus dans les bois hier après-midi ?

— Hélas non, Monsieur. Collins, le garde-chasse, était certes dans le voisinage, mais on l'a vu montrer la truffe que vous avez découverte aux propriétaires de la taverne du village à peine dix minutes après le moment où vous avez entendu les coups de feu. Il n'était pas hors d'haleine, et ne venait donc pas de traverser la forêt au pas de course.

Justin hocha la tête. Il n'avait jamais vraiment imaginé que l'aimable vieil homme pouvait être le coupable. En outre, ses chiens auraient fait du bruit en entendant un coup de feu, s'ils avaient été à proximité.

— Redites-moi comment sont morts les précédents héritiers du duché ?

Si Simms s'étonna du sujet de conversation, ou de la nudité de Justin, il n'en montra rien.

— Le frère du huitième duc s'est noyé dans un canal à Venise. L'héritier suivant est tombé de son cheval en voulant sauter par-dessus une barrière alors qu'il était ivre. Un autre est mort après avoir eu la mauvaise idée de vouloir s'habiller sans valet de chambre. Il a mis les deux pieds dans la même jambe de pantalon, a perdu l'équilibre, et sa tête a heurté mortellement un chenet en fer forgé.

Simms leva les yeux au ciel à l'idée d'une folie aussi flagrante.

— Poursuivez.

— Votre grand-père a fait un arrêt cardiaque dans le lit de sa maîtresse à Paris, votre oncle George a été tué en duel, et votre père, que son âme repose en paix, est décédé d'une fièvre durant sa dernière expédition.

— Se pourrait-il que certaines de ces disparitions aient été… intentionnelles ?

Simms marqua un temps d'arrêt, surpris.

— Vous voulez dire qu'on les aurait fait passer pour des accidents ?

— Exactement.

Le valet pinça les lèvres.

— Ma foi... oui. Peut-être plusieurs, je suppose. Pas toutes. La noyade à Venise aurait fort bien pu être un meurtre, mais pour l'homme ivre tombé de cheval, l'orchestration aurait été plus compliquée, bien que pas irréalisable. La blessure à la tête a pu être infligée par n'importe quel objet contondant. Après tout, il n'y a eu aucun témoin de la chute, on l'a retrouvé à terre, les deux pieds emmêlés dans son pantalon.

Il réfléchit un instant avant de poursuivre :

— Votre oncle a fort bien pu être incité à accuser quelqu'un de tricher aux cartes, mais je ne me rappelle pas les circonstances exactes qui ont donné lieu au duel. Il avait le sang chaud. Je ne pense pas que les autres morts, cependant, aient pu être planifiées. En tout cas, pas celle de votre père. Nous étions vous et moi à son chevet lorsque le médecin a annoncé qu'il n'y avait plus rien à faire.

Justin soupira à ce malheureux souvenir.

— C'est exact. Et la moitié de l'équipage est mort de la même fièvre. Rien de suspect, en l'occurrence.

— En effet. Puis-je savoir pourquoi vous vous intéressez soudain à vos prédécesseurs, Monsieur ?

— Parce que je commence à me dire que quelqu'un essaie de me tuer. Ou peut-être de tuer Tess. Ce qui est moins probable.

— Qu'est-ce qui vous fait dire cela ?

— Vous rappelez-vous, il y a quelques semaines, à Londres ? J'ai failli être renversé par ce chariot rempli de tonneaux de bière à Charing Cross. À l'époque, j'ai pensé à un accident, mais à présent je m'interroge. Tout de même, ma femme et moi avons été la cible de coups de feu dans les bois hier, et nous avons tous deux échappé de peu à un destin tragique dans un véhicule étrangement défectueux aujourd'hui. Cela finit par faire un peu trop de coïncidences à mon goût.

Simms hocha la tête, et Justin se passa une main sur le visage, en proie à un soupçon importun qu'il ne pouvait nier : tous ces coups du sort avaient débuté au moment où il avait rencontré Tess.

Se pouvait-il que son épouse ravissante et brillante ne soit pas aussi naïve – ni aussi innocente – qu'elle en avait l'air ?

D'après son expérience, tout ce qui semblait trop beau pour être vrai *était* généralement... trop beau pour être vrai. Il y avait toujours une embrouille, une raison de se méfier. Il l'avait constaté mille fois en affaires. Des épices à un prix si bas qu'elles avaient forcément été altérées par des ingrédients de moins bonne qualité. Un navire dont les planches fraîchement repeintes tentaient de dissimuler une myriade de défauts structurels.

Ces affaires-là pouvaient berner les gens cupides ou naïfs, or la vie lui avait donné une saine méfiance de tout ce qui brillait.

Tess était-elle trop belle pour être vraie ? Se laissait-il aveugler par la luxure ? Était-il coupable d'ignorer précisément la logique dont il se targuait tant ? Lorsqu'il envisageait les faits sans émotion, ils paraissaient dépeindre un tableau fort incriminant.

Tess lui avait certainement menti. Il n'avait pas vraiment cru que cette gravure érotique était l'unique raison pour laquelle elle s'était rendue chez Case. Et elle était parfaitement capable d'user d'un subterfuge. N'avait-elle pas joyeusement batifolé avec lui incognito chez Careby ? Combien d'autres fois en avait-elle fait autant ?

Il retint un juron, mécontent de sa déloyauté et de son manque de confiance, mais incapable de s'en empêcher.

Tess aurait pu être grièvement blessée cet après-midi. Elle aurait pu être violemment jetée à terre, écrasée par le véhicule, piétinée par le cheval...

La pensée qu'il puisse lui arriver malheur lui donnait la nausée, alors même qu'une petite voix cynique dans sa tête lui soufflait que tout cela était peut-être un risque calculé pour s'innocenter et détourner les soupçons.

Bon sang de bois !

Toujours tout nu, il se remit à faire les cent pas. Il avait besoin de réfléchir avec lucidité. D'écarter toute émotion.

Qu'avait à gagner Tess à se débarrasser de lui ? Elle conserverait son titre qu'il soit mort ou vivant, cela ne pouvait donc pas être cette raison. Elle pourrait obtenir une rente de veuvage s'il mourait, comme ils en étaient convenus par écrit, mais elle perdrait celle qu'il lui avait promise de son vivant. Financièrement, ce serait moins rentable pour elle. Ce mobile était donc à éliminer.

Pouvait-il y avoir une raison émotionnelle, alors ? Lui avait-elle menti ? Avait-elle un amant ? Si ce n'était pas Case, quelqu'un d'autre ? Regrettait-elle leur marché. Les étreintes d'un autre ?

Il avait aperçu une lettre adressée à un certain Charles King, la veille, lorsqu'il avait ajouté sa correspondance à la pile destinée à être emportée. Sur le moment, il avait pensé à un courrier professionnel. Or il s'interrogeait, à présent.

Devant cette trahison, son cœur se serra avec ce qui ne pouvait être que de la colère, et non de la jalousie. Pour qu'il soit jaloux, il aurait fallu qu'il existe d'autres émotions plus compliquées, le genre d'émotions qu'il ne voulait pas éprouver dans sa relation avec Tess. Il avait instauré cette règle des trois mois précisément pour éviter ce genre de situation douloureuse.

Se rendant compte tardivement que Simms le regardait tourner tel un lion en cage, il se ressaisit. Peu désireux de formuler ses soupçons vis-à-vis de Tess, même à son employé le plus fidèle, il se contenta de froncer les sourcils.

— J'aimerais que vous meniez une enquête, Simms. Allez trouver le cocher et tâchez de savoir s'il y a une preuve que la roue du cabriolet ait été trafiquée. Voyez si vous pouvez découvrir des circonstances suspectes concernant les décès des héritiers précédents. Et renseignez-vous sur un certain Charles King, de Lincoln's Inn Fields.

Simms, la discrétion même, se contenta de s'incliner.

— Bien sûr, Votre Grâce.

À cet instant, l'eau chaude pour le bain de Justin arriva et il congédia son valet avant de s'enfoncer dans la baignoire fumante en poussant un soupir.

Il le savait bien qu'hériter d'un duché n'allait lui apporter que des ennuis !

Tandis que la chaleur de l'eau lui réchauffait les os, il se dit qu'il prenait tout cela trop à cœur. Il ferma les yeux, et le ravissant visage de Tess s'imposa à son esprit. Elle avait semblé si passionnée, si aimante, cet après-midi... Et sa tendresse dans ses bras, l'ardeur de ses baisers, tout cela ne pouvait pas être une comédie, tout de même ? Il était ridicule de croire qu'elle était capable de comploter contre lui. Il n'était qu'un imbécile blasé et cynique.

Si un autre amant lui manquait, eh bien, il n'aurait qu'à lui faire oublier que cet homme avait existé. Il lui ferait l'amour si passionnément qu'elle ne voudrait plus jamais le laisser partir.

Naturellement, le revers de cette médaille était qu'il risquait lui-même de ne pas vouloir la laisser partir. Il écarta bien vite cette éventualité grotesque. Elle était peut-être la femme la plus fascinante et la plus séduisante qu'il ait jamais rencontrée, toutefois il ne risquait pas de tomber amoureux d'elle. L'organe qui avait battu si violemment dans sa poitrine quand elle avait couru un danger n'était pas son cœur. Il n'avait pas de cœur à perdre.

31

Tess congédia Hannah et regarda son bain avec un soupir de plaisir. La coûteuse baignoire en cuivre avait été un achat luxueux qu'elle n'avait jamais regretté, et l'eau, lorsqu'elle la testa avec sa main, était à la température idéale : un degré de plus, elle aurait été trop chaude.

La vapeur forma des gouttelettes à la base de ses cheveux quand elle se pencha pour verser quelques gouttes d'huile parfumée à la rose, impatiente de faire disparaître les douleurs physiques et mentales de l'incident qui aurait pu tourner au drame.

Le cliquetis de la porte de communication la fit sursauter, et son cœur tressauta à la vue de Justin sur le seuil. Il s'était déjà baigné. Ses cheveux étaient humides, et il avait enfilé une chemise blanche propre et un pantalon sec. Il ne portait pas de bas, et tandis qu'il s'approchait d'elle elle découvrit, fascinée, qu'il était pieds nus.

Elle s'éclaircit la voix.

— Je m'apprêtais à prendre un bain.

— C'est ce que je vois.

Il s'arrêta devant elle et elle retint son souffle quand il dénoua la ceinture de son peignoir, délibérément lentement. Elle était nue en-dessous, et un muscle de la mâchoire de Justin tressaillit quand il vit le tissu s'écarter.

Sans dire un mot, il le fit glisser de ses épaules et lui prit la main pour l'aider à monter dans la baignoire, comme si elle était une reine.

Vaguement confuse, car elle s'était attendue à ce qu'il l'embrasse, elle s'assit dans l'eau délicieusement chaude. Sa peau devint presque aussitôt toute rose, ajoutant à sa gêne d'être ainsi exposée. Jusqu'à présent, elle avait toujours pu s'abriter sous des vêtements ou des draps.

Elle s'enfonça jusqu'à ce que seuls ses genoux et sa tête dépassent de l'eau et coula un regard vers Justin en se demandant quelles étaient ses intentions.

Il avait visiblement un plan. En quelques mouvements rapides, il retroussa les manches de sa chemise jusqu'aux coudes, et elle ravala un gémissement. La vue de ses avant-bras noués par les muscles et semés d'une toison brune lui faisait un peu tourner la tête. Et lorsqu'elle pensait à ses mains merveilleuses...

Toujours silencieusement, il prit le pain de savon à la rose sur sa coiffeuse et s'agenouilla derrière elle, par terre.

Elle avait relevé à la va-vite ses cheveux sur sa tête, et elle frissonna d'excitation lorsque le souffle chaud de Justin taquina les mèches folles qui bouclaient sur sa nuque. Il enfonça le savon dans l'eau, qu'il agita pour la faire mousser, puis il fit lentement glisser la mousse sur ses épaules et le long de ses bras.

Elle ferma les yeux en savourant le glissement voluptueux de ses doigts. Le savon atténuait la friction, bien qu'elle sente encore les légères callosités de ses mains. À l'instant où elle pencha la tête en avant, il embrassa la courbe de son épaule et elle se cambra en lui ordonnant silencieusement de descendre plus bas, jusqu'à sa poitrine.

Au lieu de cela, la perverse créature s'écarta et, dans un état d'étourdissement, elle le regarda se lever et retourner vers sa coiffeuse. Il s'essuya les mains sur son pantalon et ouvrit le coffret renfermant ses bijoux.

Elle fronça les sourcils en le voyant choisir le collier qu'il lui avait offert. Il détacha le pendentif en diamants et le reposa dans l'écrin, puis il revint vers elle, les rangs de perles au creux de la main.

Elle se redressa légèrement dans la baignoire. Avait-il l'intention de lui mettre le collier ? *Dans le bain ?* Quelle décadence !

Elle courba de nouveau la tête, s'attendant à ce qu'il accroche le fermoir sur sa nuque, mais au lieu de cela, il y déposa un autre baiser.

— Lorsque j'ai commandé ce collier, j'avais envie, tellement envie, de le voir contre votre peau, dit-il d'une voix rendue rocailleuse par le désir.

Elle frissonna lorsqu'il drapa le lourd collier sur son épaule. Les perles fraîches se réchauffèrent presque instantanément sur son corps, et l'extrémité pendait, dangereusement proche de l'eau.

— Vous allez les mouiller ! le gronda-t-elle, le souffle un peu court.

Son rire de gorge produisit une étrange sensation dans le ventre de Tess.

— Elles ont passé la plus grande partie de leur existence sous l'eau. Je doute qu'une trempette dans votre bain les abîme.

— Ma foi, je n'avais pas songé à cela. Mais sûrement, le fil de soie…

— Je les ferai renfiler. Cent fois, si nécessaire.

Ce qu'elle s'apprêtait à répondre fut perdu dans un soupir tandis qu'il faisait rouler les perles sur ses seins. Ses tétons se dressèrent malgré la chaleur, et elle ravala le gémissement que lui arrachait l'incroyable sensation des minuscules billes lisses chatouillant sa peau.

Il jouait, s'amusait avec elle. Penché au-dessus d'elle par-derrière, il déposa une mousse de bulles sur son sein gauche avec le savon tout en massant doucement le droit avec les perles, décrivant des cercles paresseux qui faisaient fourmiller son corps tout entier.

Elle inclina la tête en arrière contre son épaule et il descendit davantage, enfonçant la main dans l'eau. Elle n'arrivait même plus à penser. Le monde s'était rétréci à cette pièce, cet homme, cet instant.

Les muscles de son ventre se tendirent lorsque les perles roulèrent encore plus bas, jusqu'à la toison bouclée à la jonction de ses cuisses.

Elle haletait maintenant, le corps embrasé.

— Aimez-vous cela, Tess ?

Sa voix rauque à son oreille ne fit qu'ajouter à son excitation. Elle déglutit, la bouche sèche.

— Oui.

— Dois-je continuer ?

— Oui.

La vue de son avant-bras qui se tendait vers son sexe la rendit faible. Le contraste entre sa peau hâlée et la sienne, si pâle, lui paraissait scandaleusement érotique. Elle essaya d'imprimer l'image dans son cerveau pour se la remémorer plus tard.

Sans égard pour les manches de sa chemise, il enfonça complètement le bras et elle poussa un petit gémissement, sous le choc, lorsqu'il appuya les perles directement entre ses jambes.

— Justin !

Elle saisit le bord de la baignoire pour s'y accrocher.

— Oh !

— Vous aimez ? demanda-t-il en remuant la main.

Les rangées de perles roulaient sur la partie la plus sensible de son anatomie, d'avant en arrière, combinaison stupéfiante des billes dures et de la suavité de leur glissement.

Elle tressaillit. Chacune des sensations se concentrait entre ses jambes, sous la forme d'une chaleur palpitante et douloureuse qui lui donnait presque l'impression d'être malade.

Et Justin n'arrêtait pas. Il la massait en décrivant des cercles, roulant et polissant les perles sur sa peau jusqu'à ce qu'elle se tortille contre sa main, les pieds collés sur l'extrémité de la baignoire. Elle était dévergondée, elle n'avait pas honte de son désir. Cet homme avait éveillé en elle la créature sensuelle.

Il savait exactement ce qu'elle voulait, le diable. Mais il continuait à l'exciter avec ses perles, et sa frustration grandissait au point qu'elle le détestait presque.

C'était lui le responsable de cette douleur. La moindre des choses serait qu'il y remédie !

Elle tendit une main en arrière et lui saisit les cheveux, son bras dégoulinant d'eau. Elle se cambra pour mieux s'offrir, essayant silencieusement de l'obliger à la soulager de son tourment.

Il relâcha un souffle saccadé comme si sa vue était d'une excitation insoutenable. Il appuya le collier à l'orée de son sexe, sans tout à fait le pousser à l'intérieur, puis il le laissa remonter, perle après perle... La caresse la rendit folle au point qu'elle cria :

— S'il vous plaît !

Alors seulement, il eut pitié d'elle. Il se pencha et glissa un doigt en elle. Elle se cambra dans sa main, soulevant les hanches pour trouver l'angle parfait.

— Est-ce cela que vous voulez, duchesse ?

— Par pitié ! dit-elle en haletant. Oui !

En récompense, il enfonça un deuxième doigt. L'étirement délicieux, les glissements, les pressions lentes... Sa tension grimpa encore.

Cela ne lui suffisait toujours pas. C'était lui qu'elle voulait en elle. Être entièrement remplie afin qu'elle ne sache plus où elle s'arrêtait et où il commençait.

Elle le repoussa et se leva brusquement, ruisselante des pieds à la tête. Il se leva aussi et elle jeta les bras autour de lui sans se soucier de ses vêtements ni du tapis absurdement luxueux. Elle écrasa les hanches contre les siennes, et il poussa un grognement sourd de surprise et de ravissement.

D'un mouvement souple, il la prit dans ses bras, la sortit de la baignoire, et elle enroula ses jambes autour de ses hanches. De ses mains, il soutenait ses fesses nues, dans un enchevêtrement de membres mouillés et de vêtements trempés.

Ce fut tout juste s'il ne la jeta pas sur le lit. Elle rebondit sur les draps frais qui absorbèrent l'eau de sa peau. Il passa sa chemise par-dessus sa tête avec une précipitation gratifiante, déchira les boutons de son pantalon et le jeta au loin d'un coup de pied. Puis il fut au-dessus d'elle, tout son corps appuyé sur le sien, peau contre peau, la réchauffant, ses jambes rugueuses glissant entre les siennes dans une friction délicieuse.

Il captura sa bouche et l'embrassa, presque brutalement, la dévorant comme un affamé. Elle se délecta de son désir, de son absence de retenue.

Sa passion était au diapason de la sienne. Il glissa une main entre ses jambes, simplement pour mieux guider son sexe jusqu'à elle. Elle était parfaitement prête, et il ne rencontra aucune résistance, en la pénétrant d'un seul coup de reins, tel un couteau dans du beurre. La perfection.

— Tess, dit-il dans un grondement issu du plus profond de sa poitrine.

Puis il enlaça ses doigts aux siens et releva leurs mains jointes au-dessus de sa tête. Il l'écrasa contre le lit et commença à s'activer. Jamais elle ne s'était sentie aussi bien aimée. Aussi bien étouffée. Aussi bien chérie. Aussi bien écrasée et cependant… aussi libre.

Elle lui mordilla l'épaule, le muscle qui allait vers son cou, et elle fut récompensée d'un nouveau coup de boutoir délicieux. Une punition faite de plaisir.

Elle décala ses hanches pour venir à sa rencontre et il resserra les doigts entre les siens.

— Continuez comme cela, l'implora-t-elle. Mon Dieu, je vous en supplie, exactement comme cela.

Elle bafouillait mais n'en avait cure. Elle n'aspirait qu'à atteindre le sommet.

— Ceci ?

Sa voix excitante était enrouée contre sa tempe.

— Oui !

Plus haut, plus près…

Elle y était presque.

Il l'embrassa, durement, enfonçant sa langue, et elle planta les ongles dans ses épaules en se cramponnant à lui comme si sa vie en dépendait, lui rendant son baiser les yeux fermés.

Les ténèbres grandirent, gonflèrent jusqu'à devenir une glorieuse vague dorée qui culmina et se fracassa dans une pluie d'étincelles crépitantes.

Les contractions de son sexe déclenchèrent l'orgasme de Justin. Elle le garda serré contre lui, savourant son relâchement, le tressaillement de son grand corps totalement abandonné.

32

Ils ne descendirent pas dîner. Sur la suggestion de Justin, ils mangèrent du fromage sur du pain grillé devant la petite table à abattant du salon adjacent à leurs deux chambres.

Il suffit à Hannah, qui les servit, d'un coup d'œil aux cheveux encore humides de Tess et à ses joues roses pour qu'elle se mette à fredonner un air joyeux. Elle fit un sourire de connivence à sa maîtresse pendant qu'elle déposait le plateau à thé et quittait la pièce à reculons.

Tess ravala un petit soupir. Sans doute les domestiques pariaient-ils déjà sur la probable date d'arrivée et le sexe du prochain Thornton.

Il n'était pas impossible qu'elle tombe enceinte. Justin et elle avaient fait l'amour plusieurs fois maintenant sans prendre aucune précaution, et elle se rendit compte que cela ne la dérangerait pas d'avoir un bébé si le destin décidait de lui distribuer cette carte-là.

Ce fut le repas le plus intime qu'elle ait jamais partagé, et aucune gêne ne vint le troubler. Justin semblait déterminé à l'entraîner à bavarder, et avant même qu'elle s'en rende compte, elle lui racontait tout à propos du domaine, des vicissitudes de la culture des truffes, et la taxe sur les chiens absolument scandaleuse qui avait été imposée vingt ans plus tôt par William Pitt sur tous les chiens dits « de chasse » – ce qui incluait ceux des chasseurs de truffes tels que Nell et Oliver – et qui s'élevait à cinq shillings par animal.

De son côté, il lui raconta ses aventures au Canada, ses entrepôts à Bristol, et ses projets d'investissement dans la nouvelle technologie de l'éclairage au gaz récemment introduite à Londres.

Tess se sentait tellement à l'aise avec lui qu'elle faillit lui parler de King & Co. Seule sa prudence naturelle l'en empêcha. Elle se sentait un peu coupable de ne pas lui révéler une activité qui comptait tant dans sa vie ; toutefois elle continuait à s'interroger sur sa réaction.

Appartenant lui-même à la classe des négociants, il pourrait comprendre son besoin de remplir ses journées avec une occupation plus satisfaisante que des visites de courtoisie ou des emplettes, mais en qualité de mari, il risquait de ne pas apprécier qu'elle s'expose à des situations potentiellement dangereuses.

Or elle ne voulait surtout pas qu'il lui interdise de continuer ses enquêtes. Elle refuserait catégoriquement. Le travail qu'elle accomplissait chez King & Co. était trop important pour qu'elle y renonce. Chaque affaire que ses amies et elle résolvaient ne représentait peut-être qu'une goutte d'eau dans le vaste océan des crimes commis envers les femmes, mais Tess était très fière du fait qu'elles changeaient et amélioraient la vie de leurs congénères.

En outre, elle s'était trop habituée à son indépendance pour la perdre maintenant. Elle garderait son secret jusqu'à ce qu'elle connaisse mieux Justin.

Pendant un bref moment, elle se demanda comment Daisy et Ellie géraient l'affaire de la princesse en son absence, puis elle se morigéna. Elle saurait bien assez tôt s'il y avait du nouveau. Les filles la taquineraient impitoyablement si elle s'intéressait au travail pendant sa lune de miel alors qu'elle avait sous la main un sujet bien plus réjouissant : son séduisant mari.

Elle aurait voulu que la soirée ne se termine jamais, mais lorsqu'elle bâilla pour la deuxième fois, Justin lui sourit, amusé, et se leva.

— L'excitation de la journée vous rattrape. Il est temps de se coucher.

Elle espérait qu'il l'inviterait à partager son lit, ou suggérerait qu'ils dorment dans le sien... Hélas il se dirigea vers sa chambre en disant :

— À demain matin.

Une lettre d'Ellie arriva le lendemain matin, rédigée dans son style cryptique habituel destiné à mystifier tout lecteur indiscret.

S. a fourni une lettre, dont Mme Roi a confirmé l'authenticité. Il désire rencontrer la Dame en Rouge aux jardins de Vauxhall ce samedi.

Tess poussa un soupir. Elle avait espéré passer un peu plus de temps à Wansford Hall avec Justin... Hélas, le devoir l'appelait.

La vie changerait fatalement dès lors qu'ils reviendraient à Londres. Il avait accepté de vivre dans l'hôtel particulier de Wansford House, du moins pendant un temps, afin de préserver la fiction d'un mariage d'amour. Lui consacrerait-il du temps, ou disparaîtrait-il dans son bureau pour ne lui rendre visite dans sa chambre à coucher que lorsqu'il aurait des besoins physiques à assouvir ?

Certes, elle prévoyait elle-même de se rendre à King & Co. presque tous les jours, mais la pensée qu'ils mèneraient des existences parallèles la déprimait étrangement.

Pourquoi ne pouvait-elle se résoudre à se contenter de ce qu'ils avaient ? Souhaiter davantage signifiait inéluctablement avoir le cœur brisé.

Et cependant, elle continuait à nourrir un espoir idiot.

Elle repliait la lettre lorsque Justin entra dans la salle à manger, aussi beau qu'à l'accoutumée.

— Je dois retourner à Londres, dit-elle sans préambule.

Il jeta un coup d'œil au papier qu'elle tenait à la main et fronça les sourcils.

— Rien de grave, j'espère ?

— Oh, non, rien qu'une petite affaire à régler.

— Puis-je vous apporter mon aide ?

Une bouffée de culpabilité la balaya devant sa gentille proposition. Elle détestait devoir lui dissimuler la véritable raison de son départ.

— Je vous remercie, mais non. Cela n'a rien à voir avec le duché, c'est simplement un rendez-vous que je dois honorer.

Il hocha la tête et elle poussa un petit soupir de soulagement en voyant qu'il n'insistait pas.

— Très bien. Je n'ai rien contre l'idée de retourner à mes affaires, pour ma part. Si vous ne voulez pas faire le trajet à cheval avec moi, je vais vous faire préparer la voiture. Nous pourrons partir après le déjeuner.

— Avez-vous fait transférer vos affaires à Wansford House ?

— J'ai renvoyé Simms à Londres hier soir afin qu'il s'en occupe.

Elle lui sourit.

— Dans ce cas, j'ai hâte de vous faire visiter.

Justin observa Tess discrètement. Avait-il tort de la croire ? Avait-elle réellement une affaire à régler en ville, ou la lettre qu'elle tenait à la main était-elle l'invitation d'un amant ?

Il aurait voulu qu'elle la laisse sur la table afin qu'il puisse s'abaisser à fouiner pitoyablement dans ses affaires, mais elle la rangea dans la poche de ses jupes.

Il était content qu'elle ait suggéré de quitter Wansford Hall. Il s'apprêtait lui-même à le proposer.

Les battements de son cœur s'accélérèrent tandis qu'il la regardait assise là, tellement belle que sa poitrine se contractait. Elle paraissait si ingénue, si heureuse…

Peut-être était-ce son imagination, mais il avait l'impression qu'elle était devenue encore plus adorable, depuis leur arrivée ici. Il y avait un je-ne-sais-quoi de différent en elle, un contentement qu'il n'aurait su exactement nommer. Elle était plus sensuelle, plus séduisante que jamais. Un poète aurait même pu dire qu'elle s'était épanouie.

Non qu'il souscrive à ces niaiseries fleur bleue.

Peut-être était-ce lui qui avait changé ? Était-il, comme tant d'autres avant lui, tombé dangereusement sous son charme ?

Non. Tess était une distraction. Il suffirait qu'il retourne à Londres et se jette à corps perdu dans le travail pour se débarrasser de ce terrible désir d'être avec elle en permanence. Pas seulement pour lui faire l'amour, mais pour d'autres occasions aussi. Pour la faire rire, écouter sa voix sensuelle. Elle était capable de rendre séduisante la description la plus prosaïque d'un fossé d'évacuation.

Il se passa les mains dans les cheveux. Pour la première fois de sa vie, la pensée de se remettre au travail ne l'attirait pas. Le besoin de faire ses preuves, de réussir, s'était émoussé. En réalité, la seule raison pour laquelle il avait encore envie de gagner de l'argent était pour le dépenser en comblant Tess. La vêtir des robes les plus magnifiques. La couvrir de bijoux.

Quelle mouche l'avait piqué ? Il possédait tout ce qu'il avait entrepris d'obtenir. Avec Tess à ses côtés en maîtresse de maison, il aurait dû avoir hâte de conquérir encore un autre cercle de la société, d'étoffer son carnet d'adresses, d'accroître ses bénéfices. Et cependant, tout cela lui semblait futile.

Peut-être que, d'ici à leur retour à Londres, Simms aurait découvert un détail qui soit la condamnerait soit l'innocenterait, à propos des « accidents ».

Se pouvait-il qu'elle soit sournoise au point de lui vouloir du mal alors qu'elle fondait dans ses bras si passionnément ? Il détestait se dire cela, mais l'expérience lui avait prouvé que les gens étaient tout à fait capables de le fixer tout en prévoyant de le dépouiller de tous ses biens.

Il pria le ciel pour que Tess n'en fasse pas partie.

33

— Daisy, Ellie, je crois que je me suis attiré des ennuis.

Tess se laissa tomber dans l'un des fauteuils chez King & Co. dans un froissement de jupes.

Daisy sourcilla.

— En tout cas, tu ne peux pas être déjà enceinte. Je suis certaine que ce n'est pas faute d'avoir essayé, seulement une semaine, c'est beaucoup trop tôt pour le dire.

Tess sourit malgré son inquiétude.

— Non. Ce n'est pas cela. J'en ai eu la preuve ce matin.

Ellie lui adressa une petite grimace compatissante.

— Eh bien, quel est le problème, alors ? demanda Daisy. Ne me dis pas que le duc ne t'a pas satisfaite, je n'en croirais rien. Tu rayonnes littéralement.

Tess porta les mains à ses joues. Elle s'était fait exactement la même réflexion en se regardant dans le miroir, ce matin-là.

— Oh, le duc a tenu ses promesses au-delà de toute espérance, répondit-elle en rougissant. Ce n'est pas cela le problème. Du moins, ce n'en est qu'une partie. La vérité, c'est que je crois que j'ai commis la grave erreur de tomber amoureuse de lui.

— Oh zut ! marmonna Daisy.

— Qu'a-t-il fait pour mériter cela ? voulut savoir Ellie. Il n'est tout de même pas devenu gentil ?

— A-t-il piqué ton idée de foyer pour la réhabilitation des petits chiens, des anciens combattants et des femmes déchues ? demanda Daisy.

— Pire. Il m'a écoutée pérorer sur les méthodes d'agriculture. Et la culture des truffes. Et les taxes.

Elle soupira.

— Il m'a fait goûter du sucre liquide. Une ambroisie des dieux qui s'appelle du sirop d'érable.

— Le porc ! s'indigna Daisy, qui ne plaisantait qu'à moitié.

— Et ce n'est pas tout.

Elle leur raconta l'incident avec Oliver, ainsi que les dangers auxquels ils avaient échappé avec le braconnier et la roue cassée du cabriolet.

Ellie secoua la tête.

— Tu dis qu'il a ramassé le petit chien mouillé, celui-là même qui avait uriné sur une paire de bottes luxueuses, qu'il l'a gardé contre sa poitrine sans se soucier d'abîmer sa chemise, puis qu'il a boutonné son manteau autour du chiot ?

On aurait dit qu'elle se livrait au contre-interrogatoire d'un témoin au tribunal, pour essayer de fournir au jury l'exacte vérité.

— Exactement.

Daisy se rembrunit.

— Quelle perversité ! Comment voulais-tu ne pas tomber amoureuse de lui ? Qui aurait pu lui résister ? « Chiot mouillé dans le manteau », cela vient tout en haut de la liste des choses qui nous font craquer !

— Il existe une liste ?

— Bien sûr. C'est une règle de droit non écrite. Il y a aussi le fait que la semaine précédant nos règles, nous devons prendre sur nous pour ne pas poignarder la terre entière avec un coupe-papier parce que les gens sont insupportables.

— Nous avons toutes nos semaines à envies de meurtre, concéda Tess. Mais continue. Quelles sont les autres choses auxquelles nous ne pouvons pas résister chez un homme ?

Daisy se leva et commença à arpenter la pièce.

— Puis-je présenter à l'accusation l'élément numéro un : sauvetage d'animaux en péril. En particulier les animaux adorablement petits et fragiles.

— Elle n'a pas tort, déclara Ellie. Un jour, j'ai vu un homme tout ce qu'il y a d'ordinaire sauver un hérisson tombé dans un tuyau d'évacuation, et j'ai failli lui sauter au cou.

— Élément numéro deux, poursuivit Daisy. Chemise mouillée. De préférence transparente. Plaquée contre le torse.

— C'est également vrai. À condition que le torse en question soit décemment musclé, précisa Ellie.

Daisy acquiesça de la tête, validant l'amendement.

— Élément numéro trois : sauvetage d'une femme d'un péril mortel non pas une fois, mais deux fois.

— Je ne suis pas certaine qu'on puisse qualifier une roue brisée de « péril mortel », objecta Tess.

— Soit. Disons alors « d'une situation relativement dangereuse », corrigea Daisy. Cela entre tout de même dans la catégorie « demoiselle en détresse ».

— Il ne m'a même pas serrée contre lui pour me réconforter, aucune des deux fois.

— Peu importe. Il en avait probablement envie. La retenue est très éloquente, en l'occurrence.

— Je crois qu'il est coupable d'au moins un autre élément de la liste, dit Tess.

— Est-ce qu'il t'a embrassée sous la pluie ? A-t-il menacé de tabasser un autre homme parce qu'il t'avait offensée ?

— Il m'a embrassée dans le bain, avoua Tess.

— C'est peu ou prou équivalent.

— Et avant cela, il avait retroussé ses manches pour me narguer en exhibant ses avant-bras.

— Alors là, c'est presque de la triche ! s'offusqua Ellie avec un froncement de sourcils réprobateur.

— On devrait ajouter à la liste les poignets, affirma Daisy. Et les avant-bras. Avez-vous remarqué que les hommes ont des os saillants aux poignets ? Rien que d'y penser, cela m'étourdit un peu.

— Sans parler des épaules, souffla Ellie. Ils ont de magnifiques épaules.

— Eleanor Law, tu rougis ! s'esclaffa Tess. À quelles épaules penses-tu donc ?

— Aucune en particulier, répondit Ellie en souriant. C'est plutôt une observation d'ordre général que je me fais depuis le jour où nous nous sommes rendues à cette rencontre de boxe à Holborn. Ces messieurs étaient des spécimens anatomiques extraordinaires.

— J'ai un dernier détail à ajouter, dit Tess. Il m'a traitée en égale intellectuellement, et non pas en femme écervelée. Il s'en est remis à la connaissance que j'ai de la gestion du domaine sans une seule fois essayer de me dire que j'avais tort, ou suggérer que je m'y prenne différemment pour quoi que ce soit.

— Rarissime..., marmonna Daisy.

— Et la façon dont il prononce mon nom...

Un soupir involontaire lui échappa.

— Comme si c'était son dernier souffle et que c'était la dernière chose qu'il voulait avoir sur les lèvres avant de quitter ce monde. Personne d'autre ne le dit de cette façon.

— Bon Dieu de bon Dieu ! s'exclama Daisy. Tu es bel et bien amoureuse de lui.

— Est-ce réciproque ? voulut savoir Ellie.

Tess secoua la tête.

— Non. Enfin, je ne crois pas.

Elle porta les mains à son front et se pressa les tempes.

— Mon Dieu que je suis sotte ! Il m'appelle « Tess » maintenant au lieu de « Scarlet », ce qui est une amélioration indéniable. Et je me plais à croire que nous pouvons être amis. Cependant il semble encore parfaitement capable de m'ignorer. Je l'ai à peine vu depuis que nous sommes revenus à Wansford House hier.

— Eh bien, tu nous avais dit qu'il avait prévu de te laisser tranquille pendant que tu étais indisposée, n'est-ce pas ? Peut-être est-ce un simple témoignage de considération.

— Peut-être. J'ai plutôt l'impression qu'il m'évite.

Ellie mordilla l'extrémité de son crayon.

— Il est probablement déjà à moitié amoureux de toi et refuse de l'admettre. Il se noie dans le travail pour éviter la tentation.

— J'aimerais avoir ton assurance, répondit Tess. Bon ! Assez parlé de moi. Quelles sont les dernières nouvelles de Stockdale ?

Daisy s'installa derrière le bureau.

— Il veut te rencontrer dans ta robe rouge à Vauxhall samedi. Tu dois l'attendre près de la tour où ils lancent les feux d'artifice, à l'extrémité est des jardins, à 22 heures.

— Encore un bon choix, grommela Ellie. C'est très loin de l'entrée et de la plupart des animations. Et c'est presque entièrement entouré d'arbres.

— Il a accepté d'apporter le reste des lettres écrites par la princesse. Il a changé d'avis quant au moyen de paiement.

Tess l'interrogea du regard.

— Avant, il réclamait cinq cents livres. Dans son dernier message il exige le paiement en bijoux.

— Pourquoi ?

Daisy haussa les épaules.

— C'est petit, facile à revendre, et presque impossible à tracer. Si on lui donnait un collier, par exemple, il pourrait dessertir les pierres et les revendre séparément.

Cinq cents livres en petites coupures, c'est encombrant et difficile à écouler. Et en théorie, on pourrait remonter sa piste grâce aux numéros de série des billets.

— La reine a accepté de nous prêter un collier, ajouta Ellie. Ce n'est pas du toc, ce sont de vraies pierres, au cas où il ferait la différence. Daisy et moi resterons cachées à proximité, et dès que tu récupéreras les lettres, nous sortirons des arbres et l'obligerons à se rendre sous la menace d'un pistolet.

— La reine ne va pas envoyer l'un de ses gardes pour nous aider à le capturer ?

— Non, répondit Ellie. Nous le lui avons déconseillé. Stockdale se méfiera sûrement. Il suffit qu'il aperçoive deux ou trois hommes un peu costauds rôder dans les fourrés pour tout annuler. S'il ne voit que Daisy et moi, il nous prendra probablement pour des prostituées qui attendent un client. Ou un amant.

Tess hocha la tête.

— Nous donnons-nous rendez-vous à Vauxhall ? Ou faisons-nous le trajet ensemble ?

— Tu ne demanderas pas à Thornton de t'accompagner ?

— J'adorerais sa compagnie, mais je ne vois pas comment m'éclipser pour aller rejoindre Stockdale sans éveiller ses soupçons. Je ne veux pas qu'il pense que je trahis ma parole et que j'ai un amant. Il vaut mieux qu'il ne soit pas là.

Une pointe de culpabilité la piqua à l'idée d'exclure Justin, seulement elle n'avait pas le choix. Elle se rattraperait vis-à-vis de lui d'une manière ou d'une autre.

— Dans ce cas, nous partagerons la même voiture toutes les trois. À moins que tu ne préfères t'y rendre en bateau depuis Whitehall ?

— Non, répondit Tess. Bien que ce soit plus rapide, il y a toujours beaucoup de vent sur la Tamise. Je passerai vous chercher toutes les deux à 20 heures samedi.

34

Le samedi matin, Tess descendit l'escalier pour se rendre dans la salle à manger, impatiente de retrouver Justin. Fidèle à sa parole, il n'était pas venu lui rendre visite dans sa chambre tant qu'elle était indisposée, et elle l'avait à peine vu, au cours des derniers jours. Il avait passé beaucoup de temps dans ses bureaux et à son club, s'occupant probablement de ses affaires et de la myriade d'autres choses qui exigeaient l'attention d'un nouveau duc.

Ses joues s'empourprèrent lorsqu'elle se rappela la seule fois où sa façade polie et détachée s'était fissurée. C'était arrivé la nuit précédente. Incapable de dormir, saisi d'une soudaine envie du sirop d'érable que lui avait offert Justin, elle était descendue sur la pointe des pieds jusqu'au garde-manger. Il était trop tard pour réveiller les domestiques, aussi avait-elle décidé de se rendre elle-même à la cuisine.

Elle venait de reboucher le récipient en terre lorsque Justin était entré par la porte de service donnant sur l'écurie. Il s'était retourné, surpris, s'attendant à découvrir un domestique, ou un intrus, et s'était immobilisé en la voyant.

— Tess !

Elle avait essayé de dompter son cœur battant. Ses cheveux étaient légèrement humides à cause du crachin de la nuit, et des gouttelettes d'eau scintillaient sur les épaules de son manteau à la lumière de sa bougie. Ses mâchoires étaient assombries par le chaume d'une barbe, et elle avait senti ses doigts la démanger de le toucher.

— Je... euh... J'avais une petite faim, avoua-t-elle en montrant d'un air coupable la bouteille de sirop.

Il avait à peine jeté un coup d'œil à la bouteille avant de lui reporter toute son attention, et son ventre s'était noué en se rendant compte de ce qu'elle portait. Sachant qu'il ne viendrait pas lui rendre visite dans sa chambre, elle avait mis sa chemise de coton la plus simple ; cependant, à voir son expression, elle aurait aussi bien pu être vêtue d'un des ravissants déshabillés en soie de chez Mme Lefebvre.

Son regard gris l'avait parcourue avec ardeur en s'attardant sur le « V » découpé par ses seins, puis il était remonté jusqu'à sa bouche. Son cœur tambourinait. Un peu gênée, elle s'était humecté la lèvre inférieure et un muscle avait tressailli sur la mâchoire de Justin.

— Tess, avait-il répété.

C'était presque un grognement, cette fois. Elle avait vu sa pomme d'Adam aller et venir tandis qu'il déglutissait, et promené son regard autour d'elle pour trouver quelque chose à dire.

— C'est très addictif, vous savez... le sucre..., avait-elle bredouillé en montrant le sirop d'érable.

Miséricorde, elle devait passer pour une cruche !

Il s'était approché d'elle silencieusement, tel un félin. Elle avait reculé jusqu'à ce que son postérieur se heurte à l'immense table en bois au milieu de la pièce. Un moule à gelée en cuivre avait tinté lorsqu'il s'était approché et l'avait emprisonnée de son corps, et en sentant son odeur d'air frais et de cèdre, les battements de son cœur s'étaient accélérés

— Addictif, avait-il grogné. Sucré.

Il semblait presque accusateur.

Il s'était penché davantage et elle s'était agrippée au rebord de la table, déterminée à résister à la tentation de passer les mains à l'intérieur de son manteau. Et il l'avait embrassée. Sa longue main avait glissé derrière sa nuque pour saisir sa tête, et le désir avait crépité entre eux. Il avait dévoré sa bouche tel un affamé et elle avait réagi avec la même ferveur, adorant sa brusquerie, son impatience.

Alors qu'elle s'apprêtait à lui caresser la joue, il s'était écarté avec un grognement angoissé.

— Pardonnez-moi. Je sais que vous êtes indisposée… J'ai promis de vous laisser tranquille…

Sa voix était grave et rocailleuse.

— Mais je… vous…, avait-il marmonné.

Il avait décrit un geste impuissant comme si cela expliquait tout.

— Je me suis oublié.

Ils respiraient fort tous les deux. Tess avait porté les doigts à ses lèvres palpitantes, priant le ciel pour qu'il continue à l'embrasser tout de même. Hélas il avait reculé d'un pas ferme.

— Je vous souhaite une bonne nuit.

Et il avait disparu. Elle l'avait entendu grimper les marches quatre à quatre, apparemment désireux de s'éloigner d'elle, mais un petit sourire féminin avait retroussé ses lèvres. Il avait envie d'elle. Même dans la chemise de nuit la moins séduisante, il avait eu du mal à ne pas la toucher.

Et si elle le suivait ? Si elle frappait à sa porte en lui proposant de le soulager avec ses mains ou sa bouche ? Mais ce qu'elle souhaitait réellement, c'était qu'il la tienne dans ses bras pendant qu'ils dormiraient, ainsi qu'il l'avait fait durant leur première nuit ensemble.

Qu'il l'aime, et non pas simplement qu'il lui fasse l'amour.

Et cela, il lui avait bien dit que ce ne serait jamais le cas.

— Avez-vous des projets pour la soirée ?

Tess se figea sur le seuil de la salle à manger, brusquement tirée de ses souvenirs par la question anodine de Justin.

— Eh bien oui, justement. Daisy, Ellie et moi-même allons au parc de Vauxhall pour voir l'envol de la montgolfière et Mme Saqui, la danseuse de corde.

— Voulez-vous que je vous accompagne ?

Elle prit un air désinvolte et essaya de garder un ton léger.

— Non, cela ira. Nous risquerions fort de vous ennuyer.

Ses yeux gris se posèrent sur elle et une bouffée de culpabilité lui échauffa la peau, ajoutée au frisson sensuel que lui causait immanquablement son regard.

— Jamais je ne pourrais m'ennuyer en votre compagnie. Cependant, si vous préférez y aller seule, loin de moi l'idée de vous en empêcher. Je vous demande simplement d'être prudente. Toutes sortes de dangers vous guettent, dans ce genre d'endroit.

— Vous voulez parler des pickpockets et des ivrognes ? Oui, je le sais.

Il inclina la tête.

— Entre autres choses.

Sa remarque la mit encore plus mal à l'aise. Était-il contrarié qu'elle ait refusé sa compagnie ? À quels autres dangers pensait-il ?

— Je resterai vigilante, promit-elle. Le punch à l'arrack est connu pour être corsé, là-bas.

Se rendrait-il à une autre réception sans elle ? Flirterait-il avec d'autres femmes parce qu'elle n'était pas là ? Cette pensée la mit de mauvaise humeur, ce qui était irrationnel. Elle aurait grandement préféré rejoindre Justin dans les buissons pour un rendez-vous illicite plutôt qu'un imprimeur maître chanteur, seulement il fallait bien faire passer en premier les lettres de la princesse.

Les affaires avant le plaisir.

Justin observait Tess en demeurant impassible. Il s'était senti coupable de demander à Simms de récupérer dans son secrétaire la lettre qu'elle avait reçue à Wansford Hall, mais sa culpabilité s'était muée en colère lorsqu'il en avait lu le contenu.

Il n'avait aucune idée de ce que signifiait l'allusion à une lettre, ni à une Mme Roi. Ce qui était clair, en revanche, c'est que Tess était la « Dame en Rouge » qui devait retrouver le mystérieux « S. » à Vauxhall.

Reprenait-elle son rôle de Scarlet pour rejoindre un amant dans les jardins de plaisir ?

La jalousie le rongeait. N'avait-il pas su la satisfaire physiquement ? Cherchait-elle chez un autre ce qu'il n'avait pu lui apporter ?

Il avait délibérément gardé ses distances, ces derniers jours, s'immergeant dans le travail, et cela ne lui avait pas plu du tout. Il s'était surpris à rêvasser en pleine réunion, à penser à elle en train de rire au bord du ruisseau, les yeux brillants, décoiffée par le vent. Il avait confondu par erreur son banquier avec son avocat, simplement parce qu'il rêvait de ses lèvres.

Jamais cela ne lui était arrivé avec une autre maîtresse. C'était comme si elle l'avait ensorcelé, comme si elle avait infecté son cerveau afin qu'il se tourne constamment vers elle. Vers ce qu'elle était en train de faire. Vers leurs prochaines retrouvailles.

Le pouvoir qu'elle exerçait sur lui était troublant. La nuit dernière, tandis qu'il l'avait surprise dans la cuisine, il avait dû déployer un effort surhumain pour ne pas continuer à l'embrasser jusqu'à ce qu'ils perdent la tête tous les deux. Il avait été sur le point de lui proposer de venir dans son lit tout de même. Pas pour lui faire l'amour, seulement pour la tenir dans ses bras.

Ce qui était idiot et irrationnel. Il n'arrivait toujours pas à lui faire confiance. Des années de négociations commerciales lui avaient appris à comprendre quand les gens devenaient évasifs, or Tess avait tous les symptômes révélateurs : elle avait évité son regard et joué avec ses mains lorsqu'elle avait parlé de ses projets.

Il serra les dents. D'une certaine façon, si elle allait rejoindre un amant, cela vaudrait mieux que l'autre éventualité : une rencontre avec la personne qu'elle avait engagée pour manigancer la série de pseudo-accidents. Avait-elle rendez-vous avec un assassin potentiel pour organiser la catastrophe suivante ?

Aucune des hypothèses ne lui plaisait, mais dans tous les cas, il fallait qu'il en ait le cœur net.

Justin enfilait ses gants dans le vestibule lorsque Tess apparut en haut de l'escalier dans sa robe rouge.

Son cœur manqua un battement, et il lui fallut plus de volonté qu'il croyait en avoir pour ne pas bondir, la prendre dans ses bras et l'embrasser jusqu'à ce qu'elle renonce à toute idée de le quitter. Il se maîtrisa, déglutit, et lui adressa ce qu'il espérait être un sourire décontracté.

— Scarlet. Vous êtes magnifique.

Elle s'immobilisa l'espace d'un instant en entendant ce nom, puis elle continua à descendre gracieusement.

— Merci.

Pouvait-on kidnapper sa propre femme ? Pouvait-il l'emmener à bord d'un de ses navires et mettre les voiles ? L'enfermer dans sa cabine et lui faire l'amour, *l'aimer*, jusqu'à ce que des océans les séparent de duchés et d'intrigues, d'amants et d'accidents ? Jusqu'à ce qu'ils soient simplement Tess et Justin. Rien de plus, rien de moins.

Il chassa cette pensée stupide et prit sa cape pour la lui présenter. Elle le laissa la draper sur ses épaules, et il faillit la supplier de ne pas aller à Vauxhall. De rester avec lui. De le choisir, lui.

Lorsqu'elle se retourna et lissa le devant de sa chemise, il se sentit devenir dur et brûlant, comme chaque fois qu'elle le touchait. Le sourire candide et légèrement timide qu'elle lui adressa lui contracta la poitrine.

— Je préférerais rester ici avec vous, murmura-t-elle. Seulement Ellie et Daisy m'attendent.

La partie cynique qui sommeillait en lui devait reconnaître qu'elle était douée pour jouer la comédie. Parfaitement crédible. Il succomba à l'envie de caresser sa joue du pouce, et elle releva la tête, prête à être embrassée.

Il s'obligea à reculer.

— Amusez-vous bien.

Un éclair de déception traversa son regard, et il regretta de ne pas avoir accepté le baiser proposé. Elle se détourna et franchit le seuil de la maison avant qu'il puisse se raviser.

Il se rendit dans son bureau à grandes enjambées et tira le cordon pour appeler Simms.

35

Tess entendit Vauxhall avant de le voir. Les accents lointains d'un orchestre et des cris occasionnels flottaient par-dessus les toits des maisons, et l'éclat doré des illuminations scintillait à travers les arbres tandis que la voiture s'immobilisait.

Elles payèrent un shilling et s'engagèrent dans le sombre et étroit passage donnant accès au jardin de plaisir. Par un coup de théâtre délibéré, le tunnel débouchait sur un spectacle éblouissant, un univers féerique qui ravissait les Londoniens depuis plus d'un siècle.

Des milliers de lampes à huile aux abat-jour colorés s'allumaient tous les soirs à 21 heures précises au son d'un coup de sifflet. Des graviers crissèrent sous leurs pieds tandis qu'elles passaient devant la rotonde, un bâtiment circulaire accueillant des concerts lorsque le temps n'était pas clément, et elles entrèrent dans le vaste parc arboré qu'on appelait « l'esplanade ».

Une statue de marbre représentant le compositeur Haendel se dressait dans une trouée de la colonnade à arcades décrivant une courbe autour de trois côtés de l'esplanade, qui accueillait d'innombrables stalles ouvertes ressemblant à des loges de théâtre, pour qui souhaitait dîner en plein air tout en étant abrité. Chaque loge était suffisamment grande pour accueillir six ou huit invités, et elles étaient identifiées à la fois par un nombre et par la fresque unique décorant le mur du fond.

Des serveurs en redingote rouge servaient le célèbre punch à l'arrack, ainsi que du jambon froid, de la salade de homard et toutes sortes d'autres délices culinaires. Un orchestre jouait sous le kiosque octogonal surélevé en plein milieu, et de nombreux sentiers menaient vers les jardins, au-delà.

— Heureusement que nous avons prévu un lieu précis pour rencontrer Stockdale, murmura Ellie. Ce parc fait au moins cinq hectares. Nous ne l'aurions jamais trouvé, autrement.

— C'est l'endroit rêvé pour se perdre, concéda Daisy avec un sourire espiègle. Intentionnellement ou non.

Les jardins devaient paraître tristes et négligés, à la lumière crue du jour, songea Tess, mais de nuit c'était magique, le décor idéal pour mille et un petits drames : des intrigues et des aventures, des liaisons et des bagarres. Une excitation palpable flottait dans l'air, à laquelle s'ajoutaient de la musique et des rires ; les gens étaient déterminés à s'amuser.

La grande promenade, un large boulevard flanqué de rangées d'arbres, s'étendait devant elles, mais Ellie les emmena vers la droite, en direction du sentier des Druides et du chemin des Amoureux.

— Vous êtes-vous déjà fait dire la bonne aventure par l'ermite ? demanda Daisy.

L'ermite, un vieillard ratatiné à la barbe si longue que Tess avait toujours supposé qu'elle était fausse, officiait dans une grotte rudimentaire fabriquée à base de bois, de cartons et de tissus, et complétée par des ornements représentant un paysage fantastique. L'ermite disparaissait dans un étrange ravin intérieur, pour en ressortir porteur d'un rouleau de parchemin ivoire sur lequel était inscrit votre destin.

— Je l'ai fait l'année dernière, répondit Ellie. Il disait que j'allais épouser un mystérieux inconnu.

— Et moi, que je rencontrerai l'amour de ma vie sur une route en pleine nuit, pouffa Daisy. Peut-être devrais-je me mettre à dévaliser des diligences pour accélérer le processus ?

— Je suis convaincue qu'il les écrit à l'avance et les personnalise avec notre nom une fois qu'on a payé les six pence, déclara Ellie.

— Bien sûr, approuva Tess. Moi, que mon mari me vouerait une fidélité absolue.

Daisy ricana.

— C'était indéniablement le cas de ton premier mari. Et pour cause : il n'a pas eu le temps de t'être infidèle. Que ce soit vrai pour le second, cela reste à voir.

Le cœur de Tess tressaillit bêtement. Qu'un homme tel que Justin soit à elle pour toujours ressemblait à un rêve impossible. Elle n'avait qu'à se contenter des quelques mois convenus. Et pourtant, une étincelle d'optimisme persistait. Peut-être finirait-il par comprendre qu'ils étaient faits l'un pour l'autre ?

La foule devenait plus clairsemée à mesure qu'elles s'aventuraient vers les confins du parc. De nombreux curieux se bousculaient dans la direction opposée pour assister à l'ascension de la montgolfière, et lorsqu'elles eurent atteint leur destination, cela faisait plusieurs minutes qu'elles n'avaient croisé personne.

Le Sentier des Ténèbres portait bien son nom. Contrairement aux allées principales rectilignes, il consistait en une succession de pistes tortueuses qui serpentaient à travers les bois, à l'extrémité du parc. C'était le lieu de prédilection pour les rendez-vous furtifs.

La tour des feux d'artifice était accessible de différents endroits, encerclée d'arbres. À la vérité, cela s'apparentait moins à une tour qu'à une enceinte en bois entourant une petite scène qui ressemblait à un théâtre de plein air.

Les lanternes n'allaient pas aussi loin dans le parc. Au clair de lune, les lieux paraissaient abandonnés, presque surnaturels.

Le spectacle pyrotechnique était déjà terminé. Les feux d'artifice avaient accompagné la prestation de Mme Saqui, la fameuse funambule, qui avait traversé l'une des principales promenades en courant et en dansant sur une corde. L'odeur caractéristique de la poudre flottait encore dans l'air frais de la nuit.

Tess s'arrêta à la périphérie de la clairière, sous le couvert des arbres, et attendit de voir si quelqu'un s'attardait près du décor en bois. Elle ne vit aucun mouvement, mais Stockdale pouvait tout à fait rôder dans l'ombre en attendant qu'elle fasse son apparition.

— Il te faut le collier de la reine.

Daisy le sortit de son réticule et Tess poussa un grognement consterné en découvrant ce que la reine Charlotte avait fourni pour l'échange.

Les paroles de Justin résonnèrent dans sa tête.

« Scarlet porterait des rubis. Quelque chose de massif et de merveilleusement vulgaire. »

Le collier était précisément le genre de parure qui plairait à Scarlet : un ornement clinquant. Tess regretta immédiatement ses perles, et son corps se réchauffa au souvenir de son interlude avec Justin…

Ce n'est pas le moment de te laisser distraire.

Elle n'avait délibérément rien mis autour du cou, et elle frissonna en y attachant le collier. Dans la pénombre, les rubis étincelaient comme des gouttes de sang sombre.

— Fais semblant de ne pas réussir à ouvrir le fermoir, lui rappela Ellie à voix basse. Stockdale devra se servir de ses deux mains, ce qui signifie qu'il ne pourra pas tenir de pistolet. C'est alors que Daisy et moi surgirons.

Tess hocha la tête. Elles avaient plusieurs fois répété leur plan.

Ellie la serra brièvement dans ses bras.

— Il est presque 22 heures. Bonne chance. Nous serons là, même si tu ne peux pas nous voir.

Les deux jeunes filles se fondirent dans l'obscurité, et Tess posa une main contre un arbre en scrutant des yeux le lieu de rendez-vous. L'écorce rugueuse du tronc sous ses paumes lui fit penser à Justin qui l'avait embrassée contre un arbre à Wansford, avant qu'ils soient fâcheusement interrompus par le braconnier.

Elle s'obligea à rester concentrée.

Enfin, avec un profond soupir, elle se redressa et avança vers la structure en bois. Son cœur tambourinait contre ses côtes et sa peau la picotait. Elle avait la désagréable sensation d'être observée. Par Ellie et Daisy, ou bien par Stockdale ? Elle n'aurait su le dire.

Elle attendit sous les étais en bois de l'une des tours pendant une éternité, guettant un bruit de pas. Son cœur bondit lorsqu'un gloussement féminin résonna tout près, suivi par une voix masculine plus grave. Heureusement, le couple d'amoureux disparut rapidement dans les bois.

Elle s'apprêtait à marcher de long en large au moment où une haute silhouette apparut au bord de la scène. L'homme lui adressa un salut moqueur.

— Vous voilà donc, ma chère dame écarlate. L'air de la nuit vous plaît-il ?

Tess n'était pas d'humeur à plaisanter. Elle était glacée et mal à l'aise, irritée par les machinations apparemment inépuisables qu'étaient capables d'ourdir les hommes pour s'enrichir. Ce misérable maître chanteur ne lui inspirait aucune sympathie.

— Il me plaira bien davantage lorsque notre affaire sera conclue, répondit-elle froidement.

Elle rabattit sa capuche en arrière, dénoua le cordon qui fermait sa cape et drapa le lourd tissu sur son bras pour montrer clairement à Stockdale le collier qui scintillait contre sa gorge.

Elle avait un couteau dans la poche, facilement accessible grâce à une fente dans les replis de ses jupes, et elle se servit de la cape pour dissimuler son geste. La poignée lui sembla d'une solidité rassurante contre sa paume.

— Avez-vous les lettres ?

Stockdale s'approcha.

— Oui.

Ses yeux avides s'attardèrent sur le collier.

— Et je vois que vous avez mon paiement. Je suis ravi que votre employeuse ait décidé de se montrer raisonnable. La discrétion est une chose si précieuse... Une demoiselle ne saurait être trop prudente avec sa réputation.

Tess grinça des dents à son ton sournois. Quelle vipère !

Elle tendit la paume.

— Donnez-les-moi.

Elle referma les doigts sur le manche du couteau lorsqu'il enfonça la main dans son manteau. Elle s'attendait presque à ce qu'il en sorte un pistolet... et se détendit imperceptiblement en le voyant brandir trois feuilles de papier pliées.

Elle avait examiné attentivement la seule lettre authentique qu'il avait déjà rendue. L'écriture de la princesse était d'une puérilité caractéristique, très inclinée vers la droite, et chaque majuscule agrémentée de grandes arabesques. Elle déplia l'une des feuilles et l'étudia en la tournant vers la faible lumière pour s'assurer qu'il n'essayait pas de les duper.

— Elle paraît authentique, concéda-t-elle brièvement.

Stockdale lui adressa un sourire impertinent.

— Bien sûr qu'elle l'est. Je ne vais tout de même pas vous berner. C'est mauvais pour les affaires.

Elle retint un soupir exaspéré. Il n'y avait pas d'honneur chez les voleurs, malgré ce qu'on prétendait. Il voulait simplement un paiement simple et pratique plutôt que devoir faire l'effort de publier et distribuer lui-même ces lettres compromettantes.

Elle rangea la liasse dans son manteau, puis elle porta les mains à sa nuque. Elle s'était fait un chignon pour relever ses cheveux et, sa cape toujours drapée sur le bras, elle fit mine de peiner sur le fermoir.

— Zut, je n'arrive pas à l'ouvrir.

Stockdale fronça les sourcils devant son agacement feint et un sourire mielleux retroussa ses lèvres.

— Permettez-moi.

Tess étouffa un frisson instinctif lorsqu'il s'approcha, et se tourna dos à lui pour qu'il accède plus facilement à sa nuque. Elle sentit ses jambes frôler l'arrière de ses jupes et ravala une vague de répulsion quand son souffle chaud effleura son cou. Il sentait l'oignon et la bière.

Ses doigts froids s'escrimaient sur le fermoir et elle retint son souffle en priant le ciel pour que Daisy et Ellie ne tardent pas.

— Ce fut un plaisir de faire affaire avec vous, Votre Grâce, murmura-t-il.

Elle tressaillit lorsque sa paume caressa sa nuque, geste totalement gratuit.

— Avez-vous vu l'amusant petit croquis que j'ai fait de vous et de votre nouveau mari taciturne ? demanda-t-il en continuant à essayer d'ouvrir le fermoir.

— Oui, répondit-elle avec raideur.

— Il a bien de la chance. Si jamais vous vous ennuyez, vous savez où me trouver.

Elle s'apprêtait à lui dire qu'elle préférait sauter dans la Tamise polluée quand un mouvement dans son angle de vision périphérique l'en retint. Une vague de soulagement la balaya et elle se retourna en s'attendant à voir Ellie et Daisy braquer leurs pistolets. Son soulagement se transforma en horreur quand elle reconnut la silhouette en manteau noir qui sortait des arbres.

Son mari. L'air aussi meurtrier que l'un des quatre Cavaliers de l'Apocalypse.

— Qu'est-ce que cela signifie ? tonna Justin.

36

Ils se figèrent, et Tess imagina aisément le tableau fatal qu'ils formaient. Du point de vue de Justin, on aurait dit que Stockdale lui passait le collier autour du cou.

Merde. Damnation. Bougre d'enfer. Mais que pouvait-il bien faire ici ?

Stockdale fut le premier à recouvrer ses esprits. Il fit claquer sa langue, comme si Tess l'avait déçu.

— Votre Grâce. Quelle agréable surprise... Votre épouse et moi étions en train de conclure une petite affaire.

La main de Justin se transforma en poing contre son flanc.

— C'est ce que je vois.

Son ton était glacial, et le coup d'œil qu'il adressa à Tess fit battre son cœur. Le fermoir du collier finit par céder ; les lourdes pierres glissèrent le long de sa poitrine et s'arrêtèrent sur le devant de son décolleté. Elle le saisit alors que Stockdale glissait la main sur sa poitrine et s'en emparait, emmêlant ses doigts aux siens.

Un muscle tressaillit sur la mâchoire de Justin.

— Ne touchez pas à ma femme.

Stockdale arracha le collier des mains de Tess et le glissa dans la poche de son manteau.

— Oh, je ne crois pas que ça la dérangeait, pas vrai, ma beauté ? dit-il dans un ricanement.

Le sang de Tess ne fit qu'un tour. Le regard de Justin se riva à elle et il déclara d'un ton glacial :

— Il semblerait que j'aie interrompu un rendez-vous amoureux.

Elle retrouva enfin sa voix.

— Pas du tout.

Elle s'écarta de Stockdale et ajouta :

— Ce n'est pas ce que vous croyez.

Avec un sourire narquois, Justin répliqua :

— Vraiment ? Parce que j'ai l'impression que votre amant ici présent est en train de vous offrir un cadeau très tape-à-l'œil.

La fureur sur son visage la fit frémir. Stockdale eut un rire de gorge.

— Ah non. C'est tout l'inverse. C'est votre charmante femme qui me fait ce cadeau. Pour le service rendu.

Son ton laissait délibérément entendre qu'elle s'était servie de lui comme s'il vendait ses services sexuels. Justin fit un pas en avant.

— Qui êtes-vous ? Charles King ?

— Ah non, mon vieux. Ce doit être un autre des *amis* de votre femme.

Il accentua le mot et son insinuation eut l'effet d'une insulte. La frustration de Tess allait croissant. Où Justin avait-il entendu le nom de Charles King ? Et pourquoi pensait-il que King était son amant ? Ou Stockdale, d'ailleurs. Quoi qu'il en soit, son intervention inopportune ne devait pas mettre en péril cette affaire. C'était trop important. Il fallait qu'elle le fasse partir. Elle lui expliquerait tout plus tard.

— Allez-vous-en, Justin, dit-elle froidement. J'ai une affaire importante à régler avec M. Stockdale, et vous êtes de trop.

Il la fusilla du regard.

— Êtes-vous en train de le payer pour qu'il me tue ?

Elle ouvrit la bouche et écarquilla les yeux, sous le choc.

— Je vous demande pardon ?

— Essayez-vous de m'éliminer pour pouvoir retrouver tranquillement votre amant ? s'enquit-il en désignant Stockdale. Est-ce lui le responsable de l'accident survenu à la roue de notre cabriolet ? Est-ce lui le braconnier qui vise mal ? Est-ce lui le charretier qui a failli me renverser ?

Dans le dos de Tess, Stockdale prit une inspiration. Il vint se placer à côté d'elle et leva les mains en signe de reddition innocente.

— Rien de tout cela, Votre Grâce, vous vous méprenez. Je n'ai jamais cherché à vous faire du mal !

Il fit un nouveau pas de côté, se rapprochant des arbres.

— Mon truc à moi, c'est le scandale, pas le meurtre. J'avais une affaire à régler avec la duchesse, et c'est fait. Si vous voulez jouer le mari jaloux, cela ne me concerne pas. Je m'en vais.

— Ne bougez pas, grommela Justin.

Tess secoua la tête, exaspérée.

— Laissez-le partir, Justin !

Ellie et Daisy devaient observer cette farce en attendant de fondre sur Stockdale. Si Justin voulait bien le laisser partir, elles lui sauteraient dessus et récupéreraient le collier avant qu'il quitte Vauxhall.

Mais Justin ne l'entendait pas de cette oreille. En voyant que Stockdale continuait à vouloir s'éclipser, il bondit et le plaqua au sol.

— Salopard !

Tess poussa un cri tandis que les deux hommes roulaient dans la poussière. Stockdale essaya de repousser Justin avant de lui donner des coups de poing dans les côtes. Justin poussa un cri mécontent et enfonça durement le coude dans le ventre de Stockdale, puis il lui décocha un coup à la mâchoire qui fit partir la tête de son adversaire en arrière.

— Arrêtez, espèces d'imbéciles ! les gronda Tess.

On aurait dit deux chiens aveuglés par la rage. Si elle avait eu un seau d'eau, elle le leur aurait jeté dessus.

Elle avait vu un match de boxe à Holborn un jour, dans le cadre d'une de leurs enquêtes. Là-bas, les adversaires étaient méthodiques, presque scientifiques dans leurs esquives et leurs frappes.

Rien de tel ici. La lutte était sauvage et sans foi ni loi, une vraie bagarre d'ivrognes, et les deux hommes cognaient sur tout ce qui leur tombait sous la main ou le pied. Oubliés, les gentlemen.

Justin lança un coup de genou dans l'entrejambe de Stockdale, qui se plia en deux en poussant un hurlement de douleur. Alors que Justin se redressait en titubant, Stockdale se ressaisit suffisamment pour lui donner un vicieux coup de poing dans le genou.

Avec un sifflement furieux, Justin s'élança sur lui au moment où il se relevait, et replia le bras autour du cou de l'imprimeur pour l'étrangler. Stockdale se tortilla dans tous les sens pour libérer sa tête. Un objet brillant tomba de sa poche.

Aucun des deux hommes ne le remarqua, et Tess se précipita pour ramasser le collier.

— Justin ! ordonna-t-elle. Laissez-le partir. Je vous expliquerai.

Il leva les yeux vers elle, le visage écarlate. Il tenait encore le cou de Stockdale, mais il s'immobilisa. Une trace rouge qui se transformerait certainement en hématome fonçait déjà sur sa pommette droite, et du sang perlait sur sa lèvre fendue.

Stockdale lui saisit l'avant-bras et essaya de reprendre son souffle.

— Pitié ! Laissez-moi partir, espèce de fou furieux !

Avec un grognement dégoûté, Justin le lâcha et Stockdale recula en titubant, tenant sa gorge entre ses mains en haletant. Il dévisagea Justin comme si c'était un forcené sorti tout droit de l'asile. Ce dernier le congédia d'un regard.

— Je ne veux plus jamais revoir votre visage, est-ce bien compris ? Disparaissez, maintenant.

Stockdale n'eut pas besoin de se le faire dire deux fois. Avec un coup d'œil furieux et accusateur à Tess, la tenant visiblement pour responsable de cette débâcle, il se retourna et détala aussi vite que ses jambes tremblantes voulaient bien le lui permettre.

L'effort faisait se soulever la poitrine de Justin. Il essuya d'un revers dédaigneux de la manche le sang qui coulait de sa lèvre et reporta son attention sur Tess. Ses yeux brillaient dans la pénombre, et elle n'arrivait pas à maîtriser les battements de son cœur.

— Vous avez une explication, Scarlet ?

Justin était furieux, pas seulement contre Tess, quelle que soit sa perfidie, mais également contre lui pour avoir perdu le contrôle. Où étaient passés son calme glacial et son discernement ? Il avait vu sur sa femme les mains d'un autre et avait réagi comme un Casanova soupe au lait dans un mélodrame de Drury Lane.

Il ne se reconnaissait pas. Et c'était sa faute à elle ! Elle le rendait fou.

Tess ne répondant pas tout de suite, il fit un pas en avant et désigna du menton le collier qu'elle tenait à la main. L'homme qu'elle avait appelé Stockdale avait dû le perdre pendant leur bagarre.

— Je vous ai offert des bijoux, dit-il, essoufflé. Ne vous plaisaient-ils pas ?

Il prit une profonde inspiration, emplissant ses poumons de l'air frais de la nuit.

— Je vous ai aussi fait l'amour. Ce n'était pas assez bien pour vous non plus ? Que voulez-vous à la fin, femme ?

Elle secoua la tête, et il n'arriva pas à deviner si elle était furieuse, dégoûtée ou simplement déçue.

— Vous avez perdu la raison, murmura-t-elle. Vous vous êtes comporté en imbécile jaloux. Ce qui est impossible, car vous m'avez dit en de nombreuses occasions que ce qu'il y a entre nous n'est qu'un contrat et du plaisir physique.

Son ton cinglant le fit tressaillir, et elle plissa les yeux avec une colère égale à la sienne.

— Par conséquent, poursuivit-elle, vous ne faites que revendiquer une chose que vous considérez comme votre possession. Vous ne voulez pas qu'un autre touche ce qui, selon vous, vous appartient.

Il y avait une once de vérité dans son accusation, ce qui l'exaspéra encore plus et le mit sur la défensive.

— Vous n'avez pas interrompu un rendez-vous galant, reprit-elle avec ferveur. Vous avez interrompu une détective privée, moi-même, qui était en train de déjouer un plan visant à faire chanter la reine.

Elle fouilla dans son manteau et en sortit une liasse de papiers pliés.

— L'homme que vous venez d'essayer de réduire en bouillie est un imprimeur de Covent Garden qui a menacé de publier des lettres d'amour rédigées par la princesse Charlotte.

Elle lui brandit la liasse au visage.

— Celles-là.

Justin essaya de dissimuler sa surprise. Tess était une sorte de policier au féminin ? Ça alors ! Si c'était vrai, il s'était horriblement mépris sur elle et sur la situation.

— Alors il méritait quand même d'être passé à tabac, répliqua-t-il avec sarcasme.

Elle fronça les sourcils, agacée qu'il prenne cela à la légère.

— Ce collier, dit-elle en tendant son autre main, était sa rétribution. Ce n'est pas le cadeau d'un amant, ni le prix du sang pour je ne sais quelle tentative d'assassinat imaginaire.

Justin grimaça en entendant la colère et la douleur dans sa voix.

— Pourquoi ne pas m'avoir dit que vous travailliez pour la reine ? Que vous étiez une sorte de... de quoi, d'ailleurs ? D'agent secret ?

— Je n'avais aucune raison de vous faire confiance ! Il y a un mois, je ne vous connaissais même pas.

Les yeux scintillants, elle ajouta :

— Du reste, vous êtes toujours un inconnu. Et si vous pensez que j'aie pu ordonner à quelqu'un de vous nuire, vous ne me connaissez pas du tout non plus.

Elle secoua la tête, et sa voix sembla s'étrangler quand elle reprit :

— Me croyez-vous sincèrement capable d'une chose aussi abominable que vouloir vous *tuer* ?

Justin fit un pas vers elle, mais elle recula d'autant, gardant de la distance entre eux et levant les deux mains pour l'empêcher d'avancer.

— Je reconnais que c'était tiré par les cheveux, avoua-t-il. Pas impossible pour autant. Vos actions passées m'ont laissé croire que vous êtes prête à tout pour consolider votre position. Tant socialement que financièrement.

Elle poussa un petit cri outré, mais il poursuivit rapidement, déterminé à lui faire comprendre qu'il avait eu des raisons valables d'être méfiant :

— Vous ne pouvez pas nier que devenir la duchesse de Wansford a considérablement amélioré votre sort. Votre père était dans une situation financière délicate. Vous n'avez même pas apporté de dot au mariage. J'ai lu le contrat qu'il a signé avec l'ancien duc.

Elle ouvrit de grands yeux et garda le silence.

— Et par chance, vous avez à peine eu à endurer la compagnie de ce vieillard. Une seule nuit, pour être précis. Étant sa veuve, vous étiez à l'aise financièrement, et en l'absence d'héritier ayant vécu suffisamment pour venir réclamer le titre, vous avez pu mener l'existence que vous souhaitiez sans ingérence inopportune pendant près de deux ans.

Il passa les doigts dans ses cheveux en désordre.

— Vous aviez l'air d'apprécier votre condition de veuve. Vous avez trouvé des solutions pour satisfaire vos besoins physiques sans risquer de perdre les revenus du duché : en faisant des frasques avec des hommes comme moi chez Careby. Nous avons été intimes alors que nous ne connaissions même pas nos identités respectives.

Elle pinça les lèvres, incapable de réfuter cette incontestable vérité.

— Puis je suis arrivé, moi, le nouveau duc, et vous avez sauté sur l'occasion d'améliorer encore votre horizon. Le seul inconvénient était que vous deviez supporter ma compagnie pendant quelques mois avant que nous soyons séparés.

Elle le fixa, visiblement peinée.

— Vous pensez que je vous ai épousés, l'ancien duc et vous-même, pour l'argent et le rang ?

Deux taches rouges enflammèrent ses pommettes.

— Si c'était vrai, pourquoi essaierais-je de vous éliminer ? Financièrement, je me porte mieux si vous restez en vie.

Elle le foudroya du regard, et il fut exaspéré de la trouver séduisante, même en colère.

— Peut-être, poursuivit-elle d'un ton excessivement dédaigneux, ne pouvais-je supporter de coucher avec vous, même pendant quelques semaines ? Peut-être mon défilé ininterrompu d'amants me manquait-il, ainsi que mes péripéties de veuve joyeuse ?

Sa poitrine se gonflait sous le choc de ces accusations.

Justin ouvrit la bouche, mais elle reprit la parole avant qu'il puisse répliquer quoi que ce soit :

— Croyez-vous que je feignais d'être attirée par vous ? D'aimer que vous m'embrassiez, que vous me fassiez l'amour ?

Ses paroles furieuses résonnaient dans la clairière.

— La seule chose que j'ai feinte, c'est mon expérience !

37

Tess s'immobilisa, horrifiée par son aveu. Mais l'indignation lui échauffait les sangs et elle bouillonnait littéralement.

Justin la contemplait, ne comprenant pas la bombe qu'elle venait de lâcher. Elle semblait trop furieuse de ses accusations pour faire machine arrière, et il comprit qu'elle ne lui épargnerait rien.

Elle fit un pas en avant jusqu'à se trouver presque nez à nez avec lui.

— J'ai épousé le dernier duc parce que mon père m'y a contrainte.

Elle articula chaque mot afin qu'il n'y ait aucun risque pour qu'il la comprenne mal.

— En apprenant la nouvelle, j'ai essayé de m'enfuir, mais il m'a enfermée dans ma chambre jusqu'au jour du mariage. En tout état de cause, même après avoir prononcé mes vœux, je n'avais pas l'intention de me soumettre au duc. J'avais emporté un pistolet dans ma chambre pour me protéger de ses avances. Il est mort de cause naturelle avant que j'aie eu besoin de m'en servir.

Elle soupira, étrangement libérée.

— J'étais vierge le soir de ma première nuit de noces. Et je l'étais également pour la deuxième. Avec vous.

Elle lui lança un regard noir brillant d'un orgueil provocateur.

Justin plissa les yeux, incrédule, mais elle vit son expression changer tandis que de toute évidence il repensait à leurs diverses interactions sous un angle nouveau.

— Bon Dieu, dit-il dans un souffle.

— Oui ! fit-elle sèchement. Je faisais semblant d'être avertie. Et vous n'avez vu que ce que vous vous attendiez à voir : une femme dotée d'une grande expérience. Vous n'avez pas hésité à me prendre pour une catin. Jamais il ne vous est venu à l'esprit de m'imaginer autrement.

Elle avança encore, et ses jupes effleurèrent ses jambes.

— Chez Careby, c'était la première fois de ma vie que je cherchais à m'amuser. Vous m'avez en permanence jugée coupable du pire, même depuis que nous nous connaissons mieux. Vous êtes cynique, soupçonneux, et vous ne m'avez épousée que pour améliorer votre prestige en société et en faire profiter vos affaires.

Il secoua la tête pour nier, mais elle n'avait pas terminé.

— Eh bien, moi aussi je vous ai épousé pour protéger mes affaires.

Avec un petit éclat de rire creux, elle ajouta :

— Bien sûr, j'avais stupidement espéré que nous pourrions devenir amis, malgré tout ce que vous disiez, seulement vous m'avez clairement fait comprendre que ce n'était pas possible. Je ne suis qu'un corps pour soulager provisoirement vos désirs physiques.

— Non ! Ce n'est pas vrai, Tess.

— Bien sûr que si !

Il prit une inspiration qui souleva sa poitrine.

— C'était peut-être vrai au début, concéda-t-il lentement. Plus maintenant. Je ressens des... choses pour vous. Que je n'ai jamais éprouvées pour quiconque.

— Vous m'avez spécifiquement dit que vous n'auriez jamais de sentiments plus profonds à mon égard. Que vous n'aviez pas de cœur à donner.

Il la fixa intensément et elle se sentit capturée, retenue contre son gré.

— Je vous admire, Tess. Plus que vous ne pouvez l'imaginer. Pour votre intelligence, votre loyauté, votre esprit… Et le fait que vous exerciez une activité d'investigatrice ne fait qu'accroître mon admiration. Vous ne vous résumez pas à votre beauté physique, loin de là ! Même si je ne peux nier que je vous désire furieusement, car c'est le cas, plus que toute autre femme que j'aie jamais rencontrée.

Soudain, il fronça les sourcils, comme si une nouvelle pensée venait de s'imposer à lui.

— Mon Dieu, Tess, *je vous aime*.

On aurait dit que cette révélation le contrariait.

Le cœur de Tess tressauta, mais elle secoua la tête.

— Vous ne m'aimez pas. Si vous m'aimiez, vous n'auriez jamais pensé que je puisse comploter pour vous faire assassiner. Vous m'auriez accordé le bénéfice du doute, quelles que soient les preuves que vous pensiez avoir contre moi. Vous auriez dû avoir foi en moi, me faire confiance.

Alors même qu'elle disait cela, elle se rendait compte qu'elle était injuste d'exiger sa confiance alors qu'elle ne la lui avait pas donnée elle-même. Il hocha simplement la tête.

— C'est vrai, et j'en suis navré. Comment puis-je me rattraper ?

Il voulut prendre sa main mais elle se dégagea. Elle ne voulait pas le toucher. Si elle le touchait, elle risquait de s'effondrer.

— C'est impossible. Les actes sont plus éloquents que les paroles, et toutes vos actions ont montré que vous étiez incapable de dépasser votre cynisme naturel. Vous n'êtes pas amoureux de moi, Justin. Vous ne vous l'autoriserez jamais. Vous confondez le désir et l'aspect pratique avec la vraie intimité, les sentiments sincères.

Elle recula, remettant entre eux une distance froide et rationnelle.

— Je sais ce que j'ai dit lorsque nous avons conclu notre accord, s'écria-t-il d'un ton tendu. C'est vrai que je *ne voulais pas* aimer. Ni vous ni personne. Je ne voyais que les aspects négatifs d'un tel attachement.

L'insistance rendait sa voix rocailleuse.

— Vous m'avez montré les aspects positifs, Tess. Qu'il y a de la passion au-delà du physique. Une passion pour l'âme. Cela signifie que la personne vous manque lorsque vous êtes séparés. Que son sourire, sa présence, son humour vous manquent. Que vous voulez partager autre chose qu'un lit avec elle. Que vous voulez *rester*.

Tess fit encore un pas en arrière. Elle n'était pas d'humeur à se laisser persuader, et sa présence si près d'elle lui donnait envie de se jeter dans ses bras.

Elle se ressaisit et resserra sa cape autour de ses épaules.

— Je vous demande de déménager de Wansford House, dit-elle. Vous pouvez dormir dans votre maison de Curzon Street dès cette nuit. Je veux mettre un terme à notre accord.

— Tess, non.

— Si.

— Même si vous êtes furieuse contre moi, laissez-moi au moins rester pour vous protéger.

— Me protéger ? De quoi ?

— Cette roue brisée sur le cabriolet n'était pas un accident. Je suis allé trouver le charretier, et il m'a dit que quelqu'un l'avait forcément trafiquée. Les rayons ont été sciés délibérément et remis en place de manière à céder à la moindre secousse.

Elle fronça les sourcils, mais il continua :

— Et si ces coups de feu dont nous avons été la cible n'étaient pas la bévue innocente d'un braconnier ? S'ils avaient été destinés à toucher l'un de nous ?

— Étant donné l'importance et l'ampleur de vos affaires, je dirais que vous êtes bien plus susceptible que moi de constituer une cible, rétorqua-t-elle avec irritation. De sorte que votre proximité risque de me mettre en danger davantage que si vous me laissiez toute seule.

— Je ne peux pas faire cela.

— Si, vous le pouvez. Vous devriez demander à la personne que vous avez engagée pour enquêter sur *mes* affaires de s'intéresser plutôt à vos concurrents professionnels. Ce sera mieux mettre à profit son temps et votre argent.

Le cœur brisé, elle lui adressa un dernier regard dans la pénombre.

— Adieu, Justin.

Puis elle s'éloigna. Elle avait la tête haute. Et les yeux brouillés de larmes.

38

La princesse Charlotte Augusta, fille unique du prince régent et de sa femme Caroline de Brunswick, assise à côté de sa grand-mère dans le bureau de King & Co., leva vers Tess un visage rayonnant.

— Je ne saurai assez vous remercier d'avoir récupéré ces lettres idiotes.

Elle hocha la tête et ses frisettes blondes tressautèrent sur ses épaules.

— Maintenant que je les revois, je suis mortifiée par cette erreur de jeunesse. Il y a deux ans, j'étais convaincue d'être amoureuse de Charles, mais à présent je crois surtout que j'étais flattée par l'attention qu'il m'accordait. J'adorais l'idée d'être amoureuse, l'excitation, l'exaltation d'une correspondance secrète.

Daisy lui sourit.

— Il n'y a rien de mal à cela. Je crois que tout le monde a droit à au moins une erreur de jeunesse. Ce que personne ne mérite, c'est que cette erreur soit publiée dans la presse à scandale pour être moquée et vilipendée.

— Tout à fait, lady Dorothea, approuva la reine.

— Ce que je ressens pour Leopold est tellement différent de ce que j'ai éprouvé pour Charles que j'ai du mal à comprendre comment j'ai pu prendre cela pour de l'amour, ajouta Charlotte.

Elle s'exprimait d'une façon étrangement directe, et pas du tout avec la réserve douce et modulée qu'on attendait d'une princesse, et c'était tout à fait charmant.

— J'ai grand hâte que nous soyons mariés.

— Et nous vous souhaitons toutes les trois nos meilleurs vœux de bonheur, Votre Altesse, dit Tess en souriant. Avez-vous déjà choisi votre robe de mariage ? Il paraît que la couleur argent est très à la mode.

La reine lui adressa un sourire entendu.

— D'après ce que j'ai entendu, ce sont les robes rouges qui ont fait parler d'elles, ces dernières semaines. Mais ce n'est assurément pas une couleur pour un mariage. Il vaudrait peut-être mieux opter pour l'argent.

Tess esquissa un rapide sourire et essaya de ne pas se sentir démoralisée par l'aura de bonheur qui nimbait la princesse chaque fois qu'elle évoquait son fiancé.

Avait-elle ainsi rayonné et paru folle de Justin ? Ou son engouement pour lui avait-il été cousu de fil blanc ?

Le souvenir de la dernière fois qu'elle l'avait vu, blessé mais invaincu à Vauxhall, envahissait son cerveau. Elle le chassa. Elle ne pouvait pas penser à lui. Cela lui contractait la gorge et faisait picoter son nez.

Le collier de rubis et de diamants était posé sur le bureau devant elle, comme pour la narguer. La reine Charlotte le désigna d'un mouvement de la tête.

— Vous pouvez conserver ce collier avec ma gratitude, mesdames. Je ne l'ai jamais beaucoup aimé. Et je ne tiens pas à ce qu'il me rappelle cette déplaisante affaire chaque fois que je le porterai. Vous recevrez étalement les cent livres convenues, naturellement, pour avoir récupéré les lettres avec succès.

— Merci, Votre Majesté.

— J'ai décidé de ne pas intenter d'autre action contre le maître chanteur. Puisqu'il se retrouve privé à la fois des lettres et du collier, j'espère qu'il sera suffisamment puni.

— Il a aussi reçu une bonne correction, ajouta Daisy avant de refermer la bouche en comprenant son erreur.

Elles n'avaient pas raconté à la reine ce qui s'était passé ce soir-là à Vauxhall. Cette dernière haussa les sourcils avec intérêt.

— De votre part ?

— Malheureusement non, répondit Daisy. Mais je m'en serais fait un plaisir. Notre homme a eu une altercation avec le duc de Wansford, juste après l'échange.

La reine sourit.

— C'est merveilleux ! En règle générale, je suis contre la violence, mais en l'occurrence je n'ai qu'une seule chose à dire : j'espère que le duc lui a administré une bonne rossée.

— Ce fut le cas, répondit Tess.

La reine se leva, et la princesse en fit autant.

— Donc justice semble avoir été rendue. Venez, Charlotte.

Tess, Daisy et Ellie se levèrent également, et tandis que la reine s'éloignait dans le couloir, Charlotte désigna le modèle de point de croix accroché au mur au-dessus du bureau de Daisy.

— Une saucisse mal farcie ? dit-elle, les yeux pétillants. J'espère sincèrement que ce ne sera pas le cas avec Leopold.

Malgré son existence protégée, il était clair que la princesse possédait un sens de l'humour mutin.

Tess éclata de rire.

— Nous vous renouvelons nos meilleurs vœux, princesse.

Arrivée à la porte, la reine se tourna vers Tess.

— Oh, j'allais oublier ! J'ai demandé à mes secrétaires de chercher cette preuve du prêt qu'a consenti votre père au roi. Je vous ferai savoir ce qu'il en est.

Tess fit une révérence.

— Je vous remercie, Votre Majesté.

Après le départ des deux femmes, Tess retourna dans le bureau et contempla le collier de rubis avec dégoût.

— J'ai toujours pensé que les rubis portaient la poisse.

— Moi aussi, renchérit Ellie. Je n'imagine aucune de nous le mettre.

— Dans ce cas, nous devrions le transformer. Demandons à Rundell, Bridge & Rundell de vendre les rubis et de transformer les diamants en boucles d'oreilles pour nous trois.

— Excellente idée, déclara Daisy.

Elle se frotta les mains et ajouta :

— Eh bien, voilà encore une cliente satisfaite. Cela dit, tu n'as pas l'air très contente, Tess.

Tess s'obligea à sourire. En vérité, malgré le succès de l'affaire, elle était complètement démoralisée. Cela faisait près d'une semaine qu'elle n'avait pas revu Justin, et il lui manquait. Depuis des jours, le regret la rongeait de l'avoir congédié si durement.

Ses deux amies avaient été trop loin pour entendre leur échange, mais elles s'étaient montrées solidairement outrées et incrédules lorsqu'elle leur avait fait part des accusations injustes de Justin.

Cependant, Daisy avait vu là une lueur d'espoir.

— Bien sûr, sa conduite est choquante, mais on dirait vraiment qu'il suivait son cœur et non sa tête. Ce qui ne lui ressemble pas du tout. Peut-être est-il réellement tombé amoureux de toi ? L'amour fait faire aux gens rationnels les choses les plus insensées.

Elle le savait, avait songé Tess en soupirant. Mais qu'allait-il advenir d'eux, maintenant ?

_ Tu penses à Justin ? lui demanda Ellie en lui adressant un regard compatissant, la ramenant au présent.

_ Oui, avoua-t-elle. Il m'a envoyé un message disant qu'il viendrait me rendre visite à Wansford House demain pour discuter de la rupture de notre contrat.

S'il m'aimait vraiment, il ne serait pas si pressé de me laisser partir.

— S'il t'aimait vraiment et pensait que tu veux mettre un terme à votre engagement, alors il serait prêt à n'importe quoi pour te rendre heureuse. Même si cela cause son malheur.

Tess enfouit sa tête entre ses mains.

— Seigneur, quel gâchis...

39

— Avant que vous disiez quoi que ce soit, je tiens à m'excuser encore une fois.

Tess se laissa retomber contre le dossier de sa chaise derrière le bureau tandis que Justin pénétrait dans la pièce ; et son cœur galopa exactement de la même manière que la première fois qu'elle l'avait vu debout là.

Il prit le siège libre en face d'elle et passa les doigts dans ses cheveux. Elle l'observa avec attention. L'hématome sur sa joue avait presque disparu et sa lèvre avait cicatrisé.

Elle avait embrassé cette bouche…

Elle s'arracha à cette tentation.

— Vous excuser pour quoi ?

— Pour vous avoir accusée de vouloir ma perte. Simms et moi-même avons enquêté toute la semaine, et nous avons trouvé le coupable. Il s'agit d'un de mes concurrents, un certain Connor MacKenzie. Je l'ai rencontré à Montréal, et il est venu me trouver à Bristol il y a quelques semaines pour me demander de m'associer avec lui. J'ai refusé car je n'aime pas l'agressivité avec laquelle il conduit ses affaires. Apparemment ma réponse lui a déplu et il a décidé qu'à défaut de m'avoir pour associé il allait m'éliminer comme rival.

— Comment avez-vous découvert que c'était lui ?

— Je me suis rappelé l'avoir vu sur le trottoir opposé avant de me faire renverser par cette charrette. Lorsque j'ai fourni sa description au personnel de Wansford Hall, ainsi qu'aux villageois, j'ai appris qu'un homme correspondant à son signalement était venu demander du travail la veille de notre arrivée. Withers l'avait éconduit. Le propriétaire du *Dog and Duck* s'est également rappelé qu'il l'avait aperçu devant son établissement, le jour où on nous a tiré dessus dans les bois.

Tess garda la bouche fermée, déterminée à ne pas s'abaisser à prononcer une chose aussi puérile que « je vous l'avais bien dit ».

— Simms et moi avons découvert l'adresse d'un entrepôt qu'il loue ici, sur les docks, et nous sommes allés lui rendre une petite visite.

Elle crispa les mains sur ses genoux.

— Cela aurait pu être extrêmement dangereux.

— Oh, nous n'étions pas tout seuls.

L'ombre d'un sourire retroussa ses lèvres.

— J'ai emmené Edward et huit de mes marins les plus costauds, pour le cas où notre homme aurait décidé de nous accueillir à la hussarde.

— Cela a-t-il été le cas ?

Justin pencha la tête.

— Nous avons eu une petite altercation au bout de laquelle il a reconnu sa culpabilité. Et puisque Edward Hussey, avocat de renom, a été témoin de ses aveux, il a été convenu que M. MacKenzie dirigerait dorénavant ses affaires de l'autre côté de l'Atlantique, sous peine d'être immédiatement arrêté et jugé pour tentative d'assassinat sur un pair du royaume s'il s'aventurait un jour à remettre un pied ici.

— Eh bien..., murmura faiblement Tess.

L'expression « petite altercation » était de toute évidence un euphémisme, mais elle était heureuse de voir que Justin ne semblait pas avoir été blessé.

Il s'adossa également à son fauteuil, et ses yeux gris s'attardèrent sur elle.

— Vous aviez raison, dit-il. Cela n'avait rien à voir avec vous, et j'ai été un fieffé imbécile de vous soupçonner ne serait-ce qu'un instant.

— C'est vrai.

Il sortit de son manteau une liasse de papiers.

— J'ai également été idiot de rédiger ce contrat. Je vous en affranchis avec effet immédiat.

Il déchira le document en deux, puis en quatre, et posa les morceaux sur le bureau devant elle.

— Vous continuerez naturellement à recevoir tous les bénéfices du duché, comme convenu. Je demanderai à Turnbull de rendre cela officiel. Nous sommes toujours mariés, et nous le resterons, mais c'est tout. Vous ne serez plus jamais obligée de me revoir si vous ne le souhaitez pas.

Le cœur de Tess pesait très lourd dans sa poitrine. Elle bataillait avec un étrange mélange de soulagement et de déception. C'était donc tout ? N'allait-il pas tenter une réconciliation ? À partir de maintenant, devaient-ils devenir rien de plus que deux étrangers ?

Elle s'éclaircit la voix.

— J'ai également du nouveau. Les secrétaires de la reine ont retrouvé trace de l'emprunt qu'a fait le roi à mon père. Il a bel et bien existé. Un document signé de la main du roi le confirme.

— Quel en était le montant ?

— Mille livres. Avec un intérêt de cinq pour cent par an pendant les dix dernières années, cela correspond maintenant à plus de deux mille livres.

Un muscle tressaillit sur la mâchoire de Justin tandis qu'il pinçait les lèvres.

— J'en suis heureux pour vous. Vous le méritez bien.

Il relâcha lentement son souffle.

— Vous possédez à présent une fortune personnelle. Vous pouvez faire absolument tout ce que vous voulez, désormais.

Tess ne savait pas quoi dire. Maintenant que son rêve d'indépendance était enfin exaucé, elle se sentait étrangement vide.

Malgré les paroles de Justin, elle n'était pas réellement libre. Certes, elle ne dépendait plus financièrement du duché, mais elle était toujours prise dans un enchevêtrement émotionnel vis-à-vis de lui.

Être mariée à Justin et vivre loin de lui ? N'était-ce pas la pire des tortures ? Une punition à vie, telle celle du roi Midas : l'avoir si proche et pourtant ne pouvoir le toucher.

Pouvait-elle réellement laisser l'aventure se terminer ainsi ? Oui, il avait été blessant de ne pas lui faire confiance et de la soupçonner, mais il avait confessé son erreur. Il lui avait même dit qu'il l'aimait, ce qu'elle n'aurait jamais cru entendre de ses lèvres, étant donné ce qu'il pensait du romantisme et des histoires d'amour. Elle se souvenait encore de ses paroles :

« C'est l'antithèse de la raison et de la logique. L'histoire est jonchée d'imbéciles qui meurent par amour, qui vont à la guerre par amour. Qui se ruinent par amour. Cela n'a rien de romantique. C'est parfaitement stupide. »

Une douleur douce-amère lui comprima la poitrine lorsqu'elle se remémora ses propos. Peut-être était-il réellement amoureux d'elle ? Ses actes récents le prouvaient, assurément.

De son côté, elle mourait d'envie de se jeter dans ses bras et de lui pardonner. De lui demander de revenir s'installer dans l'hôtel particulier et d'y vivre avec elle en étant son mari dans tous les sens du terme.

Dans la joie et dans la peine, pour le meilleur et pour le pire, malades ou bien portants...

Elle ne lui avait jamais dit qu'elle était amoureuse de lui. Il devait penser qu'il la libérait d'un attachement indésirable.

Son silence sembla le mettre mal à l'aise. Il se leva, et son visage n'exprimait que des regrets et de l'affection lorsqu'il la regarda.

— Je suis navré que cela s'achève ainsi. Sachez que je ne souhaite que votre bonheur. Vous êtes une femme extraordinaire, Tess.

Elle ouvrit la bouche, sans trop savoir ce qu'elle allait dire, mais il secoua la tête et se redressa de toute sa hauteur.

— À présent, si vous voulez bien m'excuser, j'ai l'intention d'aller me saouler.

Elle arrondit les yeux.

— Il est 10 heures du matin !

Il jeta un coup d'œil à la pendule sur la cheminée et haussa les épaules avec indifférence.

— En effet. Bonne journée.

40

— C'est un désastre. Le pire des fiascos. Je *l'aime*, Eddie. Que vais-je devenir ?

Justin avala sa dernière gorgée de brandy et se resservit aussitôt un verre. Il n'était même pas midi, et le White était presque vide, ce qui valait probablement mieux étant donné leur état avancé d'ébriété.

Edward saisit la bouteille qu'il reposa avant même qu'elle touche la table.

— Eh bien, pour commencer, nous devrions probablement cesser de boire, dit-il d'une voix un peu pâteuse. Et vous m'avez déjà dit au moins dix fois que vous l'aimiez. Je suis au courant.

Justin grommela.

— Je le lui ai dit à elle aussi mais elle ne me croit pas. Je ne peux pas lui en vouloir, remarquez. Je lui ai tellement répété que je ne l'aimerais jamais. Que je ne pourrais pas l'aimer. Et pourtant c'est arrivé. Bon Dieu de bon Dieu !

Edward haussa les épaules.

— Certes, la situation n'est pas idéale.

— La situation est franchement ignoble. Je ne peux pas me résoudre à la laisser disparaître de ma vie. Je sais que je le devrais. Seulement je ne le peux pas.

— D'un point de vue juridique, on pourrait soutenir que c'est une affaire de *par delictum*. Lorsque les deux parties sont également en faute.

— Comment cela ?

— Eh bien, vous lui avez menti en disant que vous n'étiez pas capable de tomber amoureux. Elle vous a aussi menti en prétendant être une femme expérimentée dans l'alcôve.

Justin émit un petit rire.

— Ce n'est pas la même chose. Elle a menti par omission. Moi, j'ai affirmé mes opinions plusieurs fois, et avec véhémence.

— Mais vous l'avez fait de bonne foi, *bona fides*, parce que vous ne pensiez pas avoir de cœur à donner. *Nemo dat quod non habet*.

Justin grogna.

— Parlez anglais, Eddie, pour l'amour du ciel.

— Cela signifie : « Nul ne peut donner ce qu'il ne possède pas. »

— Eh bien je me suis trompé à propos de mon cœur, marmonna Justin d'un ton morose. J'en ai un. Sauf que maintenant, il est à elle et je ne pourrai jamais le ravoir.

— Il doit bien y avoir une chose que vous pouvez faire pour lui prouver votre amour. Je ne sais quel grand geste ridicule. Harry Chesterfield a loué une montgolfière pour survoler Hyde Park avec une bannière proclamant son amour éternel pour Veronica Smurthwaite, la saison dernière.

— Franchement, c'est à vomir, railla Justin en tressaillant, avant de boire une nouvelle gorgée. Je suis disposé à ramper devant elle, mais faut-il que ce soit en public ?

— Je crains que oui, répondit Edward avec tristesse.

— Damnation ! Bon. Je vais demander à un de ces caricaturistes de Covent Garden de me dessiner comme son petit toutou en laisse. Ou comme un tapis qu'elle foulera aux pieds.

Il but une nouvelle gorgée de brandy.

— Ou attaché à un poteau et criblé de flèches tel saint Machin-Chouette.

— Saint Sébastien, précisa Edward.

— Voilà, comme saint Sébastien, touché en plein cœur. Et Tess, telle Aphrodite, avec un arc et une flèche. Ils pourront l'intituler : « Sa Grâce fait la conquête de son mari ». Ou bien : « Grandeur et décadence ». J'en ferai imprimer cinq mille et je mettrai une annonce dans le *Times*.

Edward approuva.

— C'est une idée. Cela dit, lorsqu'un prisonnier va être libéré sur parole, il doit prouver au juge qu'il a changé. Qu'il est devenu un homme différent, qu'il ne commettra jamais plus la même erreur.

— Il faut que je fasse aussi cela ?

— Je crois, oui. Citez-moi une chose que vous ne feriez normalement jamais ?

— Un mauvais investissement, répondit aussitôt Justin. Mettre de l'argent dans une entreprise vouée à l'échec.

— Eh bien voilà ! C'est exactement ce que vous allez devoir faire !

— Je dois *perdre* de l'argent pour *regagner* ma femme ? C'est absurde.

Edward haussa les épaules.

— Ce n'est pas dénué d'une logique ironique. Si l'amour nous rend tous idiots, alors il faut prouver à votre femme que vous êtes devenu idiot à cause d'elle. Vous devez faire quelque chose d'humiliant et bête montrant au monde que rien ne compte autant qu'elle. Que pour la reconquérir, vous êtes prêt à renoncer joyeusement à votre fortune, votre raison et votre esprit.

— Bon sang, Eddie ! Vous avez encore lu ces poètes imbibés d'opium, vous ! Shelley, Byron et Keats. Ça vous a embrouillé le cerveau.

Edward lui jeta un regard narquois.

— Ce n'est pas moi qui suis assis là en train de noyer mon chagrin dans l'alcool parce que j'ai épousé la femme que j'aime.

— Vous avez raison, déclara Justin en fronçant les sourcils. Attendez. Vous avez bien dit que l'amour rendait idiot ? Ha ! Edward, vous êtes un génie !

— Ah bon ?

— Oui. Je connais le moyen parfait pour prouver à Tess que je l'aime.

— Et qu'est-ce donc ?

— Je vais lui acheter un cheval.

— Un *cheval*.

Justin hocha la tête, soudain animé.

— Un cheval de course. Il s'appelle Fool for Love. Le prince régent cherche à le vendre depuis des mois, et je n'ai jamais vu de ma vie une bête plus pitoyable.

— Je ne suis pas certain que vous ayez réellement saisi la notion de...

— C'est exactement ce qu'il me faut ! Il n'a pas gagné une épreuve depuis deux saisons et il est scandaleusement hors de prix. S'il participe à une course, il est assuré de perdre.

— Et en quoi exactement cela va-t-il prouver votre amour à Tess ?

— De différentes manières. D'une part, cela me cause une douleur physique de payer une somme aussi exorbitante pour un canasson pouilleux. Les gens qui l'apprendront penseront que je suis devenu fou. Ils se diront que je l'ai acheté uniquement à cause de son nom. Parce que je suis fou de ma femme.

— Peut-être. Ou bien ils se diront que vous ne trouvez rien de mieux à lui fourguer comme présent qu'une carne. Et votre femme pensera peut-être que vous vous moquez d'elle avec ce cadeau empoisonné, comme celui que les Grecs ont offert aux Troyens.

— Ce n'est pas tout, poursuivit Justin. Je vais dire à Tess de le faire participer à une course. À Newmarket ou à Stamford, par exemple. Il aura une cote astronomique. Je miserai une somme énorme sur lui, il perdra, et elle comprendra que je tiens à elle plus qu'à l'argent ou à ma réputation d'infaillible homme d'affaires.

— Hmm..., fit Edward, visiblement sceptique.

— Je vais perdre, Edward. Je vais perdre intentionnellement. En public. Pour elle. Elle en comprendra la signification. Si ce n'est pas une déclaration d'amour suffisante, je veux bien être pendu.

Il se servit une nouvelle rasade de brandy, qu'il avala triomphalement. C'était diablement agréable d'avoir un plan, une marche à suivre ! Pour la première fois depuis qu'il était revenu de Wansford Hall, il envisageait l'avenir avec optimisme.

Contre toute attente, contre ses propres souhaits, il était tombé amoureux de sa femme.

Et maintenant, il ne lui restait plus qu'à en convaincre l'intéressée.

41

Tess porta une main à sa capeline pour l'empêcher de s'envoler.

L'hippodrome était implanté sur une colline légèrement au sud de Stamford, entre les villages de Collyweston et Easton on the Hill, et s'il offrait une vue magnifique sur la campagne environnante, il était un peu exposé au vent.

Des centaines de spectateurs s'étaient attroupés. Une tribune sur deux niveaux avait été dressée quelques années auparavant, l'étage supérieur étant réservé à la noblesse terrienne et à l'aristocratie. Des rangées de voitures s'alignaient derrière la barrière qui délimitait le champ ovale, pour ceux qui ne voulaient pas débourser les cinq shillings que coûtait un siège en tribune.

Une série de tentes aux rayures joyeuses égayaient la périphérie du terrain, et des vendeurs proposaient toutes sortes de gourmandises allant du cidre épicé à des amandes caramélisées. Çà et là, des parties de pile ou face étaient organisées, une femme disait la bonne aventure, et il y avait même une loterie où le détenteur du ticket gagnant pouvait remporter une magnifique chaise de poste à quatre roues. L'atmosphère crépitait d'une sensation de gaieté et d'excitation.

— Fool for Love est inscrit à la course des Nobles et des Gentilshommes à 15 heures, annonça Ellie en étudiant la grille des horaires. Le prix est une coupe en or d'une valeur de cent guinées.

Tess pouffa.

— Aucune chance de la remporter. Je ne comprends vraiment pas pourquoi Justin s'est mis dans la tête de faire participer cette pauvre bête.

Elle jeta un coup d'œil de l'autre côté de la piste, où une zone avait été réservée aux concurrents et à leurs palefreniers. Le cheval qu'avait acheté Justin pour elle était attaché à l'arrière d'une charrette, où le brossait un jeune garçon d'écurie coiffé d'une casquette.

— Je le trouve mieux portant que ce à quoi je m'étais attendue, déclara Ellie avec son éternel optimisme. C'est vrai, sa robe est brillante et il a une assez belle allure, tout de même. C'est un beau cheval.

— De là à remporter une course, objecta Tess en fronçant les sourcils. Il n'a rien gagné depuis deux saisons. Est-ce que Justin cherche à m'humilier ? Je ne comprends pas.

— Je ne pense pas que ce soit son objectif, répondit lentement Daisy. Après tout, il prétend être amoureux de toi. Te couvrir de honte en public ne risque guère de te convaincre qu'il est sincère.

Tess ne fit aucun commentaire. La semaine précédente, lorsqu'elle avait vu la signature de Justin sur la lettre l'informant qu'il lui avait acheté Fool for Love, elle n'avait pas su quoi en penser. Il lui manquait tellement que le seul fait de recevoir un message de lui avait fait battre son cœur à un rythme dangereusement irrégulier.

Dès qu'elle avait approché la feuille de son nez – elle aurait juré sentir les vestiges de son odeur reconnaissable entre toutes – son ventre s'était noué, au désespoir.

Cependant, une petite graine d'espoir avait commencé à germer. Il n'avait pas abandonné Londres pour Bristol, ni embarqué sur l'un de ses navires pour partir à l'autre bout du monde, ou en tout cas aussi loin d'elle que possible. Tout détail paraissant indiquer qu'il ne l'avait pas oubliée était bon signe. Même si elle ne comprenait pas ses intentions. Il lui avait demandé d'être présente lors des courses de fin de semaine à Stamford, et elle avait accepté sans se faire prier. La probabilité de le revoir l'avait tenue éveillée une grande partie de la nuit, et maintenant qu'elle était là, tout son corps frémissait.

Elle n'avait jamais consacré autant de temps à se soucier de son apparence, et s'était changée trois fois avant de se décider pour la robe d'été en coton blanc rebrodée de motifs fleuris au fil d'argent.

— Qui sont les propriétaires des autres chevaux de la course ? demanda Ellie.

Tess étudia la feuille de course.

— Il y a Fantôme, propriété de lord Burlington, Twist, qui appartient à lord Fitzwilliam, et Kestrel, au marquis d'Exeter. Il y a aussi Arbitre, qui est à lord Grosvenor, ainsi qu'un cheval appelé Bouche en Cœur qui appartient à un certain M. Watson.

— Il l'a certainement appelé ainsi pour une dame, pouffa Daisy. Je me demande si Bouche en Cœur est sa femme ou sa maîtresse.

— Fantôme, le gris, part largement favori, déclara Ellie. J'ai écouté les bookmakers pendant qu'ils encaissaient les paris. Il a remporté trois des quatre dernières courses auxquelles il a participé.

— Et c'est Fool for Love qui a la cote la plus haute, remarqua Tess.

À cet instant, un bourdonnement commença à ondoyer parmi la foule, et elle jeta un coup d'œil vers les petites estrades sur lesquelles les bookmakers, qu'on surnommait « jambes noires » à cause de leurs bottes hautes, prenaient leurs paris.

Son cœur cessa de battre tandis que la foule s'écartait et lui laissa apercevoir Justin qui serrait la main d'un gentilhomme, au milieu d'un groupe de plusieurs autres. Son sourire lui serra le cœur, et elle était fascinée par sa silhouette haute et svelte.

Il portait une redingote bleue ultra-fine à la coupe exquise, assortie d'un pantalon en daim et d'une cravate blanche, et une paire de bottes si bien lustrées qu'il était impossible que ce soient celles souillées par le petit Oliver.

Elle s'absorba dans sa contemplation avec ravissement, et ce fut seulement le chuchotement de Daisy qui la tira de sa rêverie.

— Ton mari a fait le pari le plus insensé.

Tess détourna vivement les yeux.

— Pardon ?

— Tout le monde ne parle que de cela. Il vient de miser deux cents livres auprès de chacun de ces cinq bookmakers pour Fool for Love gagnant dans la course de 15 heures.

Tess écarquilla les yeux.

— En es-tu certaine ? N'a-t-il pas plutôt parié pour Fool for Love *perdant* ?

Daisy secoua la tête avec un grand sourire.

— J'en suis certaine. Mille livres au total sur sa victoire. Et ce n'est pas tout. Je viens de croiser ton cousin Edward, Ellie, et il m'a dit que Justin a aussi misé dans le Livre des paris du White. Si Fool for Love perd, il versera dix livres à chaque membre du club.

— Juste ciel… il a perdu l'esprit. Fool for Love arrivera dernier, ce qui signifie qu'il perdra non seulement les mille livres qu'il a pariés aujourd'hui, et trois mille aux membres du club… Quelle mouche l'a donc piqué ? s'exclama Tess.

Daisy ne pouvait s'empêcher de sourire. Son excitation la rendait presque euphorique.

— Ce n'est pas une mouche mais l'aiguillon de Cupidon, si tu veux mon avis. Il ne réfléchit plus avec sa tête, ni même avec sa queue. Je crois que pour la première fois de sa vie, il laisse son cœur prendre les décisions.

42

Autour d'elles, on ne parlait que des paris extraordinaires de Justin. Les spéculations allaient bon train. Certains turfistes couraient placer des paris similaires, convaincus qu'il devait avoir un tuyau, ou influencés par sa réputation d'homme d'affaires accompli.

— Si nous allions dans la tribune ? suggéra Ellie. La course va bientôt commencer.

Tout ce dont Tess se montra capable fut d'acquiescer, hébétée. D'un côté, elle avait envie d'aller exiger une explication de la part de Justin, et de l'autre, elle préférait se cacher dans un coin tranquille.

Elles montèrent les marches jusqu'au niveau supérieur de la tribune, et le regard de Tess tomba aussitôt sur Justin qui se trouvait à présent dans la stalle du propriétaire, devant elles, et parlait à un petit homme mince à casaque rouge, qui devait être le jockey.

Bientôt, on emmena les chevaux sur la ligne de départ.

— Ils ne sont que cinq, fit remarquer Daisy. Regardez, Kestrel est non-partant.

De fait, un grognement de déception parcourut la foule tandis que ceux ayant misé sur Kestrel découvraient qu'il avait été retiré de la compétition.

— Il doit être malade. Ou blessé.

Quelques chevaux renâclaient et faisaient des écarts, conscients de l'excitation nerveuse des spectateurs, et les jockeys tiraient sur les rênes pour les maîtriser. Fool for Love, lui, se tenait calmement devant le ruban de la ligne de départ, agitant les oreilles et totalement indifférent à ce qui se passait.

— Ma parole, il dort, ce Fool for Love !

Tess grimaça en entendant la remarque amusée d'un monsieur sur sa gauche. Un désastre s'apprêtait à se dérouler sous ses yeux. Elle osait à peine regarder.

Un coup de feu signala le départ de la course, et quatre des chevaux s'élancèrent. Le jockey de Fool for Love dut lui donner quelques coups de talon pour le faire démarrer. Les autres chevaux étaient déjà loin quand il se décida à bouger, ce qui fit de lui la cible des bruyants quolibets de bon nombre de personnes.

— J'ai vu des ânes plus fringants ! ironisa l'homme à côté de Tess.

— Ils vont attaquer le deuxième tour, dit Daisy avec excitation. Allez, Fool for Love !

Des mottes de terre volaient sous les sabots des chevaux lancés au galop.

À la droite de Tess, un animateur utilisait un porte-voix pour amplifier ses commentaires afin de se faire entendre par-dessus les cris de la foule.

— Et Fantôme le favori est en tête, suivi de près par Arbitre et Twist côté corde…

Tess agrippa la barrière en bois devant elle. Fool for Love fermait la marche, plusieurs longueurs derrière Bouche en Cœur.

La voix excitée d'Ellie interrompit sa concentration.

— Oh non, regardez ! Arbitre et Twist viennent de se bousculer !

Un rugissement s'éleva dans le public tandis que les chevaux occupant la deuxième et la troisième position entraient en collision en abordant le deuxième virage.

— Tom Fennell sur Arbitre a perdu son étrier ! cria le commentateur.

Arbitre trébucha, mais ne tomba pas, et la foule poussa un cri à l'unisson. Mais l'accrochage déstabilisa Twist qui vira brusquement à droite et traversa la piste au galop avant de commencer à se cabrer. Son jockey, en casaque bleue, déploya un vaillant effort pour rester en selle, avant d'être éjecté et d'atterrir sur le sol.

La foule poussa un grognement compatissant, et le valeureux jockey se releva et s'éloigna en boitillant pour aller s'abriter derrière la clôture. Ravi, le cheval poussa un hennissement et repartit au petit trot le long de la barrière, évitant soigneusement les mains tendues des spectateurs qui essayaient d'attraper ses rênes.

— Et voici Bouche en Cœur qui gagne du terrain sur Arbitre, dont le jockey n'a toujours pas réussi à remettre son étrier ! rugit le commentateur.

Fantôme avait toujours le commandement, mais Bouche en Cœur dépassa Arbitre et prit la deuxième position.

Twist, enchanté de s'être débarrassé de son cavalier, revint soudain au galop prendre sa place sur la piste, et tout le monde retint son souffle en le voyant se diriger droit sur Bouche en Cœur et Arbitre.

Les deux jockeys furent obligés de tirer brutalement sur les rênes pour éviter une collision. Le jockey de Bouche en Cœur tendit la main et attrapa les rênes pendantes de Twist, qu'il réussit à arrêter.

— Et voilà Arbitre et Bouche en Cœur éliminés de la course, annonça l'animateur. Mais regardez le sursaut de Fool for Love !

Tess reporta ses yeux sur le dernier cheval du peloton. Le jockey de Justin portait une casaque rouge et une casquette assortie. Était-ce un clin d'œil pour elle ?

Sous ses yeux éberlués, Fool for Love sembla secouer son ennui et sortir de sa transe somnolente. On aurait dit qu'il se rappelait soudain ce qu'il était censé faire. Les narines palpitantes, les oreilles rabattues, il bondit dans une foulée élégante et rapide et resserra la distance qui le séparait du favori.

— Regardez ça ! chuchota Daisy, éblouie.

Bouche en Cœur, Arbitre et Twist entravaient encore partiellement la course, mais Fool for Love remontait au triple galop à l'extérieur.

— Fool for Love a pris la deuxième place ! cria Ellie.

— Seulement parce qu'il ne reste que deux chevaux, répliqua Tess. Il ne battra jamais Fantôme.

Elle était dans un état d'excitation indescriptible. Elle chercha Justin dans la foule, mais ne le vit nulle part.

— Il reste un tour à parcourir, mais… on dirait que Fantôme se fatigue, annonça soudain le commentateur comme s'il n'en croyait pas ses yeux. Il a beaucoup couru, cette saison, et sa victoire à Newmarket la semaine dernière l'a peut-être épuisé.

— Le terrain est trop souple pour lui, dit avec sagacité un spectateur en chemise rayée assis à côté d'Ellie. Il a plu la nuit dernière, il n'aime pas les sols détrempés.

Les parieurs, qui appréciaient toujours un outsider et flairaient l'éventualité d'un coup de théâtre de proportions épiques, se mirent soudain à soutenir Fool for Love. Tandis qu'il passait devant eux au galop, regagnant visiblement du terrain sur Fantôme, une énorme clameur s'éleva.

Tess arrivait à peine à respirer lorsque le cheval, dans une extraordinaire accélération, ne fut plus qu'à une longueur de Fantôme.

Le jockey de Fantôme se retourna pour voir qui le talonnait, et la moitié de la tribune vit son air stupéfait à la vue de Fool for Love.

Des éclats de rire retentirent dans les gradins.

Le cavalier de Fantôme talonna les flancs de son cheval et lui donna un rapide coup de cravache sur l'arrière, mais de toute évidence, le cheval gris donnait en effet des signes de fatigue.

Les deux chevaux empruntèrent le virage final. L'allure de Fantôme était laborieuse. Fool for Love, lui, volait littéralement.

— Et Fool for Love a rattrapé Fantôme ! hurla le commentateur dont la voix s'était élevée d'une octave. Mesdames et messieurs, allons-nous assister à un miracle, ici même aujourd'hui ?

Les deux chevaux galopaient dans la ligne droite finale. L'arrivée était prévue devant la tribune.

— Ils sont au coude à coude ! cria Daisy qui sautillait littéralement sur place. Vas-y, Fool, vas-y !

Toute la foule hurlait à présent dans une cacophonie assourdissante qui enflait telle une vague qui les enveloppait. Tess retint son souffle, incapable d'en croire ses yeux.

Lorsque les deux chevaux atteignirent la ligne d'arrivée, Fool for Love était très légèrement en tête, et le public explosa dans une jubilation euphorique.

— Et Fool for Love gagne d'une demi-tête ! hurla le commentateur. Mon Dieu, quelle course ! Phénoménale !

— Le duc de Wansford est le salopard le plus veinard de toute la terre ! s'exclama l'homme debout à côté de Tess.

— Il faut que j'aille voir Justin, dit-elle dans un souffle.

43

Tess joua des coudes à travers la foule et descendit les marches à toute allure, impatiente de retrouver son mari.

Elle se fraya un chemin en avançant dans la direction des quartiers du propriétaire. Elle était presque arrivée lorsque, au détour d'une voiture, elle tomba nez à nez avec Justin qui parcourait apparemment le même chemin en sens inverse, dans sa direction.

En le voyant, elle s'arrêta net, le souffle coupé.

— Justin !

— Tess !

Il était décoiffé et sa cravate était de travers. Elle s'obligea à rester distante. Calme. Rationnelle.

— Félicitations, dit-elle avec raideur. Pour cette victoire. Tout ce que vous touchez se transforme en or.

Il grimaça, l'air visiblement torturé, presque désespéré. Ce n'était pas du tout le visage d'un homme qui venait de remporter une petite fortune.

— Il n'était pas censé gagner !

Il y avait dans sa voix un désespoir et une impatience qu'elle ne lui avait jamais entendus.

— Vous devez me croire, Tess. Ce n'était pas du tout le plan.

— Que voulez-vous dire ?

— Fool for Love était censé perdre. *Moi*, j'étais censé perdre. Tout cet argent ? C'était mon grand geste spectaculaire. J'essayais de vous prouver que tout cela n'a aucune importance sans vous.

Ses yeux se rivèrent aux siens et il avança d'un pas.

— Vous, Tess. Tout cela, je l'ai fait pour vous.

Soudain, le sol sembla se dérober sous les pieds de la jeune femme. Le brouhaha de la foule faiblit jusqu'à ce qu'elle ait l'impression que Justin et elle étaient seuls au monde.

Il fit un autre pas vers elle, lentement, comme si elle était un cheval rétif risquant de se cabrer à tout instant.

— Je vous aime, dit-il simplement. Et je sais que vous pouvez vivre sans moi, mais en toute honnêteté, je ne pense pas pouvoir me passer de vous.

Il fit encore un pas et elle se sentit osciller vers lui.

— Je vous en supplie, restez avec moi. Soyez ma duchesse. Non pas à cause d'un stupide contrat, simplement parce que vous le souhaitez. Parce que vous me voulez à vos côtés. Corps et âme. Aussi fort que je vous veux.

Tess était incapable de trouver des mots. Le bonheur frémissait en elle, mais elle avait encore peur d'oser espérer.

Le coin des lèvres de Justin se retroussa, et elle eut le souffle coupé devant cette vision familière. Ces petits détails intimes lui avaient manqué. Être dans la même pièce que lui, leurs regards complices qui lui échauffaient la peau et faisaient se recroqueviller ses orteils dans ses souliers.

— Vous portiez une robe aux reflets argentés semblable à celle-ci, la première fois que je vous ai vue, dit-il d'un ton grave, presque déférent.

Elle fronça les sourcils.

— Non, j'avais mis cette fameuse robe rouge sulfureuse, chez Careby.

Il secoua la tête et lui adressa son sourire bouleversant.

— Là, c'était la première fois que *vous* me voyiez. Moi je vous avais remarquée bien avant cela. Presque deux ans auparavant, en fait.

— Pardon ? Quand ?

— Vous savez, cette rumeur que j'ai fait courir ? Celle qui dit que je rêve de vous depuis des années ?

Elle acquiesça sans un mot.

— C'est la vérité. En vous voyant dans cette robe blanc et argent lors de je ne sais quelle réception, avant mon départ pour le Canada, j'ai trouvé que vous étiez la plus belle femme sur laquelle j'avais jamais posé les yeux.

Les lèvres de Tess s'entrouvrirent.

— Je n'en savais rien, dit-elle, stupéfaite. Pourquoi ne vous êtes-vous donc pas présenté ?

— Pour m'éviter d'avoir le cœur brisé, répondit-il avec ironie. J'avais une prémonition, la conviction que si je vous adressais la parole, si j'apprenais à connaître ne serait-ce qu'une toute petite partie de vous, je tomberais éperdument et affreusement amoureux. Or je suis réaliste. Quelle chance aurais-je eue contre votre légion de prétendants ? Jamais votre père ne vous aurait laissé épouser un misérable commerçant.

— Non, vous avez probablement raison, reconnut Tess avec tristesse. Peut-être aurions-nous pu nous enfuir et nous marier en Écosse ?

Il émit un petit bruit désespéré, entre le rire et la résignation.

— Peut-être. Peut-être valait-il mieux que nous ne l'ayons pas fait. Depuis cet instant, essayer de devenir un homme digne de vous m'a poussé à me surpasser. Même si je ne l'ai jamais vraiment admis.

— Si nous nous étions rencontrés à l'époque, dit Tess sévèrement, vous ne vous seriez pas fait d'ennemi essayant de vous tuer.

— En effet. Je suis vraiment navré de vous avoir infligé cette inquiétude.

Tess serra les poings dans ses jupes. Son cœur tambourinait, mais elle était déterminée à ce qu'il ne subsiste aucun malentendu entre eux.

— Charles King n'existe pas. King & Co. est une entreprise dirigée par Ellie, Daisy et moi-même. Nous enquêtons sur des crimes que la police est trop occupée pour gérer. Et dont les victimes sont essentiellement des femmes. Je ne vous l'ai pas dit car je craignais que vous ne tentiez de m'empêcher de continuer ce travail que j'aime.

— Jamais !

Il laissa échapper un étrange petit rire et ajouta :

— Parce que je vous aime. Je ne le voulais pas. Pour tout vous avouer, j'ai même fait tout ce qui était en mon pouvoir pour l'empêcher.

Il baissa la tête, avant de reporter les yeux sur elle.

— À la mort de ma mère, en voyant la douleur de mon père, je me suis juré de m'épargner un tel chagrin par tous les moyens possibles. Je pensais que si je ne m'autorisais jamais à trop m'attacher à quoi que ce soit – à qui que ce soit –, je ne pourrais pas souffrir. J'ai insisté pour cette stupide règle des trois mois dans toutes mes relations, uniquement pour me protéger.

Il s'interrompit, visiblement stupéfait de sa propre sottise.

— Ce que je n'avais pas prévu dans l'équation, c'est que l'amour n'a pas besoin de trois mois. Parfois, il n'a même pas besoin de trois minutes.

Il esquissa un sourire mélancolique et précisa :

— Comme dans votre cas. Je ne sais pas exactement à quel instant je suis tombé amoureux de vous. Je peux seulement vous dire le moment précis auquel je me le suis avoué à moi-même. C'était à Vauxhall, quand j'ai cru que je vous perdais. Ce fut un crève-cœur inouï que de vous laisser partir.

Tess prit une inspiration tremblante.

— Mon père avait raison, poursuivit-il. La souffrance est le prix à payer pour l'amour, mais cela en vaut la peine. Il n'aurait pas échangé une seule minute avec ma mère si cela avait pu atténuer sa douleur, et je ne veux pas gaspiller une minute de plus à nier mes sentiments pour vous. Je vous aime, Tess. Et je veux continuer à vous aimer jusqu'à la fin de mes jours. Je ne peux pas dire que la perspective que vous vous mettiez en danger m'enthousiasme. J'espère simplement que vous me laisserez faire tout ce qui est en mon pouvoir pour veiller sur vous de mon mieux.

Il était si proche que ses bottes effleuraient sa jupe, malgré tout il ne la touchait toujours pas.

— Vous êtes ravissante, et ce n'est qu'une toute petite composante de ce qui vous rend si merveilleuse. Vous êtes intelligente, courageuse, altruiste. Je ne sais même pas pourquoi j'ai été surpris que vous dirigiez une agence d'investigation. Vous essayez toujours d'aider les autres, de trouver des solutions à leurs problèmes. Il suffit de voir comment vous m'avez harcelé pour que je m'oppose au vote de la taxe sur les chiens d'utilité, et comment vous avez associé les cultures, à Wansford Hall, pour améliorer les rendements.

Il l'observa un instant tout en lui souriant.

— Vous m'impressionnez, Tess. Même si ce n'est pas réciproque, je tiens à ce que vous sachiez une chose : mon cœur est à vous. Maintenant et pour toujours.

Enfin, Tess referma les derniers centimètres qui les séparaient.

— Ça l'est.

— Quoi donc ?

— Réciproque.

Soudain, elle éclata d'un rire incrédule.

— Je vous aime, Justin Trevelyan Thornton, et je refuse de vous laisser me quitter. Vous allez devoir rester avec moi et m'aimer jusqu'à ce que vous mouriez d'extrême vieillesse.

L'espace d'un instant, il resta pétrifié, comme s'il ne croyait pas à sa chance. Puis il la prit dans ses bras et la serra avec une force qui leur coupa le souffle à tous les deux.

Tess ferma les yeux avec ravissement pour s'enivrer de son odeur familière, et son corps se moula au sien telles deux moitiés d'un même tout, parfaitement imbriquées.

Il ne la relâcha que pour encadrer son visage entre ses paumes.

— Je suis l'homme le plus chanceux d'Angleterre, dit-il dans un souffle.

Tess sourit.

— C'est bien vrai. Je n'arrive pas à croire que vous avez gagné encore plus d'argent alors même que vous vous efforciez d'en *perdre*. Il n'y a aucune justice, dans ce monde.

Il appuya son front contre le sien avec un petit rire.

— C'est bien vrai. Sinon, un misérable salopard comme moi n'aurait jamais épousé une gentille fille comme vous.

— Daisy suggérerait que, quelque part, une religieuse s'apprête à mourir foudroyée.

— Je vois. Peut-être trouverez-vous une cause à laquelle consacrer mes gains iniques ?

— Que diriez-vous d'un centre d'accueil pour petits chiens, prostituées et anciens combattants ?

Il relâcha son souffle, amusé, et elle le sentit sur son nez.

— Tous au même endroit ? Cela ressemble fort à la recette d'un désastre. Mais je dis oui à tout ce que vous voudrez, mon amour.

Tess releva la tête.

— Dans ce cas, je veux que vous m'enlaciez.

— Avec le plus grand des plaisirs.

La fin de sa phrase se noya dans sa bouche tandis que leurs lèvres se trouvaient. Tess jeta les bras autour de son cou et le serra, passion pour passion. Ce fut seulement le cri insistant d'un des palefreniers qui les sépara, ce qu'ils firent à contrecœur.

— Votre Grâce, vous devez aller recevoir la coupe du vainqueur !

Justin grommela.

— Je n'ai pas besoin d'une coupe en or pour savoir que j'ai gagné. J'ai tout ce dont j'ai besoin ici même.

Tess fit mine de froncer les sourcils.

— Allons, Votre Grâce. Je vais l'accepter de votre part. Puis nous emmènerons ce pauvre Fool for Love à Wansford Hall et le mettrons dans un champ. Il a plus que mérité son bonheur.

Justin lui pinça les fesses avec espièglerie.

— Et nous aussi.

Épilogue

King & Co., Lincoln's Inn Fields

Tess leva le visage pour recevoir un baiser lorsque Justin se pencha au-dessus de son épaule.

— Bonsoir, dame de mon cœur.

Elle sourit contre ses lèvres.

— Bonsoir, mon cher mari…

Il se redressa et désigna la pile de lettres devant elle.

— Avez-vous bientôt terminé ? Simms a promis de nous faire préparer le dîner pour 19 heures.

Tess trempa sa plume dans l'encrier et signa *Charles King, Esquire* d'une écriture élégante en bas d'une facture demandant le règlement d'une comtesse. Ces derniers mois, depuis leur succès auprès de la princesse, les affaires avaient presque doublé.

— Maintenant, oui.

Elle jeta un coup d'œil dehors, vers les flocons qui tombaient doucement dans le jardin, puis reporta son regard sur Justin qui s'était éloigné du bureau et s'adossait négligemment contre le chambranle de la porte.

Il était vraiment d'une beauté scandaleuse. Elle avait du mal à croire que cet homme était son mari.

— Qu'en est-il de la règle des « trois mois, pas de sentiments » ? le taquina-t-elle doucement. Vous devriez être retourné à Bristol depuis longtemps, si je ne m'abuse. Et pourtant, nous voilà ici, par un mois de décembre enneigé, mariés et toujours heureux.

Justin lui adressa un petit sourire nostalgique.

— Que répondre ? Les plans les mieux ourdis des souris et des hommes finissent souvent par mal tourner, ou quelque chose dans ce goût, comme l'aurait dit – beaucoup mieux que moi – Robbie Burns.

— Ai-je gâché vos plans ?

— Oui. Mais c'étaient de très mauvais plans.

Il lui adressa un regard brûlant et suggestif.

— J'en ai de bien meilleurs à vous proposer.

Elle se mit à rire. Son mari était un homme merveilleusement coquin.

Elle pensait avoir déjà deviné au moins une surprise qu'il lui réservait. Elle avait entendu ce matin-là, venant de l'écurie, une sorte de faible aboiement, et lorsqu'elle avait regardé par la fenêtre, elle avait aperçu une silhouette familière grimper furtivement dans une charrette. Justin, elle en était sûre, avait acheté un chiot de la dernière portée de Nell à M. Collins, et elle avait hâte de rencontrer l'adorable petite créature. Et de montrer à son mari à quel point elle appréciait un si gentil cadeau.

En se levant pour partir, elle prit le message rédigé à la va-vite que lui avait livré un coursier un peu plus tôt.

— J'ai l'impression qu'Ellie nous a dégotté une nouvelle affaire intéressante.

— De quoi s'agit-il ?

— Je n'en suis pas tout à fait sûre.

Le billet d'Ellie était étonnamment sibyllin, même pour elle. Elle avait simplement écrit : « *Nouvelle mission. Urgent. P.-S. : Je viens d'embrasser Charles King.* »

Justin fronça les sourcils, perplexe, en lisant le message à voix haute.

— Je croyais que vous étiez Charles King ? Toutes les trois. Vous, Ellie et Daisy.

— En effet. C'est pourquoi je ne comprends pas ce que veut dire Ellie. Mais nous le découvrirons demain, car elle vient dîner avec Daisy, vous le rappelez-vous ?

— Comme si je risquais de l'oublier...

Justin mit sa cape autour de ses épaules et en profita pour lui embrasser le cou.

— Raison de plus pour savourer notre tête-à-tête, ce soir, murmura-t-il. D'ailleurs, je vais peut-être vous montrer l'un de mes meilleurs plans dans la charrette.

Tess fit mine d'être choquée.

— Dans la charrette ? Quel scandale, Votre Grâce !

Il sourit et la prit par la main.

— Seulement si nous nous faisons surprendre. Venez.